羊道

前山夏牧场

李娟 著

SPM 南方传媒 | 花城出版社

中国·广州

图书在版编目（ＣＩＰ）数据

　　羊道. 前山夏牧场 / 李娟著. -- 广州 ： 花城出版
社，2022.9（2024.6重印）
　　ISBN 978-7-5360-9708-7

　　Ⅰ．①羊… Ⅱ．①李… Ⅲ．①散文－中国－当代
Ⅳ．①I267

　　中国版本图书馆CIP数据核字(2022)第082577号

出 版 人：张　懿
责任编辑：文　珍　周思仪　王梦迪
技术编辑：薛伟民　凌春梅
封面设计：◆ 棱角视觉
　　　　　　ANGULAR VISION
插　　画：段　离

书　　名　羊道·前山夏牧场
　　　　　　YANGDAO·QIANSHAN XIA MUCHANG
出版发行　花城出版社
　　　　　　（广州市环市东路水荫路 11 号）
经　　销　全国新华书店
印　　刷　佛山市浩文彩色印刷有限公司
　　　　　　（广东省佛山市南海区狮山科技工业园 A 区）
开　　本　880 毫米×1230 毫米　32 开
印　　张　10.875　1 插页
字　　数　210,000 字
版　　次　2022 年 9 月第 1 版　2024 年 6 月第 8 次印刷
定　　价　55.00 元

自 序

多年来我一直在机关上班，并不像绝大多数读者所认为的那样恣意地生活在草原上。而我的前三本书《走夜路请放声歌唱》《阿勒泰的角落》与《我的阿勒泰》也是在循规蹈矩的工作之余写成的，我笔下的阿勒泰，是对记忆的临摹，也是心里的渴望。但是从2007年开始，一切有所改变。

2007年春天，我离开办公室，进入扎克拜妈妈一家生活。2008年，我存够了五千块钱，便辞了职，到江南一带打工、恋爱、生活。同时开始忆述那段日子，一边写一边发表，大约用了三年多时间。从一开始，我就将这些文字命名为《羊道》。最初，有对羊——或者是依附羊而生存的牧人们——的节制的生活方式的赞美，但写到后来，态度渐渐复杂了，便放弃了判断和驾驭，只剩对此种生活方式诚实的描述，并通过这场描述，点滴获知，逐渐释怀。因此，对我来说，这场写作颇具意义。它不但为我积累出眼下的四十万字，更是自己的一次深刻体验和重要成长。等这些文字差不多全结束时，仍停不下来，感到有更多的东西萌动不止。

新疆北部游牧地区的哈萨克族牧民大约是这个世界上最后一支相对纯正的游牧民族了，他们一年之中的迁徙距离之长，搬迁次数之频繁，令人惊叹。关于他们的文字也堆积如山，他们的历史，他们的生产方式、居住习俗、传统器具、文化、音乐……可是，知道了这些，又和一无所知有什么区别呢？所有的文字都在制造距离，所有的文字都在强调他们的与众不同。而我，更感动于他们与世人相同的那部分，那些相同的欢乐、相同的忧虑与相同的希望。于是，我深深地克制自我，顺从扎克拜妈妈家既有的生活秩序，蹑手蹑脚地生活于其间，不敢有所惊动，甚至不敢轻易地拍取一张照片。希望能借此被接受，被喜爱，并为我袒露事实。我大约做到了，可还是觉得做得远远不够。

由于字数的原因，《羊道》分成三本书出版，恰好其内容也是较为完整、独立的三部分，时间顺序为《春牧场》—《前山夏牧场》—《深山夏牧场》。这三本书围绕扎克拜妈妈家迁徙之路上的不同牧场，展示我所看所感的一切。想到能向许多陌生的人们呈现这些文字，真的非常高兴。又想到卡西那些寂静微弱的梦想和幸福，它们本如浩茫山野里的一片草叶般春荣秋败，梦了无痕。而我碰巧路过，又以文字记取，大声说出，使之独一无二。实在觉得这不是卡西的幸运，而是我的幸运。

最后感谢所有宽容耐心地读我、待我的人们，谢谢你们的温柔与善意。我何其有幸。

李 娟

2012年6月

再版自序

　　《羊道》已出版五年。五年来它沉默漫延，持续成长。在读者那里收获了越来越丰富的情感与内涵，渐渐稳足于世间的洪流。这是我的骄傲，也令我羞愧。这五年里的自己却依然人生混乱，不得安宁。

　　不知这五年来，扎克拜妈妈一家又怎么样了。2010年左右，当我还在阿克哈拉村生活的时候，我们两家人还时不时见面。那时沙阿爸爸已经过世，斯马胡力已经结婚。卡西美梦成真，终于又回到校园，成为一名学生。到了2011年，也就是这一系列文字出版前夕，我的家庭迁至阿勒泰市，从此少有联系。五年来，每每回想与扎克拜妈妈一家的际遇，如大梦一场，无所凭恃。

　　藉由这次再版前的审阅工作，我又重返十年前那场漫长又寒冷的夏天。突然间所有生活细节历历在目，所有当时情绪重新漫过头顶。我逐字逐句摸索，像在阳光下富裕而从容地翻晒自己压箱底的珍宝。又像在字里行间涉水前行。身心沉重饱满。我为这部文字修正出更为整洁流畅的面目的同时，也通过这场阅读修护了信心。仍然骄傲，仍然羞愧。

这一版《羊道》有较多改动。剔除了文字与语法上的大量错漏——过去的五年，至少有五十个读者通过各种渠道帮我纠过错。这就是之前提到的"羞愧"之一吧……此外还梳理了叙述上的混乱与毫无耐心。此外，拖沓的节奏，赘复的情节，轻率的判断……所有这些毛病都努力进行了修改与调整。可能仍没能做到最好，但这一版《羊道》绝对是我最有信心，也最渴望重新呈现给大家的作品。我相信它经得起更长久的阅读。这也是之前提到的骄傲之一。

实际上我对这个系列的文字有着更复杂的情感。这场书写并不是一时的兴致，下笔之前已为之准备了多年。当我还是个八九岁的孩子，就渴望成为作家，渴望记述自己所闻所见的哈萨克世界。这个世界强烈吸引着我，无论过去多少年仍念念不忘，急于诉说。直到后来，我鼓足勇气参与扎克拜妈妈一家的生活，之后又累积了几十万文字，才有些模糊明白吸引我的是什么。那大约是这个世界正在失去的一种古老而虔诚的，纯真的人间秩序……——难以概括，只能以巨大的文字量细细打捞，使之渐渐水落石出。

常被人问起：如何进一步融入哈萨克世界？……对此感到无奈。我不愿因为写了许多此类文字而被打上"哈萨克"标签，也无力为如此巨大的事物代言。我真心喜欢这个民族，在我的真心面前，"融入"这种词汇太肤浅，太轻率。"融入"只能是血统与漫漫时间的事情。而我力量单薄，意志脆弱，今生今世只能作为哈萨克世界的一个匆匆过客。面对这个壮阔纯真的世界，我所能付出的最大敬意只能是与之保持善意的距离。

总之，《羊道》再版了。今后它将去往更远的地方，遭遇更多的阅读。远未能结束。想起当初写这些文字，写到最后时，一时间也无法令其结束。只好匆匆刹笔，勉强止步。我猜这是它自身的意志。它诞生于我，却强大于我。它收容我所有混乱、模糊、欲罢不能的心思，将其分摊进数十万字的庞大细节中，一点一点为之洗净铅华。我已分不清这是写作的力量，还是文字自身的力量。永远骄傲，永远羞愧。

2016年1月

三版自序

一转眼，这本书出版了十年，这些故事发生了十五年。

每次作品再版前的校阅工作，是错漏之处的梳理，也是一场新的阅读与思考。感谢每一次再版的机会和重读的机会。若放在平时，已经完成的作品真的是再也不想翻开了。

第三版除了一些错字病语，最多的改动是添加了一些补充说明。因为这十年来，总是有读者质疑一些细节问题，才发现自己的表述很多时候都有问题——过于口语化，随意散漫，容易产生歧义。所以在这一版，涉及地域特殊性和文化特殊性的部分，会作一些更细致的说明。

还有几处补充，则是自己多年后才想明白的地方。比如第三部《深山夏牧场》里的《擀毡》。在我最初的写作里，此文毫不掩饰对恰马罕的嫌弃，觉得这人挺能摆谱。多年后重读，发现自己可能有所忽略。当时的他，刚结束长达半个月的温泉之行——我们当时的牧场附近有较大规模的一处温泉，当地牧民有泡温泉的习俗，用来治疗各种疾病。因此，他很可能有身体上的不适，才无法参与劳动。而自己不作了解就胡乱下结论，武断又刻薄，感到很丢脸。所以十年后，我把这种猜测也添加进去。

第三版还有很少的一些字词变动，实际上只是改回最初的版本。第二版的出版方严格遵照出版物的相关语言文字规范和标准，对第一版做了一些修改。比如，把羊群的"漫延"改为了"蔓延"。可我认为，同样是描述事物的延展状态，"蔓延"更适用于植物生长般的枝状形态，而"漫延"则为液体的延伸形态。显然后者更适用于羊群大面积的移动。同样，两支羊群相遇，我使用的词是"汇合"，但二版中都被改为"会合"。我觉得后者不能贴切表现两支羊群相遇后参差交融的状态。再比如，"至高点"一律被改为"制高点"。这两个词都有"最高处"的意思。但"制高点"是军事用语，意境单一，用在寻常文字中就显得突兀。还有"披风沐雨"一词，也没有什么别字，没必要非得改为"栉风沐雨"。

其实这些细微之处，改不改的可能对阅读没多大影响。但我在这方面实在有强迫症，眼里容不得沙子。汉语丰富多彩，文学语言更是灵活多变，生机勃勃。如果有一天，文学表达真的被"统一"，被硬性规范化，必将渐渐失去活力。难以想象……

另外，在第二版中，我的"二版序"被以"给读者的一封信"的形式编入书中,在第三版中改了回来。还需解释的是,很多读者误认为那是我的"亲笔信"。其实不是的,我的字超丑的,哈哈。

这一次再版,额外想提一下怀特班——被我们抛弃在春牧场上的小狗。那段描写引起许多读者不适,不断发来谴责。他们认为我和我所在的游牧家庭太残忍太自私,没有尽到救助的责任。为此我也曾努力解释过,反复强调当时的危险境地。在第二次出版时,我还增加了更细致的说明。却仍不能让他们释怀。我想,有些东西真的是无法沟通的。但是作家就是帮助沟通的角色,在不同的生存状态和生存文化之间凿空。我不能做到最好,曾经有些沮丧。这次重新读到这一段,突然就释怀了。这些故事里大量提及生存的严酷,是绝大多数读者所陌生的,可能也是刺激他们阅读的因素之一。那样的严酷,大家也许会为之感慨,却无人能够接受吧。在平稳舒适的生活中待久了的人们,难免以为平稳舒适就是理所当然的。实际不是的。这个地球上绝大多数的人类仍在受苦,如一句网络热议:"他们活着就已经用尽全力。"所以,针对他们的道义上的指责也许只是侥幸出生在优渥环境中的人们的矫情吧。

还有图片问题,很多读者都希望能出一个图文版的。我的确保存了大量关于那段生活的照片。但由于图片品质、肖像权问题及其他原因,可能不太适合发布。我也希望有朝一日能分享它们。

关于这部作品，还有许多的感慨，但说出来总觉得轻浮。那就这样吧。

感谢远方平凡的人们和他们平凡而努力的生活。感谢平凡美好的每一位读者。感谢平凡的，软弱的，愿意改变也有所坚持的自己。

2022年4月

目 录

冬库尔

冬库尔

邻 居

在冬库尔，托汗爷爷家驻扎在我家南面两公里处的白桦林里。西南面一公里处则是烦人的老头儿恰马罕家。我们刚到冬库尔的那天下午，驼队路过恰马罕家门口时，照例接受了他家儿媳妇端上的酸奶，照例没放糖，照例酸得我鼻塞。

当时恰马罕坐在毡房门口的阳光中，用小刀认真地削着一截木头。不晓得在做什么。旁边一大堆工具。后来才知道是在削斧头把子。可能他特喜欢做斧头把子，家里只有一把斧头，把子却削了一大堆。

恰马罕身材高大，衣着朴素干净。他大声地和马背上的扎克拜妈妈打着招呼，然后又扭头额外向我问候。还夸奖我马骑得很好，说全县的汉族人里都找不到比我骑得更好的了！这话真是令人既不敢相信又沾沾自喜。两个小小的孩子站在他身后害羞地看着我们。毡房后面的白桦林清凉而明亮。一个灵活的高个子男孩迈开长腿跃过林间纵横交织的细碎溪流，正往这边跑来……此间安宁愉悦的生活场景看在眼里，动人极了。因此对这位邻居的第一印象极好，觉得他从容又明朗，有隐士一样漂亮的风度。

3

此外，恰马罕的两个孙女（都剃着光头，一开始我还以为是两个男孩）也让人记忆深刻。

那天下午，我们的驼队一到驻地，大家就忙乎起来，要赶在天黑之前搭起毡房。卸完骆驼后，我赶紧去打水，然后支起铁皮炉子准备生火烧茶。又是十几个小时滴水未进，大家都饿坏了。可新的驻地位于山谷中央一块突兀的石头小坡上，附近很难找到现成的干柴，连那种油脂含量很大的灌木也没有。扎克拜妈妈说东面的森林里有柴，我一个人又不敢进陌生的林子。卡西和羊群还没有赶到。妈妈和斯马胡力眼下忙得一塌糊涂，除了要搭建毡房，还得修一个新的小羊圈。要是夜晚来临之前小羊入不了圈，有可能一个晚上就跟着大羊跑光了。毕竟来到了新地方，羊群还不熟悉环境呢。最糟糕的是，眼看着原本阳光灿烂的天空，转眼又飘过来一大团阴云，很快淅淅沥沥下起雨来。

正发愁呢，突然看到山坡下有两个小孩子慢慢吞吞走了上来。正是刚才经过的恰马罕老汉家的两个孩子。一个三四岁模样，一个五六岁模样，都小得令人心生怜意。此时却是我们的大救星啊——大的拎着一只红色的暖瓶，小的抱着一个鼓鼓囊囊的餐布包裹。

我们大喜，立刻放下手里的活儿，聚拢过去。

哈萨克牧人不但会为路过家门口的驼队提供酸奶，还会为刚搬到附近的邻居提供食物和茶水。多好的礼俗！

这时，大的那个先走到地方。她找了一块平坦的空地小心翼翼地放下暖瓶。生怕没放稳当，还用手晃了晃，又挪了挪。然后转身去接小妹妹手里的餐布包。可这一转身，脚后跟一踢，啪！哗啦！——只见银光闪闪的玻璃瓶胆碎片炸裂满地，浅褐色的香喷喷、烫乎乎的奶茶在草地上溅开……刹那间什么也不剩了！

亏她之前那么谨慎，小心了又小心！

我们第一反应是太可乐了，便大笑起来。转念一想，有什么好笑的！又冷又饿又下着雨，茶也没得喝了，真是糟透了！于是纷纷垮下脸哀叹。

但叹了一会儿气，还是觉得好笑，忍不住又笑了一阵。想想看——两个小孩子，加起来恐怕不到十岁，拎着这么重的东西，四只小脚丫辛辛苦苦穿过山谷和黑森林，走了一公里多的山路才把东西送到。结果都到地方了，却前功尽弃……真可爱。

叹完，笑完，我们该干什么接着干什么，实在没多余工夫理会这两个孩子。再说她们显然也不需要什么安慰。突然遭遇意外，两人一时都愣住了。倒也不害怕，也不哭，只是有些不知所措。两人站在一片狼藉的事故现场，呆呆地想啊想啊。最后老大把没了瓶胆的暖瓶空壳拾起来，往地上磕一磕。磕掉瓶胆残渣后，一手拎壳子，一手牵妹妹，回去交差了。嗯，很好，还知道换一个新瓶胆还能接着用。

好在她们回去是不会受到责怪的。家长既然放心让年幼的孩子承担家庭义务，就决不会因为他们办砸了事情而加以责骂。顶多会可惜一下那只暖瓶吧。

茶没了，食物还在。我们手头的活计告一段落后，就团团坐下，解开餐布摊开在一块平整的大石头上。啊，里面全是新鲜的包尔沙克！于是你捏一个我捏一个大口吃了起来。只有斯马胡力还在抱怨没有茶水。

半个多小时后，两个孩子的母亲亲自来了，拎着另一只蓝色暖瓶。她身怀六甲，行动有些缓慢。打过招呼后，她笑着说，好在家里有两只暖瓶。

这次两个孩子又跟着来了。那么远的路，来来回回地也不嫌累。她俩一点儿也看不出愧疚的样子，仍然是最初我们在恰马罕家门口见到时的模样，害羞而安静。

按礼俗，我们接受了别人食物上的帮助后，一闲下来就该赶紧回礼，顺便送还暖瓶和餐布。但当天晚上干完所有的活儿后，大家都很累了，天也黑透了。在此之前，扎克拜妈妈曾提出让我独自去回礼，因为那时只有我还算比较闲。她取出我们从塔门尔图出发前就烤好的一只圆馕放进餐布，又撒了一把糖块进去，系上结，让我去送。

我说我不敢进森林。

妈妈嘟囔道："小小的孩子都不怕，你倒怕了。"

我说："她们两个人，我只有一个人嘛。"

其实是不好意思独自去陌生人家拜访。

然而这一天的傍晚一点儿也不安宁。我们还在搭毡房的时候，有一个老头儿大老远就叫嚷着冲过来，跑到扎克拜妈妈面前指东指西，嚷嚷个不停。非常激动。不知道为了什么。那时斯马胡力不在。为搭新羊圈，这个小伙子不断骑马进入森林，寻找一些小倒木和大树枝，挂在马鞍后拖回家。然后沿着驻地山脚下的石壁打下桩子，横起围栏，圈了一小块可挡雨的空地。他一直忙到天黑。

妈妈不愿和他单独吵架，自始至终冷着脸一声不吭。后来那老头儿终于走了，走出很远还不时地回头叫骂。

等他完全消失后，妈妈换下脏衣服，裹上头巾，远远地走进了南面的森林。可能是去爷爷家商量此事。我一个人在空毡房里拆包裹、收拾房间，等待大家回来。

我们选定搭毡房的地方原先可能是一处使用多年的老羊圈，地上糊着厚厚一层干羊粪。妈妈铲了半天，似乎越铲越多。干脆把已经铲开的羊粪蛋又堆回去，摊平拍一拍。再从外面铲回几锹沙土，在上面薄薄盖了一层，就直接铺上了花毡。此后一个月，我们就在羊粪堆上吃饭睡觉。想一想，干粪蛋儿才不脏呢。羊只吃草，肠胃清洁；人才脏，人什么都吃。

后来才知道，此处正是那个老头儿家的老羊圈。他说我们占了地方，他的羊以后就没地方待了。

我问妈妈："他家在哪儿？附近没看到有毡房啊？"

妈妈说："在山那边。"

我很奇怪："那要这个羊圈有什么用？离他家那么远。"

斯马胡力说："他的脑浆是水嘛。"

卡西说："以前他家在这里，后来就搬到了那边，羊圈也搬过去了。"

我说："那他要两个羊圈干什么？"

斯马胡力说:"他家羊多嘛。"

就是这一天,太阳落山很久了,天马上快要黑透时,我们的新羊圈才勉强建成。夜色中我们正紧张地分开大小羊,赶羊羔入圈的时候,班班突然叫了起来。毡房那边手电筒光柱乱晃,有人粗暴地找上门来。恍惚间听出还是黄昏时那个老头儿,以及另外一个不认识的中年人。

仍然是为驻地的事,双方争辩了没几句就吵了起来。那个中年人说着说着,突然撑着栏杆跃进我家羊圈,近距离指着斯马胡力斥责。斯马胡力立刻扑上去和他扭打成一团。

我们三个女人赶紧丢下羊,跑去拉架。斯马胡力两天来一直没休息好,又那么操劳,好不容易停歇下来,却有人上门找事,顿时肝火大旺,一副惹不起的模样。那一架打得真够劲儿的,几公里外的狗都跟着叫了起来。卡西号啕大哭,边哭边激烈地指责对方。扎克拜妈妈也哭了起来,冲上去拉架,说:"够了!够了!……"拼命保护自己的儿子。后来我也上去拉架,使劲儿地抠掰他俩互相揪扯的手指,差点儿也被拽倒。我看到其中一人的手上血淋淋的。还好,他们看我一个外人也掺和了进来,可能不好意思了,倒是齐齐都松开了手。然后那个老头儿过来拉着那男人走了。

我松了一口气,事情算是暂时了结了。可斯马胡力还是意气难平。他默默地又干了几分钟,突然把手里的木头一扔,跳出羊圈,消失在北面的黑暗中。妈妈和卡西都没能拦住。我们无奈,虽然担忧,但又不能丢下羊群不管,只好打着手电筒勉力驱赶,个个心神不宁。最后我们只入圈了一半

8

的羊羔就草草结束，绑上圈门回家了。

斯马胡力很晚才回来。脸也青了，嘴角也破了，衣服袖子也给扯下来一大截。不过肝火倒是疏泄得干干净净。第二天一整天都温和又安静，几天以来第一次看到他如此心平气和。

扯破的衣服由我来补。妈妈提供的针跟牙签一样粗。我说："线呢？"她取下头上的羊毛头巾，从头巾边缘扯出一缕毛线给我。

我穿针引线，边补边说："打架真好啊，脸被打得漂漂亮亮的——啧，漂亮的斯马胡力！"

他愉快地说："那老头儿更漂亮！他的鼻子嘛，没有了！"

结果到了中午，这小子不知又闻得什么风声，穿着我刚给他补好的衣服又跑到对方家继续干架。回来时另一只袖子也给撕裂了。另外，鼻子也给漂漂亮亮地打烂了，上面有一个深深的"十"字形伤口。真是奇怪，从没见过这么高明的伤口——"十"字形的！

我吓得要死，冬库尔可真是是非之地！才搬过来第一天就闹这么凶，以后怎么得了！大家又都是邻居，今后难免狭路相逢。这个夏天怕是不太平了……

况且这深山老林的，万一出了什么事……

但是，我发现，到目前为止只有我一个人为此事焦虑。

第二天晚餐后，斯马胡力到处找帽子。后来"啊"地想了起来："打架的时候落在他们家了！"然后就要去取帽子。

我连忙说："算了吧，一个帽子而已。我再给你买一顶新的！"

他不干："那一顶就是新的！"

结果，那天他不但顺利地拿回了帽子，还在对方家喝了茶，打了扑克牌才回来……

我发誓以后再也不管他打架的事了。这样的架——跟打着玩似的！

对了，前面说到给恰马罕家回礼。因为打架的事，第二天我们都情绪不佳，一时没顾得上回礼。没想到中午时分，老汉恰马罕自个儿来了。

昨天虽然凑合着盖出了一个小羊圈，但大家都不太满意。今天斯马胡力又赶着骆驼进林子继续寻找更合适的木头。卡西也放羊去了。家里只有我和扎克拜妈妈接待这个老头儿。

他进了毡房一坐下来就和妈妈谈论起这一次的牧场纠纷。妈妈似乎有些不爱搭理。他又扭头向我问候，居然用的是汉语。他汉语很不错，我便由衷地夸赞。他连忙告诉我，他某年曾经是某县委书记的翻译。我又疑惑起来：若给县委书记当翻译的话，这水平似乎就差得多了。转念又想，大约当时那位县委书记刚好路过，他就帮着翻译了几句吧……

他再一次严肃地赞美我骑马的技术，把上次的说法又重复了一遍，即"全县汉族人里最强"云云。还没等我谦虚几句，他又说像我这样的姑娘，马骑得好，哈语说得好，应该嫁到牧区才对。并且立刻为我安排起终身大事来，一口气向我介绍了好几个附近还没结婚的漂亮小伙儿，其中包括他自己的两个儿子和一个孙子……我瞠目结舌，紧闭了嘴巴。

可是很显然，他并不期待我的反应。说着说着，话头突然一转，又转到了他自己身上。说自己有多少只羊、多少峰骆驼。还说自己有八个孩子，儿子中有三个结了婚，女儿全部给人了——这个"给人"的说法让我乐了一下。又想起上次爷爷的亲家说"拿了"人家女儿。原来嫁女儿是损失，娶媳妇是发财啊。看来哈萨克牧人非常重视家庭人口的数量。

还没等我为之感慨一下，他的话题又转回到斯马胡力打架的事上。他说斯马胡力的做法完全正确，他支持他。他要主持公道，让两家人碰个头互相讲道理，写下书面材料，然后由他带着材料去县城找派出所报案……我吓了一跳，不至于吧？有那么严重吗？都是邻居，抬头不见低头见，事情闹这么大怎么收场啊？再说县城多远啊，他不嫌麻烦吗？

我说："还是算了吧……"

他立刻严正指出："这种事，不是说算了就能算了的。今天可以算了，那明天呢？明天可以算了，那后天呢？小事情不处理就成了大事情，大事情不处理，大家都完了。"

我一听，都上升到这样的高度了，这老头儿不是领导也起码是个干部。于是不管他说的在理不在理，顿时肃然起敬。

妈妈丧着脸，不耐烦地捻着纺锤纺起线来。

我听到外面有动静，好像卡西回来了。出门一看，果然是她。这个勤快的孩子赶完羊回家，路过森林时顺便背了小山似的一堆柴火，深深佝偻着腰背。我连忙帮她卸柴，并催她赶紧进房子喝茶。她不干，冲着系在门口的马努了努嘴："是恰马罕吗？"

"是啊。"

她撇嘴道："这个老汉，不好的！不好！"

我又回到毡房里，看到这老头儿正指着掉在厨台角落的一颗洋葱说要吃。妈妈拾起来递给他。他先剥去最外面的一层较干的，掏出腰上挂着的小刀，将其整齐切成四瓣，一片一片剥着吃起来。他吃一片，我心疼一下……那是家里最后一颗洋葱了，可以用来做四个晚上的汤饭呢！还指望他能剩下一点儿，结果还是残忍地统统吃光了，居然一点儿也不嫌辣。

告辞的时候，妈妈把昨天准备好的回礼交给他。又嘱咐我抓住班班，好让他安心上马。可我没抓牢，好狗班班冲上去就咬，咬了好远还在追。恰马罕为之策马狂奔不止。

我回头问妈妈："他是什么领导啊？"

妈妈说："哪里的领导，也是个放羊的。"

回头再想一想，这个恰马罕虽然又讨厌又啰唆，但人并不坏。再想一想在我们最寒冷疲惫的时候他家提供的茶水和食物，顿觉自己太小心眼。

有趣的是，席间恰马罕趁妈妈不在时悄悄对我说，扎克拜妈妈是个很好的人，但只有一点不好："这个女人，话多得很！"

恰马罕走后，妈妈也说："这个老头儿不好！"

我问为什么，她说："话太多！"

妈妈虽然也觉得恰马罕烦人，但仍真诚以待。至于那颗小小的洋葱，似乎只有我一个人为之可惜，大家都不以为意。晚饭没有放洋葱，照样很好吃嘛。

另外两家邻居

定居后的第四天，卡西和我也开始四处拜访邻居。

离我们最近的邻居是溪谷上游的莎里帕罕妈妈家，绕过北面的山坡一拐弯就到了。她家毡房扎在溪水西面的半坡凹陷处。那顶毡房可真大！在毡盖外，还整个儿蒙了一层洁净耀眼的白色帆布（而我家毡房外只蒙着一层褐色粗毡，并且已经很破旧了。我妈曾经在山里做生意，她有一个判断标准，那就是房子越白的人家就越富裕）。好一顶白得耀眼的白房子！里里外外新得一塌糊涂。

进了毡房，房间左边张开两面亮晶晶的粉红色幔帘，四周挂满浓墨重彩的壁毯。正中面朝门挂着的是一大幅黑色金丝绒绣毯，花朵一样盛开着缤纷精致的对称图案，像是在那里挂了一片奇丽神秘的星空。绸缎面子的被褥高高地码得跟小山一样，整整齐齐，花团锦簇。被堆上盖着闪闪发光的红色大头巾，旁边静静摆放着一张彩漆栏杆的红木床。啊，这家人肯定有新婚夫妇。

他们的花毡不像我家那样直接铺在地上（而且是羊粪堆上），而是把房间正对门的那一半用圆木垫高了再铺花毡。

14

这样，生活区和劳动区就干干净净地分开了。真讲究啊，新婚生活毕竟充满了无限希望和信心。

在这个白房子里，我还喝到了这一路以来最最美味的奶茶，是用香喷喷的红茶煮的而不是茯茶。女主人还为我挖了一大块黄油泡进茶碗里，还添了一勺煎过的塔尔糜（形似小米的一种传统食品），令人备感幸福……正无限珍惜地喝着茶，突然房间另一角的卡西大声叫我。我看到她俯身在绚烂的被堆一侧的一个小摇篮上，正揭开了毯子往里看。于是赶紧凑过去——天啦！这真是这个世界埋藏得最深的珍宝！这个角落里深深沉睡着一个小小的小宝贝，一个还没有满月的，半透明的小宝贝：雪白，晶莹，脆弱。睫毛又长又安静，面孔美得不可思议。睡得香甜得像一枚小小的水果糖……我总觉得刚出生不久的婴儿应该是皱皱巴巴、混混沌沌的。但这个孩子为什么一开始就生得如此精美无瑕呢？算算时间，应该是在额河南岸的春牧场上同春羔一同来到世上的。哎，简直不知如何惊叹了，这转场之路上诞生的宝贝……

我紧紧抠住摇篮扶手，不知如何排遣突然涌上心头的惊奇和喜悦。

孩子的奶奶莎里帕罕非常年轻漂亮，才四十出头，也有一双扑闪着长睫毛的美丽眼睛。她无比热烈地疼爱着这个小女婴，还当着所有人的面掏出自己洁白的乳房去哺乳她。虽然没有奶水，孩子还是吮得津津有味。这个奶奶甜蜜地说："这是我的孩子！"

我明白了。在哈萨克人的传统中，"长孙如幼子"。这个头生子大约被父母赠送给爷爷奶奶了。

奶奶这么年轻，孩子的父母就更是小得惊人了。小父亲保拉提和斯马胡力同龄，才二十岁。小母亲也才十九岁。她一直蒙着头巾面孔朝里躺在角落里，据说身体不舒服。

除了年轻的小夫妻、小婴儿，以及婴儿的奶奶，这个家庭还有一个成员，是保拉提的妹妹加孜玉曼。她与卡西同龄，纤瘦害羞的模样。她殷切地照料小女婴，轻盈地进进出出，忙里忙外，是个勤劳懂事的好孩子。

我还注意到婴儿的木摇篮远比一般的牧场上的摇篮精美贵重，上面用彩漆细细地描绘了以红色和蓝色为主的花纹。摇篮中间横担了一根雕花木杆，上面挂着一束天鹅羽毛和一串叮叮当当的小玩具。这串玩具刚好垂在孩子面孔正上方。不睡觉的时候，她就睁着蓝灰色的眼睛静静地瞅着它们。

哎，光顾着惊叹这个孩子去了。很久以后重返餐桌，却悲伤地发现所有食物都撤下去了，餐布已经折成裹儿。我那碗香喷喷的奶茶啊！才喝了没几口，里面还有新鲜的黄油和塔尔糜呢……

然后大家一起坐到幔帘边，一边逗弄小婴儿阿依若兰，一边聊天。莎里帕罕妈妈幸福地洗着阿依若兰的尿布，保拉提坐在炉火边修理一根皮鞭。我东张西望个不停，对这个富裕家庭里陈设的一切惊叹连连。

我家的影集是那种简易的小开本，一页只能插一张照片。平时立放在上了锁的蓝漆木箱上，是家里最重要的装饰品。它不时被人取下翻啊翻啊，怎么也看不够似的。

加孜玉曼家的影集则又大又厚，也摆在家中最显眼的地方。不过她家显眼地方摆的东西多了去了，林林总总，五光十色。不像我家，只有一本小小的影集，以及一个早就坏掉的挂钟。

莎里帕罕妈妈家比我家晚一天搬来冬库尔。当时，我注意到他们的家当装了六峰骆驼！哎，骆驼多的人家，连影集都会大很多。我们家骆驼少，只能捎一本小影集。

骆驼多，毡房也大，支了六排房架子。而我家只支了四个房架子，面积小了快一半。

他家的影集内容也非常精彩。除了许多稀罕的婚纱照外，居然还有好多搔首弄姿的黑白艺术照。唉，把牧羊女摆弄成这德行，那个照相的真缺德。

我家的照片里，除了几张在照相馆里椰子树假背景前拍的一板一眼的合影外，剩下的那些生活照一半曝光不足，另一半曝光过度。

十多年前很流行的那种傻瓜胶片机现在仍在牧区流传。我家商店至今仍在出售八元一盒的廉价胶卷。

话说透明胶带真是个好东西，在山野里用处相当广泛。汽车撞坏了，可以用它将车门粘在门框上。相机后盖没了，同样也垫块硬纸壳挡住胶卷，再用胶带一圈圈缠紧。

那些照片估计就出自此种相机。

扯远了。总之，说的是莎里帕罕妈妈家很有钱的事。她家有钱还体现在地上铺的花毡比我家大，各种绣袋上使用的金线银线也比我们多。她家是用分离机脱脂牛奶的，而我家仍在用传统的查巴袋手捶。另外，她家的狗也比我家的胖——原先以为班班够胖了，现在才知道它不过徒有一身炸开的皮毛而已。真正的胖狗是这样的：小牛犊似的腿粗腰圆，脚踏实地；皮毛光亮厚实，背上有着漂亮的对称星状斑点；最妙的是，眼睛上还长了两弯眉毛。

当然，老这么比较是要不得的，不能嫌贫爱富。再说了，虽然她家样样都好，但她家的蒸锅可没我家的新。我家的锅刚买不久，锃光瓦亮。

对了，她家的羊圈也很漂亮，绕着一棵高大的落叶松围了一圈。倒是可以避雨，可若是遇到雷雨天气，恐怕会有危险吧？

从莎里帕罕妈妈家出来后，我们又径直去了强蓬家。强蓬家毡房就扎在保拉提家斜对面，中间隔着溪谷。

强蓬就是前几天上门打架的那个中年人。打架的事闹得那么厉害，我还以为从此老死不相往来了呢。结果这么快就没事了。

强蓬家门口是一大片平整的草地，草地中央独独长着一棵高大的落叶松，树下流着一条细细的溪水。真美！

卡西走到树下就停住了，大喊大叫着让人出来迎接，并叮嘱我小心狗。之前从没见卡西怕过狗，看来这家的狗一定凶得出了名。当然了，这家主人都那么凶……于是我拾根树枝做好准备。

结果狗一出来，我乐了。这条狗大是大，凶是凶，可眼睛为什么那么小呢？这么大的一条狗居然长着豆子一样的眼睛，太可爱了。于是我扑哧笑了。那狗本来气势汹汹，吠叫凶猛，一看我笑了，顿感没劲儿，呜呜了几声就摇着尾巴走开了。

　　但卡西还是怕得要死，不敢擅自过去。直到强蓬媳妇出了毡房迎上前来，她才紧紧跟着人家进门。

　　这家人当时正在喝茶。看我们进来，强蓬问："怕狗吗？"

　　我大声说："不怕！它的眼睛小！"

　　大家都莫名其妙。

　　强蓬家毡房也非常大。他家刚刚有老人过世，毡房里挂着老人的遗照。还牵了一根花带子，挂了一排老人生前穿过的最体面的衣物，包括几条裙子、几件外套和毛衣，还有一双很新的靴子。据说，等时间一到，这些衣物就会赠送给亲朋好友。

　　可惜当时我还不知道这种礼俗，还以为是挂出来摆阔的，便说："呀，像商店一样。"山野里的小杂货店就是这样摆货的，小商品摆在地面上的花毡上，大件商品就林林总总悬挂在房间里。

　　对我自以为是的笑话，大家无可奈何一笑，不做解释。

　　强蓬家也有一个小宝贝，也是个女婴。比阿依若兰大，都开始学走路了。双下巴，弯眼睛，肉嘟嘟的厚嘴唇，没完没了地灿烂大笑。漂亮得一塌糊涂。虽然只是个小婴儿，但已经很有几分女性的俏丽姿色。我仍觉得没有阿依若兰神奇。这个好歹吞吐着人间气息，那个简直一尘不染，如从天而降。

强蓬坐在餐布边，一边轻松地搓着干酪素（一种药水处理后的奶制品），一边逗弄孩子。不时停下来喝一口茶，陪我们说几句话。手里的活儿一直没停过。一只大黄猫卧在他身后呼呼大睡。干家务活儿的男人让人一看就很欣赏，一点儿也不像那天和斯马胡力打架的人了。

我环视一圈，发现还有一只猫卧在高高的被褥垛上。居然养了两只猫。

他家的被褥码了两大垛，可以接待很多客人呢。家中这样那样的家什也非常周全、讲究，看来也是个富裕的家庭。但摆茶时却发现他家没有桌子，只有一块方形的旧木板平放在花毡上，算是铺餐布的地方。

他家也有一个摇篮，但朴素了许多，很旧。空空地静置一旁。我顺手摇了摇，卡西连忙夸张地制止，以汉语大喊："不要！不好！"大约摇空摇篮是忌讳的行为。我好奇心大起，忙问为什么，但大家谁都说不上来。只有卡西想了半天，答道："小孩子嘛，肚子疼的嘛。"还是没法明白……

那天和妈妈吵架的老人原来是强蓬家雇用的长工，帮着放羊的，是个无儿无女的老单身汉。

因为我们的到来，强蓬媳妇立刻将之前的餐布挪到一边，取出另一个餐布包，打开摊在桌板上。我一看，里面全是新炸的包尔沙克，而之前的餐布里全是干馕块。然后她又打开身后的一个彩漆木箱——还上了锁的。不知这么锁着有什么意义，因为钥匙就挂在箱子旁边。里面锁着的东西也无非是一堆漂亮的玻璃碟子，每个碟子里装一些干果或贵重的糖果。总之，强蓬媳妇当着我们的面取下钥匙，郑重地打开箱子，从里面取出一碟又一碟美丽的食物，一一递向餐布。像是举行某种仪式般郑重。安排妥当后，餐布上顿时琳琅满目，跟过年一样热闹。然后她连桌板带餐布直接挪到一边，招呼我、卡西和强蓬坐过去。这么一来，那个老长工便独自一人使用全是干馕的那块餐布，上面连一碟黄油也没有。我顿感过意不去，面对丰盛新鲜的食物，什么也吃不下。那老人倒不介意，一边享受般地喝茶，一边注意倾听我们这边的交谈。还不时帮着哄哄孩子。见我一直盯着猫看，又起身捉来殷勤地扔给我玩。

强蓬家不但狗的眼睛小，猫的眼睛也好小。

强蓬和卡西和气地说话，问这问那，一点儿也不像刚刚有过过节。那天当他和斯马胡力扭打在一起时，我还扑上去硬掰过他的手指呢。当时他虽处于狂怒之中，但还是奇怪地看了我一眼，并松开血淋淋的手指。

告别时，卡西开口借磁带。强蓬媳妇给我们翻出了一大堆，由着卡西细细挑了几盘（我看她也别指望还了。什么东西一经卡西的手，很难完好无缺）。然后又给了我们一大包羊毛和两根柳条棍。柳条在这山里可是稀罕物，因为山里不长柳树。而松树啊，云杉啊，白桦树之类都不会生有柳树那样柔软匀称的长枝条。我估计是用来弹打羊毛的。果然，回家路上一问卡西，才知柳条棍是强蓬媳妇借给扎克拜妈妈帮她弹羊毛的，同时还帮她搓一些羊毛绳。

一路上我俩一直议论着强蓬。他家这么大，这么有钱，人口却这么少，只有夫妻俩，怪不得要雇人帮忙。卡西说，他家还有一个人马上就来了，是个小姑娘，强蓬的妹妹。我大感兴趣，忙打探个没完。这下冬库尔就热闹了。

强蓬家的狗一直尾随我们走了很远，一直快到我家毡房为止。

仔细想想，两家邻居又有钱，狗又胖。我家穷倒也罢了，狗都比人家的瘦一圈。

对了，我所见到的哈萨克牧羊犬全都剪掉了大半截耳朵，变成圆圆短短的一小坨耸在脑袋上。而强蓬家的狗耳朵干脆被完全剪去，只剩圆咕隆咚的一颗狗脑袋。为什么要这样呢？哪天一定要好好了解一下。

生活又开始了

在我的个人经验里，搬一次家非得伤筋动骨一百天不可。整理东西啦，熟悉新环境啦，诸多不便。但是来到冬库尔的第三天，我们的生活就完全步入了正轨。羊也认圈了，牛也知道回家的路了，晾奶疙瘩的架子也搭起来了。日子开始顺顺当当。

大家各就各位。扎克拜妈妈绣花毡、煮牛奶、做胡尔图。斯马胡力放羊、拾掇骆驼，并联合附近的小伙子们做些钉马掌、给奶牛配种之类的活计。卡西挤奶、赶牛、背柴、找羊。我呢，除了以前那些活儿，又多了一个任务——摇牛奶分离机。牛奶分离机是牧业办公室特意送上门的。一进夏牧场，牛的产奶量剧增。此时正是一年中大量生产奶制品的时节。

同时，也到了加工羊毛制品的时节了。斯马胡力每天都会逮两三只大羊剪毛。剪下的羊毛片洗净晾干，妈妈把它们撕开，用借来的柳条棍反复抽打。她边抽边对我说，再等一个月，到了下一个牧场就开始剪羊羔毛了。又说，羊羔毛比大羊毛更好。同时，羊羔们也将陆续出栏，编入大羊的队伍。繁殖与收获的季节即将到来。

但是就在第三天，大羊们突然有些犯迷糊，一上午就回来了两次，差点儿和羊羔会面。大家分头追赶，好半天才把它们逐回正道。然后回家喝了一道茶，休息片刻，斯马胡力和卡西兄妹俩开始在家门口的草地上打木桩，很快搭起了一个蒙着塑料布的小棚。

我问："干什么用？"

卡西说："给斯马胡力住！"

我说："太好了，他的脚太臭了！"

卡西大笑："对！对！"

妈妈却说："给李娟和卡西住！"她总是埋怨我俩话多，整晚说个不停，打扰大家休息。

后来才知是用来放置我和妈妈的马鞍（而卡西和斯马胡力的马鞍比较漂亮、昂贵，它们几乎被当作装饰品放在毡房里的醒目位置）、牛皮、毡片之类一时用不上的杂物。之前它们一直被码在室外空地上，盖着一大块毡子。因为春牧场干燥，很少下雨嘛。可进入潮湿多雨的夏牧场后，就不好露天放了。

斯马胡力真能干。为了栽稳木桩，他用尖头铁锹掏了四个又深又窄的洞。窄洞非常难掏，要是我的话，掏多深的洞就必须得挖开多宽的洞口。但埋木桩的话，那种喇叭状的洞远不如直上直下的窄洞结实。木桩栽进坑里后，四面缝隙填满泥土。斯马胡力扶着木桩，卡西跪在地上用斧头把子将埋住木桩根部的松土捣得结结实实。

而扎克拜妈妈在山坡另一头烧了一大锅水慢慢洗衣服，由着兄妹俩自个儿倒腾，既不插手，也不表态。等小棚搭好，不说好，也不说不好。她绕着走了一圈，铲了几锹土压住垂在小棚外的塑料布边角，开始往里面挪杂物。

这时，又开始下雨。整整一天不见蓝天了。

进入夏牧场，时间如同倒退了几个月。这边雪仍没化完，气温也比春牧场低多了。而且每天一到下午就会刮大风。若不是满目葱翠，这样的冷真令人灰心。

是的，较之戈壁滩的荒凉，夏牧场绿意汹涌。就算是阴天，也没有一点儿阴天应有的沉郁之气。虽冷而不寂，万物升腾，生命迹象沸沸扬扬。尤其是我们驻扎的这个小山坡，出门一望，草地绿得跟假的一样，绿得跟塑料做的似的。

雨时停时下。大家坐到一起重新喝茶。一时无言，一起望向门外。新的塑料棚收容着各种杂物，它拥抱着它们，在雨中簌簌作响。这时，羊的咩叫声远远响起。怎么羊又回来了？看来没人跟着就是不行。

于是大家决定今天早早地分羊入栏。加上牛也回来得格外早，我们都很高兴。赶完羊，挤完奶，总算能够早点儿休息了。之前连着两三天紧张地收拾驻地、修建牛羊圈，大家都疲惫不堪。

就在分羊的时候，扎克拜妈妈突然想起了什么，忍不住自个儿笑了起来。接下来越笑越刹不住了，边笑边赶羊。大家都莫名其妙，问怎么了，她也顾不上回答。直到小羊全部入栏后，她干脆一头扑到草地上，脸埋在青草里尽情大笑起来。好半天我们才搞清怎么回事。

原来她想起我们刚到冬库尔第一天的情景。当时也是在赶羊，但斯马胡力打架去了，就我们三个女的，困难重重。因为是第一天在冬库尔赶羊入栏，羊羔不熟悉新环境，不太服从安排。加之当时天色暗了，它们看不清周围形势，一个个紧紧盯着自己的妈妈不放，死活不肯进栏。好不容易赶进去几只，孤零零待在暗处，惊惶不安。一瞅到机会就不顾一切冲出去，死活要和大部队一搭儿。当时我们紧张极了，要知道天色越暗，越难入栏。不入栏的话，第二天天不亮大羊可能就带着小羊跑得没影了。

卡西尤其焦躁，不停冲我瞎指挥，用汉语大喊："赶！李娟！不！不赶！李娟！这边的赶！不！不这边的赶！赶！不的赶！……"弄得我一头雾水。

结果我还没生气，她倒气得不得了。越发凶巴巴地冲我乱七八糟地嚷嚷。我又恼火，又深感挫败。

那晚好不容易才把一部分羊羔入了栏。当时大家一心惦记着还在外面打架的斯马胡力，顾不上想别的。

直到今天，等全部整理工作都结束了，大家完全放松下来，妈妈才想起了这事。晚饭的时候，她津津有味地给斯马胡力模仿道："李娟！这边！李娟！那边！李娟！赶！李娟！不的赶！……"大家一直笑到吃过晚饭钻进被窝了还停不下来。

第二天一大早，卡西就向我请教汉语的"前""后""左""右"该怎么说。

生活一安定下来，时间也慢了下来。我和卡西又开始互相学习语言。之前这种学习中止了十来天。在塔门尔图春牧场住的时间短，一副随时准备出发的情形，临时的生活让人多少有些定不下心来。于是到了冬库尔没几天，我们各自的本子都记满了四五页新内容，并时不时互相提问抽查。

我的圆珠笔是"爱好"牌的。卡西知道"爱"是什么意思，也知道"好"是什么意思，但两个字放在一起就不能明白了。我绞尽脑汁解释了半天，又举了一堆例子：我的爱好是写字，妈妈的爱好是唱歌，斯马胡力的爱好是放羊，卡西的爱好是睡觉……她开始还听得高高兴兴，听到最后一句时顿时大怒，扑上来打我，硬要我改成：卡西的爱好是做饭。

我问卡西：ber-sigun是"后天"的意思吗？她一边揉面粉一边回答"是"。看她心不在焉的样子，我又故意问：baoer-sake也是"后天"的意思吗？她面不改色，仍说"是"……豁切！baoer-sake明明是油饼！太不负责了！顿时想到之前请教时，也不知被骗了多少次……太欺负人！然而再想想，自己也不是没糊弄过她，便恨恨地扯平了。

在一年四季的不同牧场上，最热闹的地方恐怕只有冬库尔了。较近的邻居就有四家。沿着河谷往深处去，两翼延伸的每一条山沟里都扎有毡房。而且一天天过去，搬来的人家越来越多。扎克拜妈妈一闲下来，就会包点糖果，拎上纺锤出去串门。如果哪一天她突然换上好一些的那件长外套和干净裙子，我就知道她要去拜访远一些的邻居了。果然，只见她打开上了锁的箱子，翻出一块闪闪发光的布料，展开看了又看，然后找出剪刀毫不犹豫地咔嚓咔嚓剪下一大截，裹了些糖果馕块，叠起来放进拎包，拎着出门了。我看着她下了山，沿着溪水往上游走去。远处的岔路口处，莎里帕罕妈妈已经等了一会儿了，她肩上也拎了一个大包……看着看着，顿感寂寞。

其实我们三个和妈妈一样，一到闲下来的时分，又没有客人的话，就一个接一个出门去也。

如果家里的人都走空了，最后一个离家的人会把门"锁"上——用一截绳子把门把手挽在门框上打个结儿。与其说是锁门，不如说只是为了告诉来者：主人不在。

不止我们天天出去串门，我们的客人也多了起来。每天至少来一拨。大多是附近的姑娘小伙儿，来了无非喝茶、听歌、聊天。聊着聊着，渐渐无语。但时间还早，外面的牛羊还没吃饱。于是大家推开茶碗向后一倒——睡觉。

和邻居们相比，我们的毡房小多了，而且随意多了。花毡下什么也没垫，睡觉总是很硌。有一天晚上硌得实在辗转难眠，早起掀起毡子一看，在我腰背下的位置上正好抵着一块大石头。试着踹两脚，纹丝不动，看来只是冰山一角，挪不得。真倒霉啊！怨怪之余，又掀开旁边的毡子，发现妈妈和卡西身下的石头更多……

而且毡房已经很旧了，一下雨，好几个地方都在漏。每到雨天，花毡潮潮的，地面泥泞。太阳出来时，除了天窗，破漏处也洒下点点光斑。当云朵在大风中飞快地移动时，毡房内的光线便忽明忽暗，满地的光斑也闪烁不停，如置身星空之中。

由于昼长夜短，早上四点多大家就得起来挤奶、赶羊。于是每到下午，劳动告一段落时，大家都会和衣午休一场。但总是那么冷，总是阴沉沉的，再瞌睡也睡不踏实。醒来时总是晕乎乎的，脚都快冻掉了，肩背更是又酸又疼。

无论如何，夏牧场的日子还算惬意。尤其在刮大风的天气里，我用铁锹把火种从室外的火坑挪进毡房里的铁皮炉。呼啸风声中，火焰异常激动，热气腾腾。茶水刚刚结束一轮，困意席卷而来。而室外一阵风一阵雨的。有时是漫天的雾气，然后渐渐地，这雾气中直接下起了雨，接着是冰雹……睡醒后，风停雨住，天空中满是灿烂耀眼的崭新白云。云和云之间的天空破碎而湛蓝。这一切似乎出自我们睡眠的力量。

在夏牧场上，扎克拜妈妈绣的新花毡也加快了生长速度，花毡上枝枝叶叶四面蔓延。黑色小牛不见了的消息令妈妈忧虑——那时，她绣出的一只羊角状花纹稍稍偏斜了一分。

卡西大部分时候心情愉快，总是唱着歌来去。她一直期盼着不久后的几场拖依（宴会），早早地开始准备那天要穿的衣服。偶尔，这姑娘也会因为劳动的辛苦而烦躁，不经意间流露出寂寞冷淡的神色。如果新借的磁带绞带了，并且被她越修越糟的时候，千万不能上前帮忙，甚至不能提任何建议。直到她扔了磁带出去赶牛的时候，我才赶紧捡起来修。等她再回来看到恢复原状的磁带，会惊异地叫出声来，再甜蜜地抱着我："我爱你，李娟！"和半小时前那个家伙判若两人。

斯马胡力总是最辛苦的一个，总是冒着雨出去赶羊、找骆驼。但是，他又是全家人里睡觉时间最长的一个，因此得不到任何同情。不过斯马胡力从不对家人发脾气，总是笑眯眯的样子，讨人喜欢。

我呢，整天捂着羽绒衣缩着脖子干活、散步、睡觉。

班班总在毡房向阳的墙根处，在饥饿之中深深地睡着。

山坡下，南面草地上，大羊和羊羔总是试图在那里汇合。一有苗头，大家就扔了碗冲下山坡，打着呼哨，扔着石头，围追堵截老半天。但总有那么一两次，大家站在家门口，不为所动地看着它们咩叫连天地撞合成一群。真奇怪，那时候明明才中午。

总之，生活又开始了，不明白的事情还是有那么多……

宁静的地震

每搬到一处新的驻地，我最关心的便是水源。早在来冬库尔之前，就听卡西说这里离水很近，而且既不是冰块也不是死水潭，便非常高兴。一到地方，刚卸了骆驼，我就跑去打水。果然，山脚下不远处有一条明亮清澈、活活泼泼的小溪流。

因那一处地势陡峭，水流几乎是跳跃着前行，石头缝里处处挂着小瀑布。卡西赞叹道："自来水啊，我们的自来水！"

的确跟自来水一样方便，不用塑料瓢一下一下地舀水，直接把塑料壶嘴对准一股跃出石缝的水流，一会儿工夫就灌满了。但这样总会把手淋湿。本来就够冷了，再被冰冷刺骨的水一浇……不过总的来说，还是很满意。

河边深深的草丛里，星空般点缀着静谧甜美的橙黄色蒲公英。好像只有它们从来不曾理会过寒冷似的。

打水倒是方便了，可与之相应的是，从此得天天跑老远捡柴、背柴。每到那时，就由衷地怀念春牧场的牛粪。

冬库尔是丰盛的所在，满目青葱，草嫩汁多，水源充沛。牛到了这样的好地方，整天努力地吃啊，努力地喝啊，牛粪稀得不成形。加之山区气候寒冷潮湿，牛粪湿乎乎地摊在草地上，似乎永远也没有干的时候。连我头一天洗的袜子，晾到第二天晚上仍是潮的。

于是，在这里只能烧柴火了。得进森林把倒木和枯枝拖出来劈成块烧。

进了森林，四处都是倒木和重重叠叠的巨大枯枝。卡西一会儿指着一堆木头说："这是被雷劈断的。"为了让我明白"雷"是什么，嘴里还轰地大喊了一声。一会儿又指着另一堆说："被冬天的雪压断的。"一会儿又说："这个嘛，风吹断的。"

我看了又看，实在看不出被雷劈的、被雪压的和被风吹的有什么明显区别。不都是乱蓬蓬堆作一摊吗？便疑心她蒙我。

虽然遍地是柴火，但不是都能拿得回家。至于那些巨大的倒木，就算斯马胡力能套着骆驼拖回家，也未必能劈得开。

卡西将干燥一些的、手臂粗细的枯枝拖至一处，折去零碎杂乱的细枝。再垫一块石头，把它们啪啪啪地统统踩折成一米左右的短截，一根一根垛得整整齐齐。全部垛好时，快有她大半个人那么高了。然后她用事先垫在柴枝下的两根一指粗的羊毛绳挽住柴垛，两头收紧。我们俩站在柴垛两边一人拽一截绳头拉啊拉啊，最后结结实实地扎两个结，再扛在背上背回家。

我不明白她折柴火时为什么折得那么短，长点儿的话不就可以多背一些吗？而且长长地压在两边，背着应该更省力。于是我自己的那一堆柴就折得很长，每根都快两米长了，最后用绳子勒紧了也只有合抱粗。我非常得意，但背到背上起步走时才发现，还是卡西的做法英明——背这么长的柴火，在森林里根本走不动……一路上，不停地被经过的大树绊来绊去，动不动就给两棵树卡住了脱身不得。只好寻找间距超过两米的两棵树，盯准了再从中间通过。也不知绕了多少远路。再加上两边的柴火伸得过长，很难保持平衡，走起路来踉踉跄跄，东倒西歪。

好不容易走出森林，我俩一前一后走在回家的坡路上。别看木柴是干枯的，但比牛粪沉得多。我们的腰被压得深深塌下，上半身已经和路面平行了。卡西边走边说："骆驼一样！我们和骆驼一样！"

第二次再去森林背柴火时，就很熟练了。这回我一个人去。林子里安静得像是空气里充满了耳朵，充满了倾听。若隐若现的林中小径上生满苔藓，地上铺积的针叶厚实而有弹性，踩在上面忽闪忽闪。有时走着走着，会走到蚂蚁的路上。蚂蚁的路一眼可辨，陷在落叶和苔藓间，大约一指宽，弯弯曲曲，浅色。上面的蚂蚁穿梭往来，井然有序。这样的路附近一定有巨大的蚂蚁窝。果然，我找到了好几个一米多高的蚂蚁窝，小山一样在树荫下隆起，上面遍布成千上万个洞口。蚂蚁们忙忙碌碌地进进出出，但从来也不会发生一只打算出洞的蚂蚁冷不丁把另一只准备进洞的撞个脚朝天这样的意外。

我看了没一会儿，腿上就爬满了蚂蚁，背的柴火上也爬了不少蚂蚁。我把这样的柴火背回家，会害得多少蚂蚁背井离乡，孤苦无依啊。

我深深地弯着腰，背着柴火走在回家的山路上。看着自己面前的影子也背负着一大团沉重的阴影，摇摇晃晃。似乎我的影子比我更不堪重荷。

经过森林下方的山谷时，我靠着路边的大石头放下柴火，休息了一会儿。身边是一道又深又窄的沟，底端闪烁着细细的水流，沟底背阴处有厚厚的积雪。开始以为这条沟是被这股细水冲刷出来的，仔细一看，却是地震断裂的遗迹。两岸交错的石块和空穴有着清晰的曾经嵌在一起的痕迹。看来是先有地震裂缝出现，后有水流从高处涌入的。这条两米多宽的深沟将碧绿完整的草地从中间破开，一直延伸到我们驻扎毡房的那座小石坡的坡脚下。

这条山谷狭窄而空荡，但分布着曾经热热闹闹驻扎过好几顶毡房的圆形痕迹。那些圆形空地一看便知已经使用过多年，因为到现在都不曾长出草来。泥地平平整整，有的空地东北角还立有旧而整齐的石板台架——那一处曾是厨台位置。有的在门口位置还打了三根木桩——那里曾用来支放巨大的敞口锅。而所有圆形遗址的西面一半都垫起了离地半尺高的台地——上面曾铺过绚丽的花毡，在无数个白昼里无数次地展开过餐布，在无数个深夜栖停过全家人的深沉睡眠……如今却空剩这些深刻浓重的生活痕迹，面朝天空，悲伤又安静。

穿过这条短短的山谷，绕过几块巨大的石块，爬上山，再走过一小片斜坡，就看到我们的毡房了。我们的毡房旧旧的，立在更旧的秃石坡上，像几百年前的事物一般庄严。离毡房不远处有好几块平平整整的大石块，上面晾满了卡西刚洗过的花花绿绿的衣服。除了"花花绿绿"这个印象外，还有一个印象就是"叽叽喳喳"。

回家一放下柴，扎克拜妈妈就唤我喝茶。我问，为什么我们不住在旁边那片森林下的山谷里呢？那里不但漂亮，还有现成的毡房印迹。有一句话我没法用哈语表达，那就是"基础设施齐全"。那儿不但有现成的室内布局，附近的羊圈、牛圈、晒奶酪的架子也一应俱全。

而我们住的地方，虽然风景美，地势高，但毕竟是从未驻扎过毡房的石头山，要住好几年才能营造出生活氛围。

妈妈说，以前强蓬家和另外两家邻居就住在那里，但是后来地震了。为了说明"地震"是个什么东西，她身子左右乱晃，嘴里发出嗡嗡的声音，还伸手握住餐布上的一块馕不停抖动。

我想，那里与这里不过一山之隔，那边地震的时候，这边难道就没事吗？

但是妈妈又说："大大的石头掉了下去，木头也掉了下去……"

我明白了，两面都是陡峭的山，中间是狭小的谷地，地震时就会处于危险的境地。难怪那里成了完整的、令人叹息的废墟。这么看来，那条地震断裂带有着多么强烈的暗示啊。

记得搬家前来冬库尔的途中，在可可仙灵西北面两公里处，我看到过一座山头高耸着几块汉白玉般洁白晶莹的大石头。一块垒着一块，整整齐齐悬空架起。若非这么大的石头不可能人为搬动（一块至少有一幢平房那么大），我都觉得应该是人造的景观才对。那就是地震的杰作。那一路上，同样的情景又看到好几处。连起来的话，全在一条线上。多么壮观的矿脉！甚至有一处，整座山通体都是那种明亮的白色大石头。石头缝隙积有土层的地方，一小团一小团地铺满碧绿的植被。

特殊的地质结构还令很多山的山脊处翻出了巨大的片状岩石。全是薄薄的石板，与地面垂直。一片一片，屏风一样笔直排列，直插云霄。像一条石板路上的石板全都立了起来，那个行走在上面的巨人于是侧着身子继续走下去，沿山脊去向远方……这也是地震的作品。阿尔泰山脉是地球上最年轻的一道山脉。

来到冬库尔的第五天，我也遇上了一次地震。

那天干完活儿，我披了件衣服躺在花毡上，正准备就着寂静的下午时光深深睡一觉。突然听到大地深处发出轰隆隆的声音，像地底有一辆重型卡车经过。那声音东来西去，伴随着地面的小幅度急剧震动。我立刻意识到地震了。爬起来仔细倾听了一会儿，世界又变得悄无声息。又走出去绕着毡房转一圈，四处静悄悄的，森林和群山静止不动，也没看到有什么人跑出房子满山谷大喊大叫。便回房子继续睡觉。

对了，大约是地震的先兆吧，那天天气突然热了起来。虽然早上还是冷得挣扎了半天才决定离开被窝，但头天夜里却没加盖斯马胡力的外套。我平时睡觉时，只去掉外套和长裤，毛衣毛裤一件也不敢脱。尽管如此，还是觉得自己那床厚厚的羊毛被不够，还得再压上斯马胡力沉重的羊皮大外套，压得整个人快翻不了身才觉得踏实。虽然已经快要六月，但山里的那种冷，就像被巨大的铁锤一锤一锤锻打过似的坚硬，冥顽不化。

总之，那天到了中午就更热了，捶酸奶时还出了一身汗。阳光暖融融的，忍不住换上了唯一的一件T恤。当时心里还满意地想道：哎！总算是过了个夏天了！

牛奶的事

我们刚搬到冬库尔没几天，就来了一位牧业办公室的干部，给我们送来一台牛奶分离机。那人除了送机器，兼收购驼毛。

既当干部又做生意，因此这人很能说几句汉语。没等我问，就主动向我介绍这台机器的功用："主要用来生产干老鼠！"

我愣了一下："干老鼠？"

"对，干老鼠。"

我便闭了嘴。

好在很快就明白了，他说的是"干酪素"。

妈妈这台机器卖给她一百块钱。我非常纳闷，如此沉重、精密的铁家伙，卖废铁也不止一百块吧？

后来想起，可能其中有政府的补助。这可能是政府为了提高牧民收入而推广的一项政策，让牧民以最高效率把牛奶制作成干酪素，然后再组织收购。妈妈说这种福利性质的机器，一个牧业队只有三个名额。而我们所在的牧业队有两百多户人家呢，却分到了我家头上，运气真好。

不过话又说回来，现在谁家没有分离机呢？谁家还像我们这样，还在用双手在查巴袋里捶黄油……

捶酸奶是非常累人的事。有时候一捶就是好几个钟头，而且得一鼓作气地捶，中途一停，有可能前功尽弃。我捶过一次，快背过气儿去了。而妈妈捶了一辈子，似乎生命中所有的耐心和坚持都是从中磨砺而出。

总之，有了牛奶分离机后，算是告别了一项沉重的体力劳动。开始我还蛮高兴的，没想到从此以后，摇分离机的活儿几乎全摊在了自己头上……谁叫我最闲呢。于是每天至少有两个小时不得停歇。摇啊摇啊，摇得我虎背熊腰，肱二头肌都鼓出来了。

自从搬进夏牧场，我的嘴唇也再不曾开裂过。不仅如此，也再没见过一坨干牛粪了。

在吉尔阿特，揪起脚上的袜子弹一下，就腾起一股厚厚的尘土。在冬库尔，从来不会发生这种事。

总之，夏牧场湿润极了，满目新鲜多汁的青草。啃了大半年干草的牛羊如一头闯进了天堂。一个个只顾低头啃食，越走越远。若不是惦记着自己的孩子，它们肯定都不想回家了。而羊羔们长势喜人，一天一个模样。牛奶的产量更是猛增，一早一晚加起来能挤四大桶。于是，制作各种奶制品成了夏牧场生活中最重要的一项劳动内容。

以往制作的奶制品，无非各种奶酪、黄油之类。在漫长的没有牛奶的冬天里，这些奶制品保留了牛奶的营养和美味，是生活的重要补充。到如今，牛羊满山，牛奶产量能绰绰有余地满足一年的需求。于是牧人便开始获取额外的利益。

但我并不喜欢干酪素。

干酪素呈颗粒状，有些像粗盐，色泽洁白。在夏牧场上，几乎每家毡房门口或室内花毡上都晾晒着干酪素。扎克拜妈妈说，一公斤二十元。我家的牛奶一个礼拜能出八九公斤干酪素。每隔十天斯马胡力就骑马去马吾列的商店卖一次，路程约两个小时。

我一边摇动机器手柄，一边看着稀奶油一线笔直地从机器中流出，源源不断。我说："这个机器真厉害！"

妈妈连忙附和："对，对！莎里帕罕家的机器就不好，奶油出得少。"

等奶油干干净净地从牛奶中分离出来，剩下的脱脂牛奶就用来制作干酪素。

我记得之前隐约听说过这种东西会被卖到食品厂加工成其他食品，便问大家是不是这样。但大家异口同声说这个东西是不能吃的。

"那用来干什么？"

卡西说："做药。"

上次那个送机器来的干部却说："不太清楚。"

我抓一把成品放到鼻子下，想闻一闻。卡西连忙制止，严厉地说："这个不好的！脏的！牛羊都不吃的！"

后来才明白为什么卡西说干酪素"脏"。原来，在制作的最后阶段，需要往脱脂牛奶中放入一种添加剂。那是一种奇怪的药水，每次只加一点点，就能使一大锅雪白的牛奶迅速沉淀出颗粒来。

我拧开装药水的塑料壶壶盖，想闻闻味道，妈妈和卡西一起大呼着制止。卡西比划着解释说这个东西有毒，还说牛羊吃了都会死。

其实拧开盖子的一瞬间，我已经闻到了一股非常呛鼻的气味，跟农药或杀虫剂似的。

等牛奶分离成水和沉淀物后，将其倒入布袋，沥去清水，再将剩下的糊状沉淀物悬挂小半天，渐渐瓷实些了，就连袋子一起放到大石头上，压上另一块大石头。一直压到第二天早上，水分挤去得差不多了，从袋子里取出来便是结实的一大坨。扎克拜妈妈将它放在一块铁丝网上反复擦搓，就搓出了细碎的颗粒。再把颗粒晾晒一两天，干透后便可拿去出售了。

那个前来送机器的干部后来也上门收购了一次干酪素。可价格压得有些低，一公斤十八块。妈妈一个劲儿地恳求："孩子，再加一块钱吧！行啦！再加一块钱……"那人丝毫不为所动。

付了钱，他把干酪素腾进自己带来的一只袋子里，拎着下山去了。妈妈站在门口目视他远去。干酪素到底被外面世界的人用来做什么呢？这经过我们而去的事物，这只知来处而不知去处的……扎克拜妈妈会为之惆然吗？

每天摇分离机都会摇出一身大汗，权当做上肢运动吧。我摇分离机的时候，妈妈就把头一天沥干的干酪素搓碎，摊开晾晒。等我把所有的牛奶脱完脂，开始细心地拆洗分离机的时候，妈妈在门口火坑上架起大锡锅，将脱脂牛奶加温，制作新的干酪素。每天莫不如此。分离机发出的嗡嗡声均匀而舒适，常常想就着这声音入眠……我每摇一会儿，就得换只手。摇到一半，就开始捶腰。妈妈叹道："真没用。"

　　比起以前的手工分离奶油，使用机器分离真是再轻松不过了。分离机把多少主妇从沉重的劳动中解放了出来啊。然而，它还是代替不了一切。它把牛奶中的奶油榨取得一干二净，如此生产出来的脱脂牛奶做成的胡尔图又酸又硬，也没什么香味，口感差多了。

　　我们制作自己食用的胡尔图时，仍以手工脱脂。牛奶在查巴袋里充分发酵后，扎克拜妈妈把一个套着木头圆盘的长棍伸进袋口，用力地上下撞击黏糊糊的液体。脂肪与水分在成千上万遍的撞击下渐渐分离开来，一块一块的油脂浮在奶液表层。这时的酸奶更酸了，并且质地稀薄。捞出油脂后，剩下的脱脂奶倒入大锅煮啊煮啊。很久以后水中浮起了像干酪素似的颗粒。把它们滗出来，渐渐凝结为柔软的浆块。妈妈用一截毛线细心地切割，捏成手掌心大小的一块一块。又轻轻拍去每一块上的残屑，光洁地放入大锡盆中，再端到室外架子上晾晒。晾干后就成了滋味无穷的胡尔图。

　　捶酸奶实在是累人的活儿。由于中途不能停止，我、妈妈和卡西三个有时会交替着捶。若捶了很长时间仍没动静，妈妈便把酸奶倒回大锡锅加温，热乎一点了再倒回袋子继续捶。大约温度高了更容易分离一些吧？但卡西这家伙懒极了，遇到这种情况，懒得倒来倒去地折腾，她直接往查巴袋里倒热水加温。

而且这家伙极没耐心。加过热水后，捶半天还是不出油，便嘱咐我接替着捶，说自己要去上游的莎里帕罕妈妈家找扎克拜妈妈，让她回家看看哪里出了问题。结果这一去就老半天，也不晓得喝了几碗茶。等母女俩回来时，我已经捶出油来了。

在制作奶酪的过程中，这家伙从头吃到尾。分离奶油时，一边捶，一边用手指把溅在查巴袋口的酸奶或奶油揩下来吮掉。等脱完脂，煮出奶酪浆时，又用锡勺不时在沸腾的浆液上漂过，然后舔粘在勺底的油脂。滗出糊状物后，又用暖瓶盖子先盛半盖奶酪糊喝起来。直到奶酪糊沥成固体，开始晾晒了，还一边晾，一边把剥脱的粉屑扫入手心倒进嘴里……看得连我都想吃了……

后来我尝了一块湿奶酪，极酸，极香。奶味里还有一股淡淡的豆腐味儿。

至于分离出来的奶油，妈妈把它们装进一个红色塑料桶，盖上桶盖，放在阳光下加温发酵。很快，它们就从稀奶油状态变成了黄澄澄的黄油！质地非常结实。但她把成形的黄油又装回查巴袋，继续捶打。捶很久后把油块掏出来，用一块纱巾裹住，带到山下，浸进冰凉刺骨的溪水，用力又挤又揉，使之越发结实，贮存的时间会更久一些。

我以为洗完之后就算最终结束了劳动。可妈妈又放回红桶里继续发酵。第二天再次去溪水边大洗一通，这才往油里撒进细盐，拌匀了贮存起来。

用来贮存黄油的是一只干羊肚（一直没搞清是羊肚还是牛肠，暂且称之为羊肚吧，因为妈妈就是这么介绍的："羊的肚子。"我看那东西跟塑料袋似的，透明，薄且脆，又疑心是膀胱），早在冬牧场上就准备好的，一直折叠着压在箱底，又干又脆。使用之前，妈妈把它泡进水里，吸饱水分后就变得柔软而强韧。她再用小刀刮去上面残余的脂肪，这才将黄油一块一块塞进去。

塞满黄油的羊肚有碗口粗，一长条，还拐了一道弯，呈"U"形，安静地置放在银色的大屉锅锅盖里，看上去饱满又美好。再过一段时间，它会凝固得更坚硬。食用时，像吃香肠一样，用小刀连皮带油一块一块切割下来，吃多少切多少。城里卖的黄油也都是这样的形态。

做这些事时，看我观察得那么入迷，妈妈也会和我东拉西扯几句，问我在自己家里时吃不吃黄油，还问我城里的胡尔图和黄油贵不贵。——当然贵了！而且还不太好吃。胡尔图显然是机器做出来的，又硬又酸。黄油呢，颜色非常漂亮，可味道有些古怪，有人说掺了牛油。

大约长时间单调的捶打工作实在乏味，那时妈妈会对我说许多事情，不管我是否听得懂。有一次，她说起了北面强蓬家的小姑娘苏乎拉。说她有过四个男朋友。说她前段时间刚进牧场没几天就又走了，因为县上有人打电话找她（真厉害，跑到冬库尔都能找得到）。还说上次拖依，大家都看到苏乎拉在哭……我问为什么哭，她说不知道。手里的木槌平静地持续捶打着满满一袋饱满的浆液，苏乎拉最隐秘的悲伤似乎也潜入了查巴袋里。妈妈在谴责苏乎拉，但她的心里怕是也有迷惑，也有叹息吧。

我们讨论苏乎拉的时候，卡西坐在门前的矮木桩上梳头发，戴耳环。旁边的草地上是正在晾晒的胡尔图，白得像雪一样。牧场的繁华不只是青草，还有牛奶呢。还有青春。

泡泡糖事件

不知为什么，一到了山里，我总是举步维艰，没走几步路就气喘如牛。每当傍晚赶羊爬山的时候，三步一小歇，五步一大歇，腿跟面条一样软，一碰到树就赶紧扶着休息。真羡慕卡西，年轻真好，跑来跑去，上蹿下跳，像山羊一样矫健。

但是有一天天气突然热了起来。在卡西的建议下，我第一次脱去了又厚又沉的毛裤和棉衣，顿感一身轻松，健步如飞……原来并不是老了……

于是我兴高采烈提出要和卡西去西面的大山上拔野葱。那座山与我们毡房所在的秃石坡隔着空旷的山谷相峙，又高又陡，令人望而生畏。平时卡西去那边放羊时，再怎么诱惑，我也坚决不肯跟去。

可是这次跟着转遍半座山，只拔了两棵葱。卡西在我走过的地方重走一遍，却拔了两大把。越拔越多，她的两只手抓不住了，便脱了外套兜着走。

一路上全是爬满橙红色和翠绿色石花的巨大山石和成片的小树林、灌木丛。地势很陡，几乎没有现成的路。

途中遇到好几条四脚蛇从脚边倏然闪过，通体绿莹莹、滑溜溜的，和生活在戈壁滩上的四脚蛇很不一样。戈壁滩上的四脚蛇粗糙、黯然，皮肤与干涸荒凉的大地有着近似的色调和质感。而山里的四脚蛇则和山野环境惊人一致，一个个如青绿色的幽灵，冰凉、敏捷。

除了拔野葱，卡西还不停地从路过的松树上抠松胶，半天只收集了一小把。这是用来当泡泡糖嚼的。在她的建议下，我试着嚼了一块。由于没经验，一口咬下去口腔里乍然粉碎了一大片，像咬了一口硬饼干似的，呛得满嘴都是苦兮兮的粉渣，还不小心吞下去一口。

我赶紧呸呸往外吐。这实在是个技术活。卡西见状，从自己嘴里掏出来一块已经嚼了半天的、完全软化的胶团，慷慨地送给我吃……

面对这团软胶，我深思熟虑了两秒钟，接过来毅然丢进嘴里……

牧场上，几个人轮流嚼同一个泡泡糖的情形我见得多了，但这种事若发生在自己身上，多少还是有点儿不太能接受。然而再想想：一个人把自己嘴里的东西掏出来给你吃，这是多大的信任和亲热啊！于是我边嚼边向她道谢。

后来我从嘴里掏出来观察了一下，松胶本来是透明的琥珀色，但软化后就成了淡粉色。外观及柔软度真的跟泡泡糖一样。口感也惊人地相似，嚼起来津津软软。跟泡泡糖唯一的区别在于没有人工的香甜味，只有浓郁的松香。

回到家，斯马胡力已经赶完羊回来了，正躺在花毡上休息。他一看见我们就嚷嚷着饿了，要赶紧摆桌子喝茶。再看到我们带回了新鲜野葱，非常高兴。喝茶的时候，他剥净一根野葱，两端咬去，把中间那截绿管子插在茶水里当吸管咻咻吮吸。真是孩子气。

再扭头看卡西，更惊人——她直接把葱伸进查巴袋子，蘸着黏糊糊的全脂酸奶大口大口地嚼。酸奶加葱，多么奇怪的组合。

边喝茶边聊天，兄妹俩把今天各自采集的松胶掏出来，比谁的多。结果卡西赢了。斯马胡力很不要脸地一把抢了过去，迅速和自己的松胶混到一起，然后趴在花毡上紧紧地护住那些宝贝，任卡西又打又掐，死不松手。

不过卡西很快就报了仇。几天后我要去县城，卡西托我给阿娜尔罕捎一封信和一小包松胶。我一看，说："太少了嘛！"

她很忧愁地说："只有这么多了，全被斯马胡力抢走了。"

于是我就怂恿她去偷斯马胡力的。卡西一听，醍醐灌顶般大喜（真是个老实孩子啊），等不及斯马胡力离开房间就立马付诸行动。她蹑手蹑脚走到正在睡午觉的斯马胡力身边，翻他挂在墙上的包，成功地偷走了几颗最大的。

松胶莫非真有那么好？连强蓬的妹妹，美丽的、大大见过世面的苏乎拉都在没完没了地收集松胶，为漫长的冬天而储备（冬闲时节是嚼泡泡糖的大好时光），也为着城里朋友的嘱托。我们去找她玩的时候，十次里有八次都被她嫂子告知正在森林里找松胶。

卡西用汉语说："这个好嘛，好吃的，香的！"

斯马胡力说："吃这个嘛，牙白！"

连体面的生意人马吾列也劝我多嚼松胶，说对牙有好处。每到那时我都闭了嘴一声不吭。我知道我的牙长得较为"突出"，用不着他每次见面都提醒一遍。

其他的人呢，除了年纪稍大的男性，大部分人每天嘴里都嚼个不停。好像嘴巴闲下来是一件很难受的事。

哈萨克牧人的牙都白得令人嫉妒，还打着闪儿，而且大都整齐饱满。这大约与生活环境和饮食有关吧。卡西的牙也极白，但不太整齐，有些扭。为此，她有一说话就捂嘴的毛病。

但是牙好显然没松胶啥功劳。卡西才十五岁，就有两颗大牙被蛀空了。扎克拜妈妈还不到五十岁，就掉了四五颗牙，还天天嚷嚷牙痛。沙阿爸爸呢，镶了一大排金牙，也不知有多少颗。每当他开口说话，我就飞快地数一遍。但没有一次能数清。

无论松胶和泡泡糖对牙有没有确切的好处，嚼它们已经成为强大的习惯了。大家都在嚼。嚼啊，嚼啊，嚼到该吃饭了，该睡觉了，就吐出来粘在衣服扣子上。第二天抠下来继续嚼。

斯马胡力不嚼的时候则吐出来贴在随身携带的小镜子上，并不停地和进新的松胶。那块松胶原本如黄豆一样大的，后来渐渐成了铜钱大小，圆圆扁扁地附在光滑的镜面上，相当牢固。

若是花钱买的泡泡糖的话，这家伙就更珍惜了。不嚼的时候，他会把它粘到手表上，覆盖了整个表盘。若妈妈问他几点了，他抬起手腕，先抠下泡泡糖扔进嘴里，边嚼边说："五点半！"

而卡西不嚼的时候则捏在耳环上，变成了一个坠子垂在那里晃啊晃。不但卡西的松胶是无限期使用的，她的一个泡泡糖也能一直没完没了地嚼下去（我之前认为泡泡糖是一次性的，嚼时间久了会发硬），直到不小心弄丢为止。每到那时，她会懊恼好几天。若是斯马胡力捡到的话，决不会还她，而是赶紧扔进自己嘴里。于是斯马胡力的泡泡糖会突然大了一倍。引起卡西的怀疑后，两人在花毡上打作一团。

至于我嘛，后来也渐渐打破了观念（……），接受了反复使用泡泡糖这件事。不过，我不嚼的时候一般都把它粘在指甲盖上。

没办法，在深山老林里，泡泡糖这玩意儿实在太珍贵了，有钱都没地方买。虽然有松胶可以代替，却远远没泡泡糖那么香甜。再说松胶也吹不出泡泡来。

在没事的时候，嘴里嚼个东西，腮帮子动一动，也是极大的慰藉啊。嚼到实在没法再嚼的时候，还可以用它粘掉身上的羊毛。

奇怪，我又不放羊，怎么也整天浑身羊毛？

下面开始说泡泡糖事件。

事件经过很简单：有一次吃拉面时，我吃出来一块煮得腻乎乎、软趴趴的泡泡糖！

然而这事却没有引起全家人太大的轰动，大家笑了一会儿继续吃。于是我也只好保持常态，心里反复默念：又不是没吃过她嘴里的东西，又不是没吃过她嘴里的东西，又不是没吃过她嘴里的东西……并微笑着把盘子里剩下的面统统吃完。

以往我每次吃完面后，总会把剩在盘底的那点儿汤也无限怜惜地喝尽。但那一天权衡再三，终于打住了。于是所有人的盘子里只有我的还剩一点儿汤。

自从这次泡泡糖事件后，每次卡西做饭我都盯紧了。偏偏她最喜欢的事情就是一边嚼泡泡糖一边揉面。后来又有一次被我逮到她把吐出的泡泡糖随手粘在桌子上切好的白菜旁边（我家没有菜板，直接在木桌上切菜），差点儿又被席卷进当天的晚饭里。

恰好那天也是做拉面，扎克拜妈妈笑着说，干脆把泡泡糖也拉一拉煮进锅里吧。

总有那么一些美丽悠长的下午时光，劳动告一段落，我们闲坐在花毡上聊天、翻影集。天气是少见的晴朗温暖。天空已经蓝了一整天了，只在中午最暖和的时候形成了一点点云。但是下午照例起了大风，又把天空刮得干干净净。我们望向门外，远处高耸的山石上，雪白的头山羊正站在那里远眺，纹丝不动。更远处森林蔚然，岑静凝重。

这时卡西突然说："李娟，等你结婚了嘛，我要送你一只山羊！"

我连忙说"谢谢"，然后也许诺："那么，等卡西结婚的时候，我就送……"停下来思考。

她期待了半天，不停地催："什么？什么？"

我想了又想，最后才说："要送很多很多的泡泡糖。"

卡西立刻大喊："豁切！"

我又说："一定要送很多很多。卡西天天嚼也嚼不完，卡西的老公天天嚼也嚼不完。卡西的公公婆婆也天天嚼，卡西的孩子们也天天嚼，卡西孩子的孩子也天天嚼……卡西三十岁了还在嚼，卡西五十岁了还在嚼，卡西八十岁了还在嚼，牙都没有了还在嚼……"

我边说边鼓着腮帮子模仿她使劲儿嚼糖的神情。每说一句，卡西就"豁切"一声。好不容易等我说完了，她才说："既然这样，等你结婚了，那我就要送……"开始思忖。

我连忙说："一只山羊就可以啦！"

馕的事

在昼长夜短的夏日，规律的生活令大家的空闲时间突然多了起来。我们陆续完善着以毡房为中心，辐射半径约一百米的生活区（多么阔气）。斯马胡力一有空就在山脚下溪水边修补小牛圈。扎克拜妈妈则决定在山坡朝西一侧挖一个新的馕坑。

用馕坑烤馕就方便多了。再也不用把锅盖、锡盆之类的器具围着火坑摆一圈，边烤边挨个揭开盖子查看进度。还得不时地挪换角度，免得一边烤煳了，另一边还是生的。

妈妈扛着铁锨沿着山坡上上下下走了好几趟，四处巡视。最后才选中了一块地方，挥起铁锨挖起坑来。

我指着前面不远处说："那不是有个现成的吗？"——那个馕坑在我每天提水的必经之路上，每次路过都会坐在旁边休息一会儿。它是以前在附近驻扎过的人家用薄石板砌的，年代久远，方方正正，结实又整齐，像在山坡上打开了一个古老的抽屉。

妈妈撇撇嘴："那个不好。"

虽然我看不出有什么不好的，但想到妈妈是老把式嘛，肯定自有其道理。

她挖了好一会儿，觉得尺寸差不多了才停下来。然后领着我四处寻找用来垫坑底和四壁的薄石板。

那种薄石板在我们来冬库尔的途中随处可见。高高低低地翻出山体，一片挨一片直立在山顶。那是片岩在地震后保持的形态。大多都跟预制板一样厚，却远比预制板整洁光滑。用它砌成的馕坑，跟砖砌的一样漂亮。很多人家的羊圈围栏也是用这种石板搭的。

别提了，不用的时候觉得到处可见，要用的时候却又遍寻不着。可能这附近的地质结构不一样吧。

于是妈妈决定拆掉那个老馕坑的石板，重复利用。她再次挥舞着铁锹挖啊挖啊。好不容易才把那个结实的馕坑破坏掉，又费了好大劲儿才掀开石板。我们俩一起哼哧哼哧地把石板一块一块抬到新挖的坑边，试着铺进去。

接下来又折腾大半天，妈妈终于意识到诸多困难难以克服，便毫不惭愧地做了决定：那么就使用原来那个坑吧！

于是我们两个再哼哧哼哧把石板抬回原来的地方，满头大汗地修补挖破的老坑，试图将石板放回原来的位置，希望能恢复一点点原貌。

馕坑倒是恢复了，但原貌绝对没有。原先的馕坑光洁整齐，结实漂亮，且时间久远，顶上长满了青草，已经与四周环境融为一体了。惨遭破坏后，附近草皮全翻开了，石板砌得歪歪斜斜，四下补得破破烂烂。远远望去，这个馕坑突兀而不自在地蹲在山坡草地上，无处躲藏的样子。

到了晚上临睡的时候，妈妈对我抱怨道："累死了，李娟！今天的劳动太多了，李娟！"

我一边给她捶背一边心想：其实大部分劳动都完全没必要嘛……

第二天，妈妈开始用新馕坑打馕了！

馕坑就是一个挖在山坡侧面的洞口，一米多深，像火柴匣一样侧面开口，便于放柴火。馕坑尽头垂直挖了通道，通往地面，算是烟囱。也就是说，馕坑就是一个放不了锅的炉灶结构。

只见妈妈先用小树枝在馕坑里生起火，又放了三根碗口粗细的大木头进去，让它们慢慢地烧。这才回家不慌不忙地和面。

妈妈揉的面团很硬。要是我的话，这么硬根本就揉不动。她把面团放在矮桌上，大幅度地展开双臂，全力以赴。面团在桌面上沉重地碾来碾去，把桌子碾得干干净净（……）。桌腿左摇右晃，重压之下似乎快要散架了。

和好的面不用发酵就直接烤，不知是不是扎克拜妈妈家独有的传统。我倒是非常喜欢这样的死面大饼，香极了。发酵过的面食，新鲜的时候吃着松软适口，却不能久放，时间长了就变得难吃。

面揉好后，妈妈把面分成几团，拍成一张张大饼盛放在一个个托盘里。我俩一人捧着三个托盘，一前一后心情愉快地向着远处碧绿草地上的馕坑走去。

托盘大大小小一共六个，全都是敲平的铝锅盖。也不知哪来这么多锅盖，我们家的锅一共才三个。

后来才知道，这些托盘平时都是作为锅盖扣在锅上的。需要烤馕时，妈妈就拿着大榔头砰砰砰地将其砸得平平展展，四边呈放射状裂开，便成了托盘。哪天又需要它们成为锅盖的时候，妈妈再用大榔头砸回原样。

到了地方，我们先把托盘放到草地上。妈妈俯身观察馕坑里的情况。看到木头已经烧得干干净净，只剩满坑的焦炭，她便满意地抿着嘴叭叭吸气。

她先用铁钩把簇成一堆的木炭扒开、摊平，使之均匀铺在馕坑里，又将多余的热炭铲出来铺在馕坑上部的石板上，还没忘在馕坑四周的泥土上也撒了一些炭。然后唤我将托盘挨个递给她。她用铁锨接住，一个一个送往馕坑深处，最后用一大块旧毡片蒙住入口，压上石头。我忍不住有些担心，毡子会不会给烧煳了？再一想，妈妈如此这般不知烤了多少年的馕了，肯定自有经验，不必多虑。

结果，真的烧煳了好几个洞……我记得这块毡片是某位骆驼的衣服。可怜的骆驼，这么冷的天却没衣服穿了，往后到了更冷的深山夏牧场又该怎么办……

才开始很难相信这样就能把馕烤熟。毕竟火都烧了大半天了，等和好那一大团面，又熄灭了很久。木炭看上去黑乎乎的，全然没有温度似的（总觉得有温度的木炭应该是通红明亮的），但不小心踩到滚落坑边的一小块炭，胶鞋底立刻烫了一个小窟窿，炭粒也嵌了进去，踢半天才踢掉。这才知道馕坑里一定温度极高。

如此这般烤了一个小时，馕全烤煳了……

上黑下黑，四面全黑。

早不来，晚不来，偏偏这时候来了两个客人。看到我们的惨状，也不太好发表意见，也不好笑出声来（估计他们回去后肯定会快乐地对老婆说：扎克拜家的馕像是被大火烧了三天三夜）。而我们也顾不上哀叹了，赶紧放下黑馕招待起客人来，摆桌子的摆桌子，铺餐布的铺餐布，倒茶的倒茶。

招待客人肯定要上漂亮馕了。但漂亮馕是旧馕，硬邦邦的，客人吃着也未必开心。我们自己则吃黑馕，把煳掉的一层用刀子刮掉。嗯，至少里面的瓤还是洁白细腻的。热乎乎的，真香啊。

但是哪怕煳掉的一层壳全削去了，斯马胡力仍拒绝吃，抱怨个没完。全家就他事儿最多。

成功来自于经验。第二次烤馕时，妈妈不但少加了一根粗柴，时间也大大缩短，四十分钟不到就取出来了。

哎！这次烤的馕可真漂亮啊，圆滚滚的，厚墩墩的。四面金黄，香气扑鼻。

没有馕坑的时候，妈妈曾尝试用炒菜的铁锅盛着面团放进门口熬过牛奶的火坑灰烬里烤馕。结果也失败了，烤出来的馕一面煳了，另一面还是白的，看上去跟生的一样。但我还是觉得很好吃。

另外，由于铁锅是尖底的嘛，烤出来的馕也是尖的，形状像个大汤盆，可以盛一大碗汤了。幸好这样的馕只打了一个。我们自己赶紧吃了，不敢让客人看到。

好在各种奇形怪状的馕毕竟属于少数的意外。大部分时候妈妈异常小心，总是念叨："要是老汉（沙阿爸爸）在，看到黑黑的馕，又要骂我了……"我觉得很有趣，妈妈这把年纪了还会挨骂啊。年轻时候说不定和卡西一样调皮任性。

除了上述方法之外，妈妈还有一个绝妙的、永远不用担心火候把握不准的烤馕办法。

这一天，由于熬了整整一下午胡尔图汤，不停烧柴，火坑里堆积了厚厚一层柴灰。妈妈说要用这柴灰烤馕。她用铁钩把柴灰扒平，将事先揉好的面团拍成一张厚厚圆圆的大饼，然后——非常惊人地——直接平铺在滚烫的热灰上。面饼立刻在热热软软的柴灰上陷了下去。她再用铁钩扒动面团四周的柴灰，使之完全盖住面饼，捂得严严实实。大约一个多小时后，妈妈扒开冷却下来的柴灰——啊，金黄的馕！她用抹布把馕擦得干净夺目。喝茶的时候，还切下来一小块单独给我一个人吃，因为只有我从没吃过这样的馕。

——天啦，实在太好吃了！哎，虽然我总在不停地为一些事情惊叹，但每一次真的都是真心的……总之，那些馕坑打出来的啊，铁盆烤出来的啊，统统被甩了几条街。大约由于柴灰冷却有一个缓慢从容的过程，馕沿着完美的抛物线均匀平滑地成熟，食物的美味最大限度地向内聚拢，完整敛入馕壳之中。这样的馕，虽然瓤也是柔软细腻的，但外壳厚实多了，且酥酥脆脆，口感亲切质朴。

只是，在吃的时候，我实在受不了斯马胡力和卡西艳羡的目光，于是只吃了几口就把剩下的掰成两半分给了兄妹俩。两人毫不客气地接过去，似乎早就等待我这一举动了。

遗憾的是，这种绝妙的办法一次只能烤一只馕（还不够兄妹俩一顿吃的）。况且也不是每天都能产生那么多柴灰，所以不能经常使用。

不用锅就能制作食物——真是神奇。突然想起曾经听人说过，以前的哈萨克人出远门放羊比现在更为艰辛。孤身一人，一出门就是十天半月的，除了干馕，再无其他食品。也没法随身带沉重的铁锅。只能背一只轻便的、以整木凿空制作的小木桶，用于取水。平时也没有热食。如果感觉到身体状况衰弱，就顺手牵过一头母羊，把奶水挤进木桶。然后升起火堆，焚烧几块卵石，烧至滚烫直接投入羊奶中，一会儿奶就沸了。据说这个法子烧开的羊奶远比铁锅煮出来的香。

而天寒地冻的日子里需要进补肉食补充热量时，荒野中的牧人便就地宰羊。剥了皮，卸下肉块。再把新鲜的羊肚剥出来翻个面，光滑的一面（没有食物残渣的一面）朝里，塞进揉了盐的肉块，扎紧口子。再在大地上挖个坑埋了。然后在地面上生起火堆烤手烤脚。等身上暖和过来了，再把下面的羊肚扒出来剥开……哎！那样的鲜嫩美味，只想象一番都觉得过瘾。

家务事

　　十五岁的内务总管卡西，烤馕水平极不稳定。出炉的馕有时完美灿烂，令人称叹，有时则黑麻麻一团，没鼻子没眼。遇上烤煳的馕，唯一的处理办法就是赶紧把它吃掉。但如果还没吃完就有客人上门了，我唯一能采取的补救措施只有赶紧把餐布上所有黑馕块逐个翻个面，令不太黑的那一面朝上。客人只好无可奈何地笑。

　　每当又一次出炉黑馕时，我无从安慰，只得说："行啦，至少没上次黑。"

　　卡西一听，便更痛苦了。

　　馕烤黑了的原因无非有二：柴放得太多，或烤的时间太长。但有一次却另有意外。烤着烤着，馕坑塌了，塌下来的碎石深深陷入新鲜的面团里。等时间到了，扒开馕坑，再拨掉面饼上的石头一看——何止"面目全非"，根本成了一朵诡异的大花，一只巨大的破蘑菇，上面黑一块黄一块白一块，伤口处裹满泥土和碎草。卡西非常沮丧。

　　刚好那天扎克拜妈妈不在家。我说："我们三个赶紧把这只砸坏的馕吃掉，妈妈回来就什么也不知道了。"

谁知她更忧伤了："哪能吃得完……"她沉痛地将炉钩探入馕坑，使劲一拖："还有一个……"

我一看，那只馕更大，面目更惨。

在别人家吃的馕，大都敷着均匀的浅黄色，看上去清洁又克制。但我还是更喜欢卡西的桔红色馕，满当当的激情，虽然制作这样的馕得承担烤煳的风险。

而在别人家，哪怕是浅色馕，当着客人的面切开之前，主妇还会用小刀把馕身四面那圈颜色稍深的表层削去，以示尊重。我家的馕呢，都黑成那样了，还敢端出来给客人吃。让卡西这个家伙理家，扎克拜妈妈失策了。

卡西是典型的哈萨克姑娘，相当勤劳的好孩子。每天一闲下来便不停地擦拭家里的各种金属器具，整理箱子上的装饰品（总共是一本小影集、一枚镶着塑料花的发卡、斯马胡力的三瓶药，还有一个印着明星头像的手提纸袋），扫地（只有碎石子、泥土和泥土上的脚印），背柴。

卡西去别人家串门时也同样勤快。如果在座的还有其他客人，她一定会坐到最右侧服务的席位，代替主妇侍候大家茶水。到哪儿都是主人翁。

而正式的做客就更积极了。吃过主人款待的主食后，她一定会帮着女主人打扫房间。前前后后又洗又擦又扫，全力以赴，直到把房间弄得跟我们刚进门时面目一致，才与我携手告辞。

嗯，又想起了春牧场上在阿勒玛罕大姐家遇到的那两个小客人，饭后不也帮着主人背冰吗？

勤快归勤快，卡西这家伙不是一般的大大咧咧。什么东西到了她手上，大都完整不过三天。梳子是半截的，面霜是缺盖子的，瓶口裹着塑料袋。炸包尔沙克时，油饼捞起来，油也不沥就直接往盆子里扔。于是冷却后，每只包尔沙克上都糊着厚厚白白的羊油（用羊油炸的），并且粘成了一大坨。盆上也糊了一层厚厚的白油，特难洗。为此我想了许多办法，最后用泥土才搓干净。

正是炸包尔沙克那一次，面和得太软，炸出来的面饼起满了薄油泡，难看极了。做到最后一张饼时，有些泄气的卡西抡起菜刀在上面咚咚咚地剁了二三十刀，又将其拉扯得薄薄大大的投入油锅，出锅后果然最为怪模怪样。

她说："这个，李娟吃！"我说："哪里，还是卡西吃吧！"正互相客气着，门一闪，有客上门。我俩低声惊呼，不约而同地去掩藏那个最丑的。可那个最丑的实在太大了，一时半会儿遮不住……客人忍不住朝它瞟了好几眼。

卡西待客，虽说有些混乱，虽说不够大方，但还算殷勤，作为女主人还算合格。如果客人茶后要抽烟，找我们借火柴，她会立刻跳起来，翻遍厨台的每一个角落和墙上的每一只挂袋。客人等了半天，只好收回烟盒说："算了算了。"她还是不肯罢休，把食品角落的纸箱里的杂物统统倾倒在花毡上，细细检索，又把所有挂在墙架上的衣服的口袋也摸了一遍。还掏出钥匙把上了锁的那只木箱也打开翻找一通。还揭起花毡在下面摸了又摸……弄得客人坐立不安。最后，这家伙一摸自己的裤子口袋，终于找到一匣！大家一起嘘了口气。

客人高兴地接过来，打开一看，却是空的。便无奈地低喃："不……"

最最后，卡西扒开铁皮炉里的灰烬，找到了最后一块红木炭，总算完成了任务。

等客人走后，在门口熬牛奶的火坑边，我看到所有火柴全集中在那里，还撒得到处都是。

家里用火柴很费，几乎一天用掉一盒。至少有两次，准备做饭呢，发现没火柴了。炉坑里的余烬也燃得透透的，引不起火。只好跑到北面邻居家借火柴，一来一去，加上寒暄，得半个小时。

我和妈妈划火柴时都一根一根地划。一根不成功，再换一根就是了（总是风大）。而卡西性子急。为降低不成功系数，她每次非得抽一大把划。哗然喷射的激烈火焰才令她满意。

还有一个费火柴的原因是火柴总是到处乱扔，很容易受潮。遇到一匣受潮的火柴，卡西先以鼻嗅之，再直接投入火中。潇洒极了。我若没看到也就罢了，若看到肯定会阻止加批评，再把火柴放到炉子边的石头上烘烤。

此外，卡西生完炉子，总爱顺手把火柴扔在炉板上。虽说当时炉板是凉的，可没一会儿就烧得滚烫了啊。一整包火柴非得烧着了不可，真令人担心。好在我盯得牢，这种事情从没发生过。可有一天稍稍放松了警惕，便炸掉了一个放在炉板上的打火机……为此斯马胡力很生气，那打火机是他的，而且是唯一的一个。

好在混乱情况只是插曲。大部分时候，我们的家务事还算井井有条。大家各司其职，日子过得还算顺当。

我每天的任务是当大家一大早出去挤牛奶和赶大羊的时候，赶紧起床（强忍着浓烈的瞌睡与寒冷）生炉子、煮茶、烧热水。然后收拾被褥，将其整齐地在房间左侧摆成垛儿，盖上装饰性的大头巾（可别小看，这也是力气活和手艺活呢）。这样，等大家忙完了回来就有热水洗脸了，然后坐到收拾利索的花毡上舒舒服服地喝茶取暖。

白天我的主要任务是摇分离机给牛奶脱脂，这个得花两个多小时。另外我还得负责为大家准备每天五到十次的茶水，并且得保证暖瓶里的茶随时是满的。当然了，晚饭也归我管，面归我揉，面条归我拉，天大的一锅面片汤也归我揪。做完晚饭则帮着赶小牛。到了傍晚小羊入栏时分，我也是必不可少的劳力，负责站在羊群最后方，防止它们从南面突围。

到了晚上也是由我来拆掉大被垛，为大家铺床。又是一场力气活儿。要知道，我们的被子褥子全是用沉重厚实的羊毛片缝制，没有一床棉花的。

顺便说一句，哈萨克人盖被子很有讲究，不仅要分里外，还要分上下——盖脚的那一端坚决不能盖在脸这一头。为此，被面上会缝有能看得到或摸得到的标识。

此外，一有空闲我就给大家补破衣服（每天都得补！卡西和斯马胡力兄妹俩简直是两台拖拉机）。若空闲更多时，就给大家洗衣服。

至于每天的散步，则是自己给自己布置的任务，雷打不动。

如此说来，好像整天都很忙似的。其实不然。要知道北方的夏天，白昼实在太漫长了。加之夏牧场地势又高，从早上三点半到晚上十点多这段时间里，天色基本都是大亮的。把所有的活计置入漫长的时间里，应该是松松绰绰，不慌不忙的。

只是，如果从早上三四点就起身一直干到晚上十一点的话，睡眠时间肯定就不够了。白天里，大家当然会拼命补觉。

卡西非常厉害，午眠能一口气睡三个钟头。扎克拜妈妈便总是责骂她。我见卡西常常挨骂，便暗暗学乖：妈妈不在的时候拼命睡。妈妈在的话，顶多只睡一个小时就挣扎着起来，等妈妈出门了再接着睡……没办法，实在太瞌睡了。

于是，每天除了干活就是睡觉。房间里那点儿家务事多少会遭遇周期性荒废。尤其搬家前的最后几天，被垛上扔满了衣服，角落里胡乱堆放着各种袋子，厨房角落乱七八糟一大摊……照我的想法，反正要离开了，马上得统统装袋打包，便也没在意，由着乱去。直到一天中午，来了两个客人后，妈妈突然生起气来。她痛下决心，把房间大力整顿一通。把所有的大包小包整齐靠放在被褥一侧，用一块大盖巾统统盖住。然后把厨房角落散乱的杂物一一归置到看不到的地方。我和卡西互视而咂舌，感到羞愧。就算第二天要搬家，头一天也要过日子啊！

只有在妈妈出远门的时候——比如去富蕴县——卡西才会对布置房间极其上心。费心尝试新的装饰花样儿，还额外把毡房所在的小山坡也打扫一遍——就算没啥可扫的，也要清除路面上稍大一些的碎石块，强化视觉效果。我就笑她表现给妈妈看。可再一想，这有什么可笑的？这分明是表达对于分别的挂念啊。尤其想到再见面时或许会带来的惊喜：一个苹果，或一盘新磁带……哪怕只为这个，也得郑重地迎接。

妈妈不在，卡西便一人顶俩，分外忙碌。牛刚赶回家，就急匆匆系上妈妈的大围裙，拎起奶桶往山下跑。远远看去，裹着大围裙的小姑娘很有几分当家妇人的感觉了。

影 响

.

　　我很怕冷，进山前便准备了五六十瓶药丸，每天大把大把地嚼。果然，整天冻得跟猴儿一样，都没感冒过一次。

　　无论如何，对这个家庭来说，像我这样的，别的忙帮不上，好好的不生病就算是立了大功了。不然的话，会给大家添多少麻烦啊。

　　我几乎每两天就会吞掉一瓶药丸。扔掉的空瓶子被扎克拜妈妈细心地拾了回来。她用其中三个瓶子把斯马胡力长年服用的药粉装了起来——之前它们一直装在三只薄薄的塑料袋里。剩下的空瓶也妥善收好，虽然一时派不上用场，但它们好歹都是完好的瓶子啊——干净的，新的，有盖儿的，装点儿东西绝对不漏的。

　　没想到这堆空瓶子也成了牧人们闲聊时传递的信息之一。

　　第一个上门讨瓶子的是恰马罕家的男孩哈德别克，他用来装烟粒。这小子小小年纪就抽烟，而且抽的还是老辈人才抽的、用报纸卷的莫合烟。这种土烟劲儿大又便宜。他整天严肃地卷啊，抽啊，喷云吐雾，以为这样就算是大人了。

　　我给了他一个瓶子，并且教育了他一通，数落了抽烟的诸多害处：浪费钱，咳嗽，呛人，娶不上媳妇，等等。这小子边听边笑，边笑边继续抽。

没两天，北面强蓬家的老长工也来讨瓶子了。虽然他和斯马胡力打过架，还骂过扎克拜妈妈，但上门要东西是另一码事，便毫不惭愧。他要瓶子也是同样的用途。哎，我的药瓶用来装烟粒真是再合适不过了——瓶身是扁的，塞在口袋里平平展展，好取好放。

这个穷困寂寞的老长工一定无限心爱这个瓶子吧。因为下一次再见面时，便发现他的瓶子已被用心改造过——在瓶盖侧边开了一个小方孔，瓶口侧边错开一点的位置也开了一个同样尺寸的孔。这样就不用完全拧开盖子倒烟粒了。稍微拧一下盖子，两个孔对齐，瓶身一抖，烟粒就均匀地流出来了。省事又方便。还好玩，卷烟时显得与众不同。哎，这算是发明吗？肯定算了。一个普通的塑料瓶，受到如此慎重的对待，连我都自豪起来。

再一想，一个普通的瓶子出现在山野中，顿时会成为多么刻意的、复杂的、用心良苦的事物啊。它是被精心设计过的，线条流畅匀称，分量轻盈。盖子和瓶口的丝扣配合得天衣无缝。天上地下，再没有什么天然事物能像它那样紧紧地留存装在其中的东西了。

很快，越来越多的牧人陆陆续续跑来向我要瓶子了。有时实在没空瓶子了，只好把药丸倒出来，腾一个给他。但倒出来的药丸又没处放，只好一口气全吞进肚子。

这片牧场的牧羊人聚到一起，互相问候完毕，各自掏出烟盒卷莫合烟——五个里保准有三个是一模一样的白色扁平塑料药瓶。

这是我对大家造成的影响之一。

扎克拜妈妈一家很节俭，但不知为什么偏就不爱惜衣物。除了特别满意的一两件好衣服深压箱底，百年难得穿一次之外，其他衣服都当一次性的穿，有时睡觉都不脱下来。赶牛放羊回家，浑身总是被挂得东飘一块西吊一块，风一吹，翩翩然。等买了新衣服又拼命穿新的，旧的立刻成了抹布，或拆碎了补这补那，很快消失得无影无踪。

自从裁缝李娟进入这个家庭之后，整天为大家缝缝补补，于是衣服的新旧更替频率明显降低。卡西缠着妈妈买新衣服，抱怨这个也是破的，那个也是破的。妈妈就会呵斥她："让李娟给你补！"

衣服破得最快的是斯马胡力。他不但要辛苦地放羊，还要辛苦地和人打架。

妈妈总像缝毡子一样给兄妹俩补衣服，针脚长得触目惊心，从这一针到下一针，恨不能直接划过太平洋。补好后，反而更不结实了——那些线头容易挂住路过的树枝或石片。而我的针脚细密（亏妈妈提供的针跟牙签一样粗），总是把裂缝处的布边朝里卷好再补。补好后，还额外在背面垫一块布片帮衬着密密缝上，使之更结实。补好后也不太影响外观。

由于我本领高强，而且不收费，大家都非常尊重我这一手艺。当我补衣服时，大家忙得团团转也舍不得让我停下手上的活儿给搭把手。有时哈德别克过来串门儿，也会脱下外套请我帮忙把后背的三角口处理一下，口气极其恭敬小心。

为了利用好我这个技术性人才，妈妈时常搞些小创意。比如把一件旧衣服的袖子拆下来，让我帮她缝在围裙上，于是围裙一下变成了反穿罩衣。然后再要求我把没了袖子的衣服缝在一条半身裙上，于是又组装出一条前开扣的背心长裙。

整个过程中，我按着她的思路，精心处理各个细节，令她十二分满意。要知道这可不是容易的事！忍不住再抱怨一下那枚针——那么粗，要多难用就有多难用。

哎，像我这么能干的人，应该在毡房门口挂个招牌才对，接点儿零活赚点儿零花钱还是不成问题的。又想起好几年前，在山野里游荡时，曾路过一个毡房密集的山谷。其中一顶毡房外就挂着这么一个招牌，上面一个字也没有，只简单地画了一台缝纫机。进去一看，果然是一个简单的裁缝店。工具只有一把剪刀和一台手摇缝纫机，收费却毫不客气。

斯马胡力兄妹俩几乎每天都会带一块伤回家，衣服更是天天挂彩，也不知在外面都遇到了什么样的惊险，不就放个羊嘛。

我发现卡西所有裤子的同一个地方经常会破——屁股右边，而且全是被尖锐物挂出的小三角口。我四处寻找原因，最后扒着她的马鞍一看——难怪，上面有一个铜饰断了一个角，茬口非常尖利。我找来透明胶布，想把那块茬口封住。但这个姑娘坚决不同意，说太难看了。奇怪，难道穿着屁股上补丁沓补丁的裤子就不难看了？

再一想，大约因为马鞍是贵重的器具，要庄重对待。而衣服裤子都是便宜货，怎么拾掇都不过分。

我只好继续帮她在屁股上打补丁。

我的马鞍上也有一个凸出的装饰扣。有两次挂破了我的裤子，还有一次挂破了我的衣服（抱着马鞍往下爬时）。真想悄悄拆掉它。但它毕竟是纯银的，搞不好比我的裤子还贵。

总之我做的这些事，大约使家人体会到了品质生活的一点儿甜头，于是再没人愿意穿着破衣服出门放羊了，多多少少讲究起来。我要是某天犯懒，破衣服接过来往旁边一扔，半天没动静，大家还会不乐意。

有一次我离开了好几天，回牧场的路上在一家山野小店巧遇斯马胡力。惊喜之下，这小子的第一反应就是转身脱裤子，然后扔给我补，不管周围的人怎么笑他都不在乎。

斯马胡力的手表也是我的作品。他有一次打架时把手表的金属带子给弄坏了，此后一有时间就取出来研究，无从修补。看他那么伤心，我自告奋勇帮忙。我直接把损坏的扣绊卸下扔掉，再把表带两个末端连在一起，连接处插入一枚多余的轴承，扣得死死的。这样，除了整块表固定在手腕上再也取不下来这个缺陷以外，根本看不出什么异样。斯马胡力抬起手腕看了又看，虽然无可奈何，还是对我说谢谢。此后一整个夏天里，他一直戴着那块表，洗澡都没法摘下来，直到表坏掉了仍不得不继续戴着。

大家的几句常用汉语也是我的成绩。斯马胡力会说："饭好了吗？"妈妈会说："一个桶，二个桶，三个桶。"卡西会说："可怜的李娟，我爱你。"

大家都会说的一句话则是："李娟，对不起！"

我当然也会受到大家的影响。首先也是说话方面。习惯了哈语语法，说起汉语来也动辄宾语前置——"饭吃""牛赶""钱给"之类。

其次是些日常习惯。如削土豆皮，我相信大部分人都是持着刀由内往外一片一片地削，而哈萨克人则恰恰相反。也就是说，刀刃冲着自己，从外向内反着削。削完后，皮儿扑了自己一身。同样，用针的姿势也相反。我们一般左手捏布料，右手捏针从右缝到左。哈萨克女人们却反着捏针，针尖冲着自己，倒退着从上往下缝。吃手抓肉时，也同样朝内割肉，以大拇指隔着肉块抵住锋利的刀刃，刀身利落一拧，就削下了恰到好处的一块。

向内使用器具，大约是为了避免对他人的意外伤害，同时也是表达对他人的恭敬。但我猜测，最终还是出于安全上的考虑。这毕竟是一个日常生活离不开刀具的民族，过于频繁地使用利器会造成潜在危险指数偏高。于是相比其他民族，他们更懂得何为"克制"。日常生活中，"将危险冲向自己"便成为习惯。人们承袭这种习惯，加倍小心行事，不至于无所顾忌。同时，这也是一种准备吧？随时随地直面危险——在寻常生活的细节中习惯了这种准备，面临意外时刻才不至于乱了分寸。这种深刻的"克制"，不正对应着游牧生活的艰辛动荡和危险莫测吗？

而我们这些人更加习惯躲避伤害。我们太擅于保护自己了，说起来也无可厚非，都是为了能平安生活下去。

我呢，削土豆是能模仿到位了，但持针的习惯怕是永远也改变不了。缝东西时，坐在我旁边的人总是很害怕。我每每一抽针，高高地扬起手，那人就赶紧躲闪，并闭上眼睛，怕我扎了他的眼。

我路过炉子或火坑时，看到烧了一半的柴快掉出来了，就赶紧踢一脚，将之踢回火中。为此妈妈和卡西常常斥责我，严厉地说那样不好。但我总记不住。

我扫完地，总习惯把垃圾（不过是些碎树枝和糖纸之类）顺手倒进炉火中烧掉，被看到了也要挨骂。

我猜这大约也是源于古老的信奉。火是生活中极其重要的物质，应当被尊重——至淳至朴的尊重。总之我也渐渐学会了这种尊重。

卡西俯身在餐桌上揉面时，总时不时地流口水。我很担忧，生怕流到面团上。后来发现扎克拜妈妈也这样，每当她低头干活时，就会长长地流口水。我猜想是不是长年累月风吹雨淋的艰苦生活，令大家的面部神经出啥问题了，以致低头时合不拢嘴？然而，很快惊恐地发现，自己居然也有了同样的毛病！流起口水来止都止不住。低头一开口，还没来得及说话，先长长地、亮晶晶地流一串……

最好的影响是我的臂力大增。一手拎一桶十公斤的水，一口气冲上坡毫无问题。再加上每天摇两个小时的分离机，肱二头肌高高鼓起，神气活现。

而我最怕的影响则是罗圈腿。虽不常骑马，但每次一骑就是七八个钟头到十来个钟头。下马后腿都僵了，好长时间膝盖内侧都不能靠拢。于是我没事就拼命跷二郎腿，希望能矫正过来。

茶的事

　　家里的碗大大小小十来只，却没有两只重样的。没办法，搬家过程中，碗是最易损坏的事物。每次搬家临行前打包，扎克拜妈妈都特意用几件衣服把碗挨个紧紧缠裹了再塞入铁桶。到地方后仍难保全。

　　这些碗上都印有简陋而鲜艳的图案，有一只碗上还有"岁岁平安"的字样。有一天妈妈问我这些字是什么意思。我想了想，解释道："意思就是每天都会很好。"

　　妈妈说："那么天天用这个碗喝茶，就会天天好？"

　　我连忙说："是啊是啊！"

　　从此之后，每天喝茶时，无论谁用到了这只碗，都会边喝边念念有词："天天喝，天天好，天天喝，天天好……"

　　对于牧人来说，喝茶是相当重要的一项生活内容。日常劳动非常沉重，每告一段落就赶紧布茶，喝上几大碗才开始休息。来客人了，也赶紧上茶。有时一天之内，能喝到十遍茶。

　　喝茶不是直接摆上碗就喝的，还辅以种种食物和简单的程序。摆开矮桌（平时竖放在角落里），解开包着食物的餐布铺在桌上，摊平里面的旧馕块、包尔沙克和胡尔图。有客人在座的话，会取出新馕切一些添进去，以示尊敬。再在食物空隙间摆上盛黄油和白油的小碟子，在主妇的位置旁摆放盛牛奶的碗、舀牛奶的圆勺、滤茶叶的漏勺。于是，整个场面看上去就很丰盛了。

有客人的话，有时还会额外摆上装着克孜热木切克（变质的全脂牛奶制成的颜色发红的奶制品，我们汉族人称之"甜奶疙瘩"）的碟子，再打开上锁的木箱取出一把糖果撒在食物间。如果那时刚摇完分离机的话，还会盛一碗新鲜的稀奶油放在餐布中央，让大家用馕块蘸着吃。

宽裕的人家，还会慷慨地摆上葡萄干、塔尔糜、饼干、杏子汤、椰枣、无花果干……统统以漂亮的玻璃碗盛装，跟过古尔邦节（宰牲节）似的。不过这些大都是装饰性的食物，大家只是礼貌性地尝一尝，没人会拼命地吃。

我家较为平实些，餐布上的东西全是用来充饥的。

每次喝茶，黄油必不可少。一小块滑润细腻的黄油和一碗滚烫的茶水是最佳拍档，滋味无穷。在牛奶产量低下的季节里，没有黄油，我们更多地吃白油。才开始，我很怕这种坚硬洁白的肥油脂肪。但大家很照顾我，看我太客气，就主动帮我添白油。每次都狠狠地挖一大坨扔进我碗里，害我笑也不是，哭也不是，只好坚强地一口口咽下。时间久了，居然也适应了。再久一些，也有些依赖那股极特别的，又冲、又厚，且隐含肉香的脂肪气息。要知道，对于春日里清汤寡水的饮食生活来说，白油简直是带着慈悲的面孔出现在餐布上的。

至于斯马胡力他们直接把白油厚墩墩地抹在馕块上……我就不能接受了。

话说大家团团坐定，主妇面前空碗一字排开，就开始倒茶了。先舀一小勺牛奶在碗底，再左手持壶倒茶，右手持漏勺过滤茶叶。冲好的茶按主次一一传给在座者。侍候茶的主妇还要眼尖，留意谁的茶快见底了就赶紧伸手讨碗续茶，直到对方用手合住碗口说："够了，谢谢。"

在我家，一般由我或扎克拜妈妈照顾茶席。

煮茶的活儿则由我承包了。几乎每天都在不停地煮，以随时保持暖瓶满满当当。不知为什么大家都好能喝茶，尤其是斯马胡力。妈妈总是说："该买两个暖瓶冲两壶茶，一壶我们喝，一壶让斯马胡力自己一个人喝去。"

有时我们离席很久了，出门做了很多事情回来，斯马胡力还在餐布前自斟自饮。奇怪的是，也没见他因此频频上厕所。

我们喝的茶恐怕是全天下最便宜的了，叫"茯砖"，十块钱五斤。压成砖形，并且真的硬得跟砖一样。尤其进入夏牧场后拆开的那一块更甚，每次都得用匕首狠狠撬，才能剜下来一小块。茶叶质量也并不好，有时掰开时，会看到其中夹杂着塑料纸的残片或其他异物。但捧起一闻，仍然香气扑鼻，便原谅了它。

遇到最最硬的霸王茶，别说匕首了，连菜刀都剁不开。扎克拜妈妈只好用榔头砸。但一时间仍无效果。她一着急，扔了榔头出门拿斧头。等她拎了斧头回来，我已经用榔头砸开了。

有时候砸开坚硬的茶块，会发现其间霉斑点点，大概已经变质。抱着"可能看错了"的侥幸冲进暖壶，泡开了一喝，果然霉味很大。但这么大一块茶，好歹花钱买的，总不能扔掉吧？说不定歪打正着能治好我的咽炎和斯马胡力的鼻炎呢，便心安理得地独自喝了两大碗。

在隆重的节庆场合，还会喝到加了黑胡椒和丁香煮出来的茶。与其说是茶，不如说是汤了。味道有些怪，但怪得相当深奥。喝惯了的话，也会觉得蛮可口。

听后来认识的小姑娘阿娜儿说，在过去的年代里，茶叶昂贵又匮乏，贫穷的牧民会把森林里一种掌状叶片的植物采摘回家熬煮，当茶喝。她还拔了一片那样的叶子让我嗅。果然，一股鲜辣气息，真有那么一点点茶叶味。

哎，我要赞美茶！茶和盐一样，是牧场生活的必需品。它和糖啊肉啊牛奶啊之类有着鲜明美味的食物不同，它是浑厚的，低处的，是丰富的自然气息的总和——经浓缩后的强烈又沉重的自然气息，极富安全感的气息。在一个突然下起急雨的下午，我们窝在毡房里喝茶，冷得瑟瑟发抖。妈妈让我披上她最厚重的那件大衣。顿时，寒冷被有力地阻挡开去。而热气腾腾的茶水则又是一重深沉的安慰：黄油有着温暖人心的异香；盐的厚重感让液体喝在嘴里也会有固体的质地；茶叶的气息则是枝繁叶茂的大树——我们一边啜饮，一边行进在无边的森林中。有一种事物无处不在却肉眼无察，它在所有的空隙处抽枝萌叶……所有这些，和水相遇了，平稳地相遇。含在嘴里，渗进周身脉络骨骼里，不只是充饥，更是如细数爱意一般……

卡西烤馕常有烤煳的时候，我烧茶也会有失败的时候。比如盐没放好。这个还好处理，淡了就添盐，咸了就另烧一壶白开水兑着喝。

有时候茶叶放得太多，一倒茶，就一团一团从暖瓶里涌出来。妈妈直皱眉头。于是煮下一壶茶时，我就没换茶。自作聪明地只掰了一小块新茶补进旧茶，添上开水完事。结果冲出来的茶一点儿颜色也没有，白泛泛的。偏那时又来客人了。

就是那一次，家里没有人，我正在森林里背柴火。刚走出森林，就看到远处有两个陌生人骑着马向我家毡房而去，便放下柴停下来。实在不想让外人看到自己现在的狼狈样儿——塌着背，穿着劳动专用的破衣服，头发被树枝挂得乱七八糟。

不知为何，我背柴的样子极其难看。背上的柴也不至于重到背不动的程度，却把腰压得那么弯，看上去悲惨极了。

可等了半天，他们还不走。后来干脆系了马站在我家门口面对面说话，看来是下定决心要等到主人回家了。没一会儿，托汗爷爷也出现在视野中，慢慢向他俩走去。这回没法躲了，只好硬着头皮回家。

独自招待客人感觉极不自在，但似乎没人注意到我的不自在。席间，爷爷和两个客人讨论关于强蓬家的事。我铺开餐布切馕、倒茶。结果水一流出来就忍不住惊呼："呀！"吓了客人一跳。他们顺着我的视线一看：根本就是一碗白开水嘛！

原来茯茶只能泡一遍，不像别的茶，可以泡好几遍。我无可奈何，仍然厚着脸皮递给三位客人。大家端起茶研究了两秒钟，照喝不误。

不一会儿，扎克拜妈妈和斯马胡力也回来了。看到这样的茶，斯马胡力很是大惊小怪了一番，妈妈也不太乐意。但爷爷笑眯眯地说："行啦，行啦！"两个生客也笑而不言。我赶紧勤快地生火重烧新茶。

后来习惯了，家里一来人，我也学会大方熟练地招呼大家。但也有不情愿招待的人，比如恰马罕。他似乎总想说服我嫁给他三个儿子中的一个。还有卡西那个当兽医的表姐夫。有一次来我家时，给我看了两块黑色的柱状结晶体，说他在一个偏僻之处发现了这种石头的矿脉，要和我合伙开发赚大钱。从此我远远地一看到他就溜之大吉。

卡西说她这个兽医姐夫相当"厉害"。我才开始还以为是说他医术高明，后来才知是指他脾气暴躁，骂人的功夫厉害。我就更怕了。

后来搬家离开冬库尔时，暂驻在托马得坡地上。我家和

80

加孜玉曼家的依特罕扎在同一座山坡上。大家都不在家时，我一个人坐在坡顶晒太阳。突然远远看到兽医姐夫正蹲在加孜玉曼家依特罕前的草地上喝茶！根据习惯，他在那边喝完茶肯定还会顺便到我们这边再喝一轮。当机立断，我连忙就地倒下，平躺在地面上的一个低洼处，好半天一动不动，使他从他的角度看过来，这边平坦无人。果然，他喝了一会儿就从那边下山走了。不知是否真的以为这边没人。就算明知我在，看我吓成那样，也未必好意思过来吧？

我有许多坏习惯，比如总是盘着腿坐在花毡上俯身为大家倒茶。总被扎克拜妈妈取笑。有时候来客人了，不提防还这样，妈妈就一把将我推起来。令我坐好了再倒茶。

倒茶成了我的专业后，大家变得谁都不愿意插手。哪怕我正在洗头，斯马胡力嚷嚷要喝茶了，也得赶紧顶着满头肥皂泡冲进屋子给那个臭小子倒茶。想想都觉得可恨。

没外人的时候，大家喝茶非常搞怪。一段时间里卡西闹着减肥，只喝清茶，不加牛奶。有时候她会把茶倒进一个冰红茶饮料的空塑料瓶里，晃一晃再喝，以为这样就会有了饮料的味道。红茶瓶子上印了个非常漂亮的年轻女孩，卡西对她赞不绝口，边喝边凝视着她。

爷爷喝茶时会泡进去许多克孜热木切克。大口大口地吃，也不嫌腻。他还用勺子直接舀稀奶油喝。而我们只将其当作调味品，用馕块一点一点蘸着吃。

斯马胡力喜欢用野葱段当吸管吸着茶喝，喜欢把甜的糖块泡进咸的茶水里，还喜欢直挺挺地倒在花毡上，趴着喝茶。有一次我问他能否倒立着喝，他就真的靠着房架子打起了倒立。我把碗端到他嘴边。他刚喝了一口，妈妈就进来了，大喊："豁切！"于是茶水统统从他鼻子里呛出来，咳了半天。我很诧异，他不是一直鼻塞吗？

斯马胡力最会给人添麻烦了。他去恰马罕家帮忙剪完羊毛回家，我就随口一问："要喝茶吗？"他居然立刻说："喝。"

我生气地说："恰马罕家没有茶？为什么不喝了再回来？"他笑而不答。

而之前我和扎克拜妈妈刚结束了一道茶，收拾了席面准备休息呢。

只好又重新铺开餐布给他冲茶。

谁知这小子只喝了一碗就不喝了（平时至少四五碗）。我更生气了："怎么才一碗？我都懒得洗碗！"

他笑着说："才在恰马罕房子喝过了嘛。"

扎克拜妈妈对茶自有一番要求。来客人的时候无所谓，由着客人喝好就行。但只有自家人在的时候，便无比重视喝的质量与心情。有时来人特别多，大家围坐矮桌，边喝边聊，喝了很长很长时间。人走后，我和卡西忙乎半天，洗碗，扫地，烧下一次的茶水。好不容易收拾利索了，妈妈看了欣慰地说："别忙了，快过来喝茶吧。"然后又解开刚打上结的餐布，排开刚洗好的碗……这喝得也太频繁了吧？很快知道，原来刚才那道茶盐味不够，人又多又吵，妈妈还没喝爽呢……然后还得再收拾，再洗碗，再烧下一次的茶。我坐在席间为大家服务，一碗都不喝，无论大家怎么劝都不干——实在是喝饱了。

虽然每一道茶都令人心满意足，但相比之下，早茶总是更愉快一些。那时羊也赶完了，牛奶也挤完了。太阳出来了，最寒冷的时刻也结束了。斯马胡力也修好了坏了一个月的黑走马舞曲磁带。我们边听边唱，不时放下茶碗起身跳舞。斯马胡力又高又瘦，跳起舞来一板一眼。卡西则跳得缓和而柔曼。我不会跳维吾尔族舞，却会扭脖子，令大家颇为惊奇。卡西和妈妈跟着学了半天，此后好几天还一直在学，不时要求我扭几下做个示范。

一天的最后一道茶伴随着一天之中唯一的一顿正餐。哎，把这唯一的正餐安排在晚上真是再合理不过了。吃得饱饱的，正好安心睡觉。但晚餐总是不会准备太多，没吃饱的话，就继续喝茶，吃馕。

每当我准备出远门的头一天，扎克拜妈妈入睡前都会叹气："李娟明天走了，早上没有现成的茶喝了！"

到了第二天出发时，妈妈又忧愁地重复一遍："李娟一走，就没有茶了。"

从城里回来的人

　　家里经常进城的人是斯马胡力。在冬库尔安定下来后的第二个礼拜，他又出了一趟远门。这次去阿勒泰市。别看他才二十岁，可患有一种关节病（具体什么病，没人能给我解释得清），整天嚷嚷着这里疼那里疼（打架的时候除外）。为此，他长期服用一种药粉，是阿勒泰市的哈萨克医院配制的，每天吃饭时，用奶茶调和了吞服。因此，在缺少牛奶的春日里，哪怕我们大家都只喝黑茶，也要省出牛奶来让他一个人喝奶茶。

　　这种治疗，一个疗程约两个月。因此他一年得去好几次阿勒泰市，每次去都必定做两件事：一、复诊；二、照相。而且每次拍照都去同一个地方（广场），取同样的背景（雕塑和花坛），姿势也一模一样（一手叉腰，一手扶雕塑）。我估计拍照的老板也是同一个人。

　　此外，斯马胡力还患有严重的鼻炎。整天鼻子呼呼啦啦，说话齆声齆气，从没见他鼻子清清醒醒地通透过一天。因此这次出发前，我嘱咐他要重视这个毛病，什么都可以不买，治鼻子的药不能忘了。他倒是答应得好好的，结果药没买，买了好贵的T恤、裤子、外套和皮鞋——只见照片上的人从头新到脚，站在城市广场的花丛间，光鲜簇亮，严肃而自得。

几乎后来所有日子里的空闲时分，我们都会摸出那几张照片反复欣赏，不断找出之前没注意到的细节——T恤领口有点儿歪啊，耳朵边竖起了一簇头发啊，画面一角有一个过路人的脚尖没有切掉啊……研究个没完。照片上的广场铺着明亮的方砖，干净整齐，花坛里鲜花重重叠叠，鲜明艳丽。这一切令大家赞叹不已，都说：城市真好啊！无限神往之。

除了为自己从头到脚置办一新，这次斯马胡力还给我和卡西各买了一顶白色的遮阳帽，给卡西买了花里胡哨的新鞋子，还买了两盒磁带。又想起不久前卡西在强蓬家也借过磁带，我便问道："咱家又没录音机，干吗买磁带？"

家里太阳能蓄电池上倒是自带了一个放音机，却是坏的，老绞磁带。但大家一直怀着能修好的信心。每逢家里来了客人，也不管对方懂不懂，斯马胡力都会诚恳地请求帮忙修理。于是，客人也不管自己会不会修，稀里哗啦先拆得满地零件再说。再逐一拧回原位，然后通电，按动开关。没动静，客人就说："不行了，还是买新的吧。"

我和卡西得到的帽子图案不同，卡西选择了有红色英文字母的，我的是蓝色海豚图案。戴了没两天，她非要和我交换，用汉语说："你的！不是！我的。我的！不是！你的……"妈妈大笑，怪声怪气地模仿这两句话，令卡西很生气。她的意思是："你的太大不适合你，我的太小不适合我……"

于是我和她换了过来。

又过了几天。一天吃早茶时她把我和她的帽子并排放在一起端详良久，然后又要求换回来。我没意见。

她天天放羊，摸爬滚打，帽子很快脏了，于是又瞅上了我这顶干净的。这回的说法是："那个本来就是我的嘛！"

几天后，干净帽子也戴脏了。而我那顶脏的已经洗得干干净净。她便自个儿换了回来，这回根本没有理由。

我干脆把两顶帽子都让给了她。

这方面斯马胡力同样优柔寡断。他的灰帽子和马吾列的白帽子是同样的款式，就互换着戴了一下。在场所有人都说白帽子好看，于是他就霸住白帽子不还，非要马吾列让给他。等马吾列走后，大家又告诉他其实白帽子不如原来的好。他立刻后悔，发誓下次遇到马吾列时一定要换回来。唉，没主见的家伙，不负责的瞎出主意者。

帽子的事是题外话，主要想说的是，从城里回来的人，总能给家人带来巨大的希望和乐趣。

别说阿勒泰了，就是富蕴县也是极其遥远的所在啊。去一趟县城，大费周章。往往天不亮就得从冬库尔出发，先骑马去东南面的汤拜其水库，大约两小时路程。运气好的话，当天就能搭乘从那里路过的拉矿石的重型卡车去往喀吾图镇，到了镇上再换乘私人运营的小车进城。那种小车，人满了才出发。如果中午时分能赶到喀吾图还有些许希望，若是到了下午，就很难凑够一车人了。非得就地住一夜，第二天再等车。到了富蕴县，若还要去阿勒泰，往下还有两百多公里。加之山路简陋，一路上全是"搓衣板"。等到了地方，人被颠得胳膊是胳膊，腿是腿，只能一截一截地分作好几次爬下车。太辛苦了。

在冬库尔，我只进过一次城。折腾一趟回来，好几天才缓过劲儿。

我这次进城，除了处理自己的一点儿事情，还得负责全家人一个月的蔬菜采办。还要给阿娜尔罕捎送各种沉重的奶制品，还要为家人选购礼物及一些生活用品。此外，进城的消息一散布出去，邻居们就纷纷上门拜访，要求我帮忙捎这捎那的。捎带的内容千奇百怪，什么腰包啊（放羊还挎什么腰包？），铝茶壶啊，避孕套啊，苍蝇拍啊……

他们拜托我的时候都极认真地说："我和你的妈妈是好朋友！"——说的是我自己的妈妈。她曾在山里生活了几年，又开杂货店又当裁缝又织毛衣又弹羊毛的，鼎鼎有名。于是，等捎回了东西，自然不好意思收钱，只能怨我妈太能交朋友了。

在我出发前，卡西抽空给阿娜尔罕写了一封信，满满当当两大页。哪来那么多话可说呢？姐妹俩才分开一个多礼拜……卡西把信纸反复折叠，一直折到火柴盒大小，又从本子上另撕一页纸把这个火柴盒仔仔细细包了起来，算作信封。信封上还歪七扭八地写了"阿娜尔罕"四个绿豆大小的汉字，后面又署了自己的名字，也是汉字。相当正式。为什么非要署汉字名呢？大约因为户口本和身份证上的名字也用了汉字，用汉字强调姓名显得更郑重些。要不就因为送信的人是汉族人，为了表达对她跑这一趟腿的感谢和尊重。

我在深山小道上散步，有时会迎面遇到不相识的牧人。我们互相问候并自我介绍。之后，对方还会再掏出身份证给我看一下，让我知道他的名字写成汉字是什么样的。

又说岔了……总之我进城了。至于如何长途跋涉，如何站在尘土飞扬的土路边长时间焦急等车，如何像打仗一样在最短的时间里采购齐全所有物品……这些都没啥可说的。进了城，最渴望的事情反而是赶紧回家，好把买到的东西一一分给大家，并且想象到他们那时会有的惊喜，忍不住提前得意了一把。

此外，作为从山里来的人，进城最大的感受是：满街上的漂亮姑娘真多！

而自己却是那么粗陋、焦灼、不合时宜……

回冬库尔的路上，因为一时没有去汤拜其的车，不得不在喀吾图歇了一夜。好不容易到了汤拜其，又发愁怎么和家人联系。若没人来接我，我自个儿可找不到回家的路啊。正在一家山野小店托人传话呢（再一次赞美"土电话"，哈萨克牧人义务帮忙传递信息的行为——消息散布出去后，哪怕与我家背道而驰的行人，一路上也会逢人就勒马，把消息迅速准确地传递出去。而哪怕并不路过冬库尔的人，只要离得不太远都会绕道前去通知），这时，一转身，就看到斯马胡力那小子，正笑眯眯地牵着马站在不远处。

在归途中，他才告诉我，他已经连续三天往汤拜其这边跑了，昨天还是和卡西一起来的，希望能第一时间接我回家。

昨天来等，还可以理解。若是我昨天搭到车的话，他们应该能接到我。可前天也来的话……前天不是我刚离家的第二天吗？哼，这两个家伙，也不知是盼望着我呢还是盼望着礼物。整天羊也不放了，羊毛也不剪了，撂下所有活儿天天往汤拜其跑。

我们俩兴高采烈地边走边说，穿过一座又一座开满白花的山冈和一片又一片阴凉的森林。刚走出冬库尔南面的林子，就一眼看到我们明亮的石头坡上寂静而亲切的毡房和坐在门前草地上穿着粉红色毛衣的扎克拜妈妈。我忍不住大喊："妈妈！"妈妈也大喊："李娟！"我又喊："妈妈！"她继续大力回应："李娟！"——就这样互相喊了半天才走到近旁。虽然这么喊来喊去也没啥意义，但就是满心欢喜，浑身鼓荡着闪闪发光的热情。

失望的是，卡西这会儿不在家，还想第一时间展示送给她的新衣服呢。

紧接着又来了两个客人，聊了好长时间，喝了三四碗茶才告辞。我觉得他俩并不是特意拜访，只是为了找个方便说话的地方才进我家毡房的。之前两人在山脚下相遇，聊了几句就一起勒转马头上山，走向我家毡房。

天阴沉沉的，快要下雨了。我忍抑着巨大的兴奋给客人倒茶，恨不能立刻把带来的几大包东西底朝天倾撒一地，接受家人的惊叹。

好不容易等客人走了，我先把阿娜尔罕的信掏出来给斯马胡力。他仔细地念给妈妈听，念到最后，妈妈流泪了。她告诉我，阿娜尔罕很辛苦，干到很晚才下班，手受伤了都不能休息。

这封来信比卡西的去信更厚，还细心地编了页码。之前嘲笑卡西话多，原来亲人之间的话是说也说不完的。

好不容易等到卡西回来，偏又有客人路过，进毡房歇脚。当着客人的面，她有些拘谨，只是眼睛闪烁着和我问候了一声，就出去继续赶牛。直到远远看到客人走了，门口的马消失了，才跑回家和我大力握手、拥抱，并伴以各种尖叫。

我给她买了一对发夹，两副耳环，一串叮叮当当的手链，一件印有金色图案的红T恤，一条裤子，一双新鞋和一个书包。另外阿娜尔罕还托我给她捎了一支润唇膏和一个金色发箍。

眼前突然蹦出来这么多好东西，她兴奋得直搓手，简直不知该先拿起哪一样看才好。阿娜尔罕的信更是读了一遍又一遍。

这姑娘晚饭也不好好吃，坐在餐桌边把礼物一件一件仔细翻看，茶都凉了也没喝完。直到睡觉时仍兴奋难消，在太阳能电灯下没完没了地细数家珍，赞叹连连，害得大家都睡不成觉。

第二天她比平时起得更早，把礼物逐一欣赏一遍后才去挤牛奶。

早茶时，她对自己从过去到现在所有宝贵的私人财产进行了大盘点。将一件很少穿的白T恤、一条前几天刚从马吾列姐夫家商店买回的方格长裤、一双斯马胡力从阿勒泰给她买回的一次都没舍得穿的新鞋统统翻出来，和昨天刚得到的礼物放在一起继续过目。不厌其烦，使得这场早茶好半天才结束。

早茶之后，卡西收拾完房子，把羊赶过两座山回来，又坐在那儿摆地摊儿似的，一件一件摊开她的宝贝们，深深地看啊看啊……那股劲头简直让人哀叹。

我忍不住说："卡西真是个巴依（财主）！"

遗憾的是，给卡西买的裤子居然瘦了，只好嘱咐她穿的时候里面千万别穿毛裤。

我回冬库尔没过多久，传来县城里熟人过世的消息。于是扎克拜妈妈要去县城吊丧。

为了尽可能多干些第二天的活儿，给我和卡西减轻负担，出发头一天，妈妈几乎忙碌了整个通宵。此外还要煮牛奶，捶酸奶，洗黄油，再一一装罐。这些夏牧场上的新鲜奶制品将作为礼物，带给城里的亲戚。我半夜醒来时，太阳能灯还亮着，妈妈已经和衣睡下。但她只睡了一两个小时就起身出发了。那时大约凌晨两三点。

上次我只是骑马到汤拜其，到了有宽土路的地方就搭车去的喀吾图。但这次妈妈得一直骑马骑到喀吾图，辛苦极了。

接下来的一整天里，我们三个不时计算着时间：此时妈妈马上到喀吾图了；此时妈妈正在喀吾图喝早茶，马卸了鞍子寄养在亲戚那里了；此时妈妈已经搭上第一班早车去县城了；此时妈妈该坐上回喀吾图的车了……

由于时间紧迫，妈妈几乎得当天去当天回。除了吊丧，还要办很多事。昨晚卡西写给妈妈的购物清单要多长就有多长，况且斯马胡力又补充了许多。

这一天过得无比漫长。清晨和傍晚只有卡西一个人挤奶，我一个人熬牛奶、脱脂牛奶、捶酸奶。放羊的时候，哈德别克过来帮我们赶羊羔。到了晚上，大家很晚才睡下，躺在被窝里还竖着耳朵听外面的动静，既盼望妈妈早早回来，又心疼她太辛苦，但愿她在城里亲戚家休息一晚再回。十点多的时候，新收容的小狗突然无缘无故叫个不停。卡西便不时起身出去查看。那么冷，她也不在意。后来，当我们终于蒙蒙眬眬睡着时，突然听到妈妈在很远的地方呼喊斯马胡力的声音。大家顿时睡意全消，统统爬起来，顾不上披外套就往外跑。

妈妈还是赶回来了，扛回了一个大大的编织袋，袋口边缘烂茸茸的。第二天她才告诉我们，从县城回来时，因时间晚了，没车了，她只好搭一辆摩托车回到喀吾图。半路上，捆在身后的袋子的袋口给搅进了车轮。

那个晚上，当我一眼看到妈妈扛着那么破那么巨大的袋子，深深弓着腰，疲惫地走在月光下，向着高处的家慢慢走上来时，心里突然很是酸楚。

卡西衣着单薄地蹲在炉子前生火烧茶，兴奋得要死。和妈妈分别不过一天，就跟几年没见面了似的。就着昏暗的太阳能灯，妈妈把带回的东西从袋子里一样一样掏出来，骄傲地向我们展示，像是一个最最富裕的母亲。

有给兄妹俩买的雨靴，卡西的新球鞋，还有一台小小的录音机！还有两节新电池，一面镜子，一个黄澄澄胖乎乎的高粱扫把，七八个市场里出售的漂亮油馕。还有洋葱、芹菜、胡萝卜、四个苹果……又源源不断地掏出一公斤糖果，一包饼干，一件葬礼上得到的新衬衣，一块亲戚家宴席上剩下的熟肉……这只破破烂烂的大口袋简直跟魔术口袋一样神奇！

斯马胡力赶紧给录音机放上电池。打开一听，里面已经塞了一盘哈语笑话集磁带。大家边听边笑。已经午夜，滚烫的奶茶端上来后，妈妈一碗接一碗不停地喝，看来真的冻坏了。

妈妈把糖果锁进箱子之前，抓出一把给我们一人分了两颗。我这么大年纪了还吃糖，真的很不好意思。但在山里，糖太诱人了，实在没法庄严地拒绝。斯马胡力吃得飞快，咔吧咔吧，没两下就嚼完了。于是我又分了一颗给他。

第二天忙完清晨的工作后，大家更仔细地检阅妈妈带回的东西。卡西的雨靴是明亮又热情的鲜红色。我想象卡西穿着它走在潮湿的森林里赶牛时的情景，一定像个红鞋子精灵。

而斯马胡力的雨靴极长，极厚，里面还衬有厚厚的绒毛。一定很暖和。从此他再也不用每天一回家就赶紧脱掉湿漉漉的运动鞋和袜子，把泡得发白的脚趾伸向炉火。

我突然想起，马吾列姐夫家的商店也出售同样的雨靴。那天妈妈看了又看，捏了又捏，很想买给斯马胡力。但太贵了，要七十五块钱呢。这双鞋在县城里只卖四十五块。马吾列也真是的，连丈母娘的钱都想赚。

妈妈带回的镜子真好，又大又圆又干净，一个豁口也没有。我对着照了半天。托卡西的福，我快一个月没照过镜子了。我的小镜子买一个，给我弄丢一个。

这天早上妈妈起得比平时晚一些，和卡西挤完牛奶回来嚷嚷着浑身痛。她说昨天着急回家，连夜赶路，马跑得太快了。

我很早就起来洗涮、烧茶，手忙脚乱。但今天的柴火太湿，火不时熄灭，半天水都没烧开。好不容易烧开了，冲茶时手一抖，盐又放多了。这个清晨的早茶糟糕透顶。但大家处于兴奋之中，没人介意。

早茶后斯马胡力去放羊，妈妈继续整理从城里买回的东西及从葬礼上和亲戚家带回的礼物。其间又分给我和卡西一人一粒糖。我那粒是很少见的芝麻糖。吃完后意犹未尽，展开糖纸细细查看，上面写着"蚂蚁上树"。我便把这句话解释给卡西听，卡西吓了一跳——何以芝麻糖叫这么个名呢？她仰脸望向天窗，拼命想象蚂蚁爬到一棵大树上的情景……最后做出一副恶心的表情。我趁机对她形容昨天晚上洗青椒时剥出的一条青虫子：有这么长，这么胖，绿绿的，软软的……卡西大叫一声，跳起来跑了。

妈妈不在时家里空荡荡的，无论我们三个再怎么说话，再怎么笑啊闹啊，都觉得冷清。妈妈一回来，大家这才安下心来似的，踏踏实实地快乐着。

上午，妈妈继续归整新添置的物事。她在木箱里翻半天，找出一块别人回礼时包扎糖果的鲜艳玫红色绸布，毫不心疼地裁下来一大块，裹在新扫把的高粱秆根部易损处。扎得紧紧的，再用针细细缝死，这样扫把就更结实耐用了。我开始很不以为然。心想，扫把这个东西嘛，毕竟是用来清理脏物的，很快就会变得又脏又破，随便找块破布补补得了，何必浪费这么好的新布呢？

但是做出来后，不得不承认，实在太漂亮了！感情充沛的玫红色和高粱秆的金黄色搭配在一起竟如此华美温馨。妈妈将其挂在墙架子上，俨然成为房间里最抢眼的装饰物。哪还舍得用来扫地？于是平时只用来扫花毡，扫完后又端端正正挂回去。

至于扫地，大家还是使用我制作的芨芨草扫把。我们把它从塔门尔图一直带到冬库尔，一直没有放弃。用得实在松垮不成形的时候，总会有人坐下来仔细地修理一番。

午后，妈妈开始了漫长的补眠。斯马胡力赶羊回来的时候，她还在深深地睡着，似乎睡梦中还在从城里焦急地往回赶……还在遥远的途中，在寒冷的月光下，在冷清无助的林间小径上，马儿仍然带着妈妈和破烂的编织口袋，孤独地奔驰。

宁静悠长的下午时光

斯马胡力放羊去了。但到了下午，羊全都回来了，他还没回来。扎克拜妈妈说："斯马胡力在大石头上睡觉呢！"说着趴到花毡上，蜷着身子，做出睡得香甜的模样，嘴里还呼呼有声。

我一想，也是。斯马胡力这家伙走哪儿都能睡着，下雨刮风统统不是问题，更何况今天这样难得的温暖天气。

至于回来的羊，很诧异自己为什么没人管。它们三三两两聚在门口山坡下，有的反复舔舐空盐槽，有的咩咩唤宝宝。

过了一会儿，小羊群从北边的山头渐渐出现。两支羊群遥遥打过照面后，哄然奔跑起来，在北面山谷里惊喜急切地撞合在一起。

我们站在毡房后面看了一会儿这幕情景，回到房间里开始喝当天的第四遍茶。

要是上午或中午时分，大小羊是不被允许见面的。把它们重新分开非常麻烦。若不分开吧，剩下大半天足够它们拖家带口、无牵无挂地走出好远好远，直到走丢为止。

96

在满山谷回荡的咩叫声中，我们掰开坚硬的干馕泡进茶水里。食物的香气低低地弥漫在碗边。天窗盖住了一半，室内光线很暗。阳光从毡房顶的破洞里投进来八个明亮的大星星。当羊群安静下来时，布谷鸟的声音重新回荡在森林中。茶还没喝到一半，大家就昏昏欲睡了。喝完茶我草草收拾了餐具，转身一看，妈妈和卡西已经东倒西歪躺在花毡上了。

外面又开始刮风，森林急切地呼啸着。我们躺在毡房中，毡房像是在大海的风浪中孤独航行的小船。

每一天都有一场缓慢无边的下午时光，于是这样的每一天都漫长得似乎经历了好几个白天，这样的一天里似乎能做完好几天的事情。

每一天，一过了中午，连时间也恍恍惚惚地迟钝下来了。连时间也同我们一起躺倒，进入睡眠之中。一过了中午，时间哗地大大敞开，时间内部的精确刻度拉伸、变形。时间不清晰了，我们的意识也不清晰了。我们倒在花毡上，梦见紧贴着脸庞的那朵绣花……梦见很久之前它是怎样在一双手的抚摸下，一针一线缓慢绽放……在梦中随着那针脚无边无际走了很远很远。

睡啊睡啊，甚至感觉睡了很多很多年。但终于醒来时，看到毡房里的八个大星星的位置较之睡前只偏移了一点点。于是困意的潮水又漫过头顶，翻个身继续睡。

每一天的下午时光都容纳了一场漫长的睡眠，因此每一天的下午时光都如洪水泛滥，四面漫延。

夏牧场真好。牛羊每天都能吃得饱饱的,心满意足。羊羔长得飞快,嗖嗖嗖几下就大了。原先入栏后,还空着大半个羊圈,现在整个羊圈都挤得满满当当。在挤得最紧的角落里,羊羔们想转个身都很难。

羊羔进了圈,安静下来,一起扭头转向你,定定地看你。每张面孔都极为相似,那情景颇为震撼。

大约是牙痒痒了,羊圈里总有一些小朋友喜欢啃旁边小朋友脑袋上尖尖细细的小角,啃得津津有味。很多羊羔开始长羊角了。

骆驼的驼峰也纷纷耸了起来,神气活现。然而还是有几峰骆驼不争气,吃到肚皮滚圆,看上去快撑爆了,驼峰仍瘪瘪软软,东倒西歪。

牛的产奶量也大增,每天煮完牛奶后,妈妈都会给我们一人匀半碗喝。

有一头牛失踪了两天。大家谁有空了,就出去找一找,却都不是很担心的样子。果然,第三天牛自己回来了,还带回来一个小宝宝。原来,它的时间到了,独自生产去了。

初生的牛宝宝瘦骨嶙峋,笨不啦唧,瞪着大眼睛什么也搞不明白。晚上天冷,我们把它牵进毡房过夜。谁知它一进来就开始尿。尿啊尿啊,像漏水的大水箱一样,一直尿了好几分钟才打住。我们又赶紧把它赶出去。

总之,一年之中最丰盈从容的季节来临了。

我们每天下午睡醒后,会在毡房里八个明亮的大星星中间翻翻照片，互相摆弄头发，唱唱歌，提起许多往事。没有客人，山谷中的小路深深地静止着。牛羊还在几座山外欣喜地吃草。马儿好几天没回家了，它们越走越远，却又惦记着家里鲜美的盐粒，此刻正犹豫着要不要回一趟家。上午脱脂的牛奶中午就分离出干酪素颗粒。装满湿干酪素的布口袋挂在草地中央的木架子上。在它完全沥干水分形成结结实实的一整块之前，我们都无事可做。

卡西掏出一张纸给我。接来一看，上面写满汉字，像是从某本杂志上撕下来的一页。我顿感亲切，觉得已经很久都没见过汉字了。上面印的是一篇学生作文，标题格局相当广阔："回首过去，展望未来"。细细读来，果然内容空泛，措辞激烈而无用。尽管如此，我还是认真地读了一遍又一遍。再看作者，名叫玛依努儿·阿依恒，是青格里中学的一名高一学生。青格里在阿勒泰地区最东边，是个更为遥远的地方。

这一页纸我保存了很久很久，一想起来就会掏出来读一读，每次都渴望能读出什么新花样来。早起若碰到雨天，生炉子非常困难，无论如何都舍不得拿这张纸引火。

这个叫玛依努儿的孩子陪伴我度过了多少寂寞漫长的下午时光啊。那些由汉字排列成的句子，原先的用意已经全面退潮，只剩得贝壳一样的字眼干干净净搁浅在沙滩上，笔画漂亮匀称。一句一句读下来，竟能滋生异样的希望似的。看着看着，翻个身就睡过去了。

一些独自睡醒的时刻，我悄悄起身推门出去，坐在门口面对整个空荡荡的山谷。很久以后，一个骑白马的女人抱着穿红衣的孩子，从南面河谷走来。等她完全走过后，好像山谷里的一切都被她带走了。

门口草丛寂静。但蹲在那儿看久了，会发现寂静的草丛其实是热闹的森林。小虫子们你来我往，忙忙碌碌，彼此间连打个招呼的工夫都没有。

有一只长腿长脚、长了翅膀的大蚂蚁，逮了一条粗粗大大的肉虫子，比它自己的身子还要胖好几倍呢。这么大，如何运输？若一般的小蚂蚁的话，会赶紧回家呼朋唤友，然后团结起来，合力咬住往回拖。可这只蚂蚁很聪明。它把肉虫子翻来覆去研究了一会儿，最后骑在虫子上，用两条前腿把虫子抱在怀里紧紧搂住，再用剩下四条长长的后腿大踏步前进。腿多了就是方便啊。

我蹲在那儿瞅了半天，看着它在空地上翻山涉水，迂回辗转，兜了一圈又一圈，绕了足足七八米的弯路，才总算将虫子拖进一米外自己的洞口里。看来个子太矮就没法做到高瞻远瞩，再聪明也没办法。

看着看着，又有些迷糊了，一屁股坐在草地上躺了下去。本来只想在阳光下晒一晒肚子的，谁知一躺倒，睡意就像满满一盆水当头泼了下来，浑身透湿。于是眼睛一闭，顺势舒舒服服陷进睡眠的大沙发里了。

在草地上睡着了，也不知挡住了多少小虫子回家的路，不知有多少迷路的小家伙在我身体上四处流浪。

还有些睡醒后的时光，我忍不住一个人走进东面那个狭窄的溪谷。一路上会分别经过幽密的落叶松林、明亮耀眼的白桦林，然后到达尽头的杨树林。杨树光洁的树干上遍布枝干断落后的节疤，仿佛睁满了美丽的眼睛。

林木深深，林间模糊小径沿着溪流缓缓向高处延伸，并不时地左右倾斜。路面上满是牲畜打滑的蹄印。这是一条暮归的牲畜走出的路，一路上只有牛羊欣赏四面美景。

有一株掌状叶片的植物，簇拥在水边潮湿的沼泽里。叶子又大又美，色泽浅淡娇嫩，团团裹围着中间抽出的一支箭秆。然而寒温带的北方山地森林植被里多是细碎深绿的叶片，因此当这种妖娆温柔的巨叶植物突然出现在眼前，感觉说不出的古怪，像是因我的突然出现而躲闪不及的精灵就地幻化的形象。穿过整条溪谷，却只看到这么一株，再也没有第二株了，不知当初是怎样的一粒神奇种子被遗忘到了这里。

一路上还有七八个巨大的蚂蚁窝，像神秘的坟墓静静耸立在林间阴影中。最大的有一米多高，直径两三米，上面布满成千上万个洞口，壮观极了。蚂蚁们进进出出，忙得一塌糊涂。蚂蚁窝附近交叉遍布着蚂蚁的道路。路面不到一指宽，被蚂蚁们走得光滑干净。细晰地分布在铺满针叶和林间苔藓的空地上，蛛网一般密织交错。走在路上的蚂蚁匆忙沉默，像走在黑夜之中。

溪谷中潮湿阴暗，沼泽遍布。唯一的那一小片桦树林却干爽明亮。林间空地上堆积着又厚又软的陈年落叶，纯然一色，锦光灿灿。与周遭广阔的蓝绿色深暗丛林相比，桦树林是轻盈温暖的。

杨树林则整齐青翠，像一群孪生少女骄傲地站在一起。杨树林也不大，但林间没有一棵杂树。地上也铺满厚厚的落叶，不生一株杂草。使得这方天地从整个世界中干干净净剥裂开来，连外面世界的一丝微风也没法吹进来似的。

有一次途中走着走着，面前突然晃过一个极微小的绿点。本不太在意，正想径直走过去的，不知怎么的心里一动，停下了脚步。定睛一看，才发现竟是一根长长的蛛丝悬住了一条小小的青色肉虫！蛛丝细若无物，从上方高高的树梢一直悬到眼前。凑近细看，这条虫子还挺漂亮的，晶莹剔透，像一颗薄荷味的水晶糖柱被吮得细细小小，一触即折。再仔细观察，发现它和其他肉虫子还长得不一样，并非浑身长满了脚，只有头部和腰部后侧长着四对足。此时它的身子美妙地弓起，左右缓慢扭动，像是脱身不得，又像是兀自享受着这一小团寂静世界中的宽和与自在。我便小心地绕过它走了。

山谷虽然幽密，却并不深远，没一会儿就走到头了。尽头的溪水边横着一大块平平坦坦的石头。石头后是一小段急陡的上坡路。爬到高处，便陡然进入了另一个世界，面前一大片宽敞明亮的坡地。在天气晴暖的日子里，我每次走到此处都会躺在石头上小睡一觉。当然也没法睡深，只是静静躺在那里，闭着眼睛倾听远远近近的各种声响，然后渐渐有所遗忘地进入恍惚破碎的梦境之中。然而哪怕已经进入了梦中，仍能感觉到自己正躺在那块山谷尽头的石头上。那时，巨大沉重的风正从高处经过森林。它仔细地辨认着森林里的每一棵树和树上的每一只鸟巢。

总是想象着斯马胡力独自在外放羊的情景……他赶着羊群翻过一座座大山。重重美景让人疲惫，寂寞也让人心生倦意。于是他系了马，在森林边的大石头上躺倒睡过去了。羊越走越远，他的睡眠却越陷越深。哎，睡吧睡吧。心里还能有什么挂碍呢？什么样的力量都无法像"寂静"那样，轻易地就能让人完全停止下来。斯马胡力睡着的时候，山野的另一个角落，我们的家，我们的毡房，也承载着我们沉重的睡眠，在归来羊群的环绕下，稳稳当当搁放在群山之间，像扎了根的种子一般坚定。而在毡房中沉入梦境的我们呢，却左漂右荡，随着孤舟漂流在无边无际的海面。

冬库尔的小伙子们

大家明明都有自己的家，不知为什么一天到晚总爱赖在我家不走。一个哈德别克，一个保拉提，一个海拉提，还有一个赛力保。这几个人几乎每天都会到我家毡房报到一到两次。大都是当了父亲的人，不晓得在一起有啥好玩儿的。

每次一凑到一起，照例边喝茶边鼓捣我家坏了的太阳能放音机，然后翻看影簿。后来妈妈从城里买了新的录音机回来，于是大家凑到一起后，先边喝茶边听歌，再边听歌边翻看影簿。

如果有一天歌也不听了，影簿也不看了，大家突然聊得热火朝天，甚至伴以激烈的争论，说明又有最新的消息传入了冬库尔。

但大部分时候都没啥好聊的，每个人掌握的信息大同小异。于是往往在看完影簿后，大家便向后一倒，睡觉。

下午时分总是那么悠闲寂静。尤其是扎克拜妈妈不在家的时候（有段时间她总是到处帮忙搓绳子、煮肥皂），尤其是天气晴朗温暖，羊群远在几重山之外的时候，大家睡啊睡啊，花毡上横七竖八躺了一片。

睡醒后，彼此看一看，说："走吧？""走。"再静坐一会儿。又说："还是走吧？""走。"

就这样互相催了半天，没人舍得动弹一下。

再后来，终于起身了。一个个出了门，绕着毡房走一圈。看看远处，再看看眼下的山谷。又悄悄返回，往花毡上一倒，一个挨着一个继续睡。

实在无法理解小伙子们的友谊。

那样的时候其实我也非常瞌睡，但睡在大家中间太难看了，只好硬撑着干这干那。烧一大锅水洗衣服，再洗自己的床单和枕头套，再洗妈妈的围裙和卡西的裤子。实在没啥可洗了，就洗头发。谁知看上去天气不错，太阳明晃晃的，风却依然寒冷，吹得我脑袋冰冷发晕。

最瞌睡的时候天最蓝，蓝得呈现黑夜的质地。阳光强烈却不热烈，没有一丝云，天空深沉无底。大地上的世界却光明万里。我想，若不是大地上的万物身后还拖有阴影——沉重而黑暗的阴影，那么，这样的大地一定会在阳光照射下徐徐上升。那时，就再没有什么能够镇住如此明亮的大地了。

后来，北面的天空升起了一缕纤细的白云。接着，这一缕白云又缓缓从山那边牵扯出一团稍大一些的云絮。但除此之外，再没有其他云了。直到这朵云被扯到了天空正中央，仍然没有其他云。

全世界只有我一人看到了这朵云。大家都睡着了。

为什么青春会如此漫长呢？可能因为青春里错过了太多太多，并且丝毫不为错过的那些感到可惜。

哈德别克十八岁，是个孤儿，沉默、勤劳。生活在外公恰马罕家。其身份成为恰马罕的小儿子，赛力保的小弟弟。

最初，当扎克拜妈妈向我介绍他，异常凝重地说到他爸爸死了的时候，他却扑哧一声笑出声来。大家也都笑了。好像这样的介绍不但大有问题，还很有趣。

他总是穿着一件高领的套头毛衣（当地年轻人中就他一人穿高领毛衣，因此也算小时髦），很脏了都不换下来。胸前织着白色小人的形象，颇为可爱。他本人却板板正正，声音低沉，努力扮作大人模样。还抽烟。抽的居然还是老头儿们才抽的那种莫合烟粒，用报纸卷的，又便宜又辛辣。

哈德别克实在是个面孔俊美的漂亮男孩，脸却很黑。虽然卡西和斯马胡力也是黑脸膛，却是单纯的黑。而这小子则又黑又脏，并且左右半边脸黑的程度不同，从没认真洗过脸似的。一双手也黑乎乎的，只有指甲是白的。

据说哈德别克过世的爸爸是沙阿爸爸的弟弟。算下来，哈德别克应该是卡西的堂哥，托汗爷爷的亲孙子。但为什么会跟着外公过呢？

比起其他三个小伙子，哈德别克更是终日泡在我家不走。尤其是我们两家合牧的那段时间，简直跟住在我家似的。

但扎克拜妈妈（算起来应是哈德别克的姊姊）小有偏心。哈德别克来时，从城里买回的油馕只掰给我和斯马胡力吃，连刚分离出来的新鲜稀奶油也只往自己人身边推。我觉得过意不去，坚决不吃那块油馕，也一口不碰稀奶油。妈妈仍一个劲儿地催我吃，把油馕全堆到我面前，离哈德别克远远的。我备感难堪，但哈德别克不以为意。他啃着干馕，泡着黄油，似乎这样就很满足了。

我去过恰马罕家一两次。他家墙上挂着一只狰狞的鹰爪，异常粗大。不知怎么砍下来的。也不知是什么礼俗，挂一整只鹰在墙上倒也罢了，可只挂一只爪子的话，就觉得残忍。每次去他家，看着都不太舒服。

不过在他家餐布上的馕总是新鲜柔软的，这点很令人怀念。

赛力保的媳妇腆着大肚子，整天忙忙碌碌。听说再过两个月就生了。

赛力保的两个女儿（就是打碎暖瓶的那两个小不点儿）也非常忙。一人推一辆小小的独轮车，整天在林子里进进出出地拉柴火。然而每次只能拉两根小树枝。大老远来回跑也不嫌麻烦。

作为两个女孩的父亲，从没见赛力保同孩子们说一句话，互相都不太熟似的。好像他至今还没适应"父亲"这个角色。我们去他家做客，坐在一起喝茶时，他和哈德别克一样一声不吭，很少参与大家的话题。只有到了我家，他才稍显活泼些。

恰马罕老头儿呢，永远以我最初看到他的那个姿势，靠在门口空地上的大石头边削木头。身边放了好几根完工的斧头把子。他曾经提出送给扎克拜妈妈一个，但妈妈拎起一根掂了掂，没看上。

相比之下，保拉提更像个孩子。他和斯马胡力同龄，刚刚有了一个天使般的宝贝阿依若兰。他是疼爱女儿的，却不知该拿小婴儿怎么办好。阿依若兰一哭，他就手足无措，一会儿叫媳妇，一会儿又大叫妹妹加孜玉曼和莎里帕罕妈妈。但这几人都正忙着，他只好把孩子一把塞给卡西。然而卡西也没有办法哄弄，孩子仍哭个不停。他又一把抢回来，塞在怀里，用外套一裹，紧紧兜住孩子，只露小脑袋一颗，然后前后摇晃着哼哼怪叫。把孩子弄得莫名其妙，只好暂停哭声，抬头诧异地望向爸爸。

虽然保拉提到我家的次数不至于像哈德别克那么多，但一有空，肯定会来我家睡一觉。

进门先叫："斯马胡力！"我说不在。

他"哦"一声，进来踩上花毡，倒头就睡。

等斯马胡力回来了，我说："保拉提在等你。"

斯马胡力便去推了他两把，没推醒，只好躺下来一起睡。等保拉提醒来的时候，斯马胡力还在睡。保拉提坐起来发一会儿呆，瞅一眼旁边的斯马胡力，告辞走了……

之前说过，海拉提是扎克拜妈妈的长子，出生不久就根据习俗赠送给了托汗爷爷，从此成为爷爷的幼子。他每次到我们家，妈妈都会额外取出更多好吃的摆在餐布上，一个劲儿地劝吃。

海拉提和赛力保差不多大，二十六七，看上去却很显老。他是小伙子中最稳重的一个，大家聚到一起做事时，一般都以他为中心，尊重他的意见。

海拉提只有一个六岁的女儿加依娜，非常宠溺。加依娜总是当着客人的面搂着爸爸的腿撒娇。而在其他家庭里，这样的情景我很少看到。

海拉提也是体贴的丈夫，极顾家，总是和莎拉古丽一同分担家务事。我总是记得夫妻俩一起熬脱脂奶的情景：一个喂柴，一个搅拌。烟气熏人，两人一同用力咳嗽，谁也不离开锅灶半步。

尽管海拉提总是表现得老成，但我知道他也有孩子气的一面。比如他曾经把自己的汉字名字写下来给我看，还问我写得好不好。

扎克拜妈妈熬胡尔图汤时，斯马胡力总爱用锡勺的圆勺底轻轻漂过汤的表层，糊一层厚厚的油汁，然后持着锡勺舔啊舔啊。每次这样做的时候总会遭到妈妈呵斥。然而海拉提也等在旁边呢。斯马胡力舔完，他赶紧接过勺子接着舔。妈妈就无可奈何了。

他家的小猫靠近他的时候，他会若无其事地抚摸它，揪揪它的尾巴，挠挠它的肚子。却又突然想起了什么似的，将它一把推开，满脸"小东西别烦我"的神情。

至于东北面山谷的强蓬，不过三十岁上下，严格说也算年轻人，却独来独往，从不和小伙子们掺和。连他家的狗都从不和我们这几家的狗打交道。

我家班班是异常凶猛的老狗，常常把客人吓得不敢下马，但对这几个小伙子倒蛮客气，大约就是看在他们家的狗的分上吧。

班班不但认识附近这几个小伙子，还认得他们的马。对于其他马，班班就毫不客气了，只要靠近我家地盘方圆一百米的半径范围，班班决不通融。

有一次家里只有我一人在的时候，来了个小伙子，就给班班吓得魂飞魄散。他的马通体棕红，鬃毛却是灰白的。他远远坐在马上大喊大叫，非要我把狗牵回家才肯靠近。可这么大一条狗，又没系绳子，叫我怎么弄回去？我便试着抓住狗脖子上的毛往后拖。无济于事，反而令班班更激动了，一副拼了老命的样子。他只好从口袋里掏出一个小包远远扔给我，转身策马狂奔，一直跑进南面的树林才把班班甩掉。

那个小包是一小块花布包着几颗糖和两块胡尔图。斯马胡力回家后，我俩就把糖分吃了。斯马胡力拼命向我打听那人是谁，我实在说不清楚，令他非常郁闷。

没一会儿小伙子们都来了，大家凑在一起研究刚才的来客到底是谁，又反复追问我那人长什么样。然而我能提供的唯一线索是："他的马长着白头发。"大家"豁切"之，只好继续睡觉。

女客上门，一般都会随身带着糖果礼物。男客就很随意了。如果男客也带着礼物，一定是远道而来，特意拜访的。那礼物可能是他家女主人备下的。作为回礼，我们也应该为他准备一小包糖果才对。全怪班班，令我们失礼了。

因为我家的狗，多少会有一些客人被拒之门外。但终归只能怪他们胆儿太小。

那个小伙子，也就只来了那么一次，从此再没遇到过。大家也始终没弄清到底是谁。

冬库尔最温暖的一天里，在没有云的正午，简直就有"曝晒"之感了。然而一旦有云经过，哪怕只是很小的一片，只要挡住了阳光，只要有一小片阴影投在我们的山坡上，空气立刻变得冰冷。只好希望风吹得大一些，赶紧把那朵云吹跑。

就在这样的一天里，斯马胡力把几只大羊赶到山脚下的草地上，开始零零星星地剪羊毛（大规模剪羊毛是进入深山夏牧场的事了）。但这会儿却没有小伙子来串门，要不然正好赶上帮忙干活。

就在那时，斯马胡力告诉了我扎克拜妈妈要去城里吊唁的事。哈萨克礼性是，如果得知某地某人去世，只要认识一场，只要有能力赶到，都得前去吊唁。

死者是熟人的孩子，今年才十八岁，在县里的选矿厂打工，前几天出了事故，被满满一车铁矿石活埋了。

畜牧业一直是我们县的支柱产业。但这些年采矿业发展迅猛，令这个县跃居全地区最富裕的县。紧接着发展起来的相关产业提供了许多就业岗位。很多年轻人都跑到矿山和矿石加工厂打工，收入比放羊强一些。

斯马胡力说，本来他和保拉提也想去矿厂打工呢，但双方家长都不允许。两个家庭本来就劳力不够。

阿尔泰山脉盛产黄金。"阿尔泰"就是黄金的意思。除了黄金，山里还富藏储量惊人的各种珍贵矿石，所以我们县才叫"富蕴县"嘛。

牧人们守着的是一座财富的大山，却甘心赶着羊群从中来来去去，仅仅是经过而已。虽然说不清原因，我还是要赞美这种"甘心"。我为"挖掘"这样的行为深感不安。

第二天，扎克拜妈妈出发了。这片牧场上几乎所有家庭里的长辈都去了。冬库尔变得更安静，更清闲。然而，白天里的清闲意味着一早一晚更为繁忙和紧张。傍晚赶羊时小伙子们都来帮忙。哈德别克翻过南面的大山，帮我们寻找一小群领着羊羔跑散的绵羊。卡西如临大敌般挤奶，边挤边指挥李娟拾掇调皮的小牛。

挤完奶，数完羊，大家纷纷洗手进毡房烤火喝茶，并针对那个十八岁的死者议论个没完。有人打开了录音机。这时，风突然猛烈起来，一大股尘土卷进毡房。我赶紧放下卷在门框上的毡帘。这沉重的毡帘仍不时被大风掀开，一下一下用力拍击着木门。后来风小一些的时候，开始下雨。不知此时富蕴县那边天气如何，不知归途中的妈妈有没有淋到雨。

斯马胡力最后一个进房子，外套已经湿透了。他靠着炉子烤了一会儿火，和赛力保、哈德别克聊了两句，又冒雨出门找羊。还少了七只领着羊羔的绵羊。大家都沉默下来，听着歌，喝着茶。我开始准备晚饭。化开一大块羊油，切碎小半颗洋葱、一只青椒和半个胡萝卜，煎了煎，再和米饭一起焖。很快，浓重的食物香气硬邦邦地顶满了毡房。小伙子们却一个接一个礼貌地告辞了，房间里突然降临的寂静与空旷让人略感不安。

雨渐渐停了，本来已经黑透了的天色居然又重新亮了起来，世界又重返傍晚时光。东面森林上空，深沉无底的天空中有一小团鲜艳的粉红色残云。它的位置该有多么高啊！整个世界里只有它还能看到太阳，只有它还在与太阳对峙。而山脚下的暗处，和羊羔分开的大羊群静默着，忍受着。气温已经降得很低很低了。

饭已经做好了，找羊的兄妹俩却还没回家。我出去转了一圈。刚转过门前的小山头，突然一眼就看到了斯马胡力。他正一个人待在东北面那座十来米高的秃石山顶上，坐在一块凸出的大石头上，居高临下，静静俯视山脚下自己的羊群。他的红色外套在沉暗的暮色中那么显眼。我突然很感动，又似乎怕打扰到什么，赶紧转身离开。

这时又下起雨来。我再一次出门抬头往那座小山看去。他仍以原来的姿势，淋着雨，一动不动。久久地，深深地，看着我们的羊群。

斯马胡力的世界

　　斯马胡力的小黑包平时一直挂在墙架上，和妈妈最昂贵的一条披巾挂在一起。里面装着十几张照片、一个小小的电话本和一小把松胶，那是他全部的私有财产。斯马胡力不在时，卡西就会取下那个包，里里外外翻啊翻啊，把照片看了一遍又一遍。在单调寂静的生活中，这个小黑包的有限内容是无限丰富的，怎么看也看不够。

　　那个小电话本的头几页印着全国长途区号、十二个月的日历和几张美女插页，还有十二生肖的性格解说。斯马胡力的身份证用报纸裹了一层又一层，小心地插在电话本的封皮里。

　　关于十二生肖的话题，我和大家讨论过。算了算，斯马胡力属龙，卡西属猴。大家都知道"猴"，却不晓得"龙"是什么。电话本上也没有放插图。我便费心解释了一通，说：是一条长长的、大大的蛇，有鹰一样的脚，马鹿的角，有鱼一样的皮肤（实在不会用哈语说"鳞"这个词）。大家怎么也想不通何以这般组合。斯马胡力问："'属'是什么意思？'属龙'是不是就和龙一样？"

我不知如何解释，只能说："那你看卡西和猴子一样吗？"

他立刻说："一样！"

二十岁的斯马胡力个子又高又瘦，说话靤声靤气。喜欢蘸着酸奶吃洋葱，喜欢舔妈妈搅过胡尔图汤的大锡勺。喜欢笑，喜欢热闹。和哈德别克不同，他不抽烟也不怎么喝酒，算得上是个好孩子。

斯马胡力有时会和大家一样抱怨"劳动太多"，抱怨游牧生活太辛苦，但日常生活里却看不出有什么不满。若问他阿克哈拉村好还是山里好，他会毫不犹豫选择后者。

卡西的左耳一直聋着，而斯马胡力的鼻子一直堵着。这兄妹俩各有一身的毛病。

斯马胡力一直在吃药。那药好贵，小小的三包就花了四百多块钱。据说是阿勒泰哈萨克医院里最有名的医生开的。大约为了给配方保密，药材被医生打成了粉状，闻起来有极熟悉的中药味。三包药还不一样，粉里各插一张小纸条，注明"早""中""晚"。可没过多久，药的塑料包装就弄破了，药粉撒得到处都是。于是我的药瓶一空出来就赶紧给他。他很高兴，赶紧一一腾了进去。但全部腾完了才发现纸条弄混了，不知哪瓶是哪样。非常无奈，只好早中晚胡吃一通。

这家伙每次吃完药，拧上瓶盖，冲着放药瓶的地方远远一扔了事。运气好的话，碰巧扔到地方。运气不好，我就得爬到太阳能电池箱下面去给他找回来。

斯马胡力行事诡异。我从莎拉古丽家做客回来，把得到的一块核桃大的冰糖分给了他和哈德别克。为了分匀这块糖，他将其放在手心慎重衡量一番，掏出匕首，用刀背直接敲打起来。我说行啦行啦，放在桌上敲好了！他理都不理。放在桌上砸，会乱进糖渣。果然，糖敲开了，糖渣倒是一点儿没浪费，手心却破了一大块皮。何苦来着！

哈德别克接过他的那一份直接放进嘴里，斯马胡力却把自己那份糖泡进奶茶……又甜又咸，也不知喝着啥效果。

斯马胡力有许多奇怪的毛病。比如一段时间里，除了吃饭的时候，他一天到晚都戴着口罩，包括睡觉的时候。但我不知道他戴口罩用来管什么，因为只戴到下巴那一截，大大敞露着鼻子和嘴巴。难道为了说话方便？后来发现好多牧羊人都那么戴。也不知下巴有什么好保护的。

后来他对我说："嘴巴烂了！所以要戴。"仔细一看，果真嘴唇中间竖着裂了两条血口子。但口罩只挡着了下巴，对嘴唇有什么好处？

斯马胡力上花毡从来不脱鞋。偶尔脱一回，还要用妈妈的羊毛坎肩紧紧捂住双脚。这令妈妈很不乐意，让我取来斯马胡力自己的红色外套，扔给他裹。我开始还以为斯马胡力脚冷呢。一问才知，是脚太臭。

斯马胡力口味很特别。所有人都说我的茶冲咸了的时候，只有他说刚合适。所有人都说太淡，还是只有他认为一点儿也不淡。但我一点儿也不感激，因为那两道茶本来就一道太咸，一道太淡。

斯马胡力有非常可爱的小心机。每次和别人打完架回家，总是兴奋得要死，津津有味地和我们说尽一切细节。但在外人面前诉说时，则严肃而委屈。吞吞吐吐，不停叹息。

持家的是卡西，但掌控经济大权的绝对是斯马胡力。扎克拜妈妈是名誉主席，两边都不太管事。

斯马胡力自己可以随意花钱，对卡西却实施大棒政策，不间断地克扣挤压。卡西当然会奋起抵抗。她以喝晚茶的全部时间同斯马胡力死缠烂打，不停把脚上的破鞋子伸到他鼻子下面给他看，又搂着他的胳膊甜蜜地哀求个没完："哥哥，给十块钱，啊，我的好的哥哥，十块钱就可以了……"用的还是汉语。

但斯马胡力丝毫不为所动，冷静细致地同她算了一晚上的账：某年某月某日某地，卡西买过一双鞋；又某月某日，阿娜尔罕给她捎来一双鞋；接下来李娟又于某月某日送她一双鞋……最后算出来：卡西三个月穿坏了八双鞋。大家都笑她，都说：人家阿娜尔罕一年只穿一双鞋的。一直到大家都钻进了被窝，还在取笑这件事。卡西极力辩解，气急败坏。

但是第二天早上，当卡西黯然神伤地摇着分离机时，斯马胡力走过来给了她五块钱。下一次从城里回来，他也没忘给卡西买了一双花里胡哨的黄皮鞋。

斯马胡力多多少少还是顾家的。上次搬家经过险峻的哈拉苏时，洗手壶的盖子被骆驼晃丢了，从此洗手很不方便。

不久后，这家伙放羊时在山道上居然捡到了一只被别的驼队遗落的铝壶盖。哎，运气真好。他高兴地带回家。结果一比划，太大了，足足大了两号。于是他决定改造一番。兴致勃勃地翻出所有的工具，先把盖子敲平，又沿边剪掉一圈，敲敲打打个没完。等我和卡西从加孜玉曼家串门回来，看到盖子已经歪歪斜斜、拧眉皱眼地扣在洗手壶上了。我捏起那块奇形怪状的破铝皮看了又看，说："一个小时，就做了这个！"他很不好意思地笑。

但无论如何，好歹是个盖子啊。我们一直用了一个夏天。有客人来喝茶，一边洗手，一边好奇地打量那块破铝皮。有的人还会屈起食指敲一敲。

后来我们去上游两公里处的一家毡房做客，发现他家的茶壶盖也是自己做的。令人欣慰的是，做得连斯马胡力的都不如，浅浅搁在壶口上，煮茶时不停地掉进茶壶里。后来在我们喝茶的时间里又掉了五次。

斯马胡力熟悉家里的每一只羊，每一头牛，每一峰骆驼。若哪天入栏数羊时大家发现少了一只，他会立刻说出是黑脸白背的那只还是一只角长一只角短的那只。真厉害啊，一百多只羊呢，难道他每一只都能记住吗？

傍晚大羊带着小羊回家后，会有一段时间羊群队伍非常散乱。它们三三两两在附近山头走走停停，不肯向驻地靠拢。那时，李娟为了使羊群集中，山上山下满世界乱追。跑过的路连成直线的话，富蕴县都到了。累得够呛。而斯马胡力只需往空地上一站，嘴里发出一些温柔又轻松的呜呜声，远远近近的羊群就会渐渐沉静下来，无言地向他靠拢。我想他一定有着能使它们信任的力量。

我记下了他的一些声音——

唤骆驼时：冒！冒！

唤牛：后！后！

唤羊：嘟儿……咯地咯地……（抿着嘴发出的低柔咕噜声）

唤猫：么西！么西！

斯马胡力很辛苦，常常深更半夜还在外面找羊。那些漫漫长夜里，我们睡得最香甜最黑暗的时候，突然此起彼伏的咩叫声渐渐响满山谷。我们才知道斯马胡力回来了。妈妈和卡西便从被窝爬出来穿衣出门接应他，帮他一起赶羊、分羊。但当大家瞌睡得实在起不来时，他也没什么怨言。自己一个人在月光下把小羊从母亲身边逮走，一只一只扔进栏里，然后回家摸到暖瓶找到碗，一个人静静地冲茶吃馕。

虽然还只是个大孩子，但这个家若没他将多么没安全感！他毕竟是男性，是充满力量的。很多个夜里，朦胧中听到羊群那边有骚动，班班低沉而警惕地吠吼。接着又有沉重的呼吸声在毡房外面响起，越来越近。最后，有巨大的事物紧紧地靠到我脑袋边，和我的脸只隔了一层毡壁。我吓坏了——是什么？野物还是牲畜？狼还是熊？那时候大家似乎都睡死了。我拼命推身边的卡西，低声唤她。但卡西没给弄醒，她另一边的斯马胡力倒醒了。他在黑暗中静静地说：
"没事。"我就一下子放下心来。不知为什么，那样的时候
竟如此信任他。

女孩子们的友谊

自从我们搬来有许多女孩子（其实只多了莎里帕罕家的加孜玉曼和强蓬家的苏乎拉两个）的冬库尔后，卡西素日的豪迈作风倏然收敛许多。她开始频频为发型问题所困扰。

她先是从汤拜其的马吾列姐夫杂货店里买回廉价的海娜粉把头发染成葡萄酒色，几天后又用"一洗黑"染回黑色。

她先尝试着梳两个辫子。但那样的话，进树林时被树枝挂住头发的几率就大大增加了。于是她又全盘到了头顶。

盘发的第二天，她给我一把剪刀，请我帮她把头发剪成苏乎拉的式样。但我实在下不了手。

她很不满："你不是裁缝吗？"

我不知如何解释。半天才软弱地说道："裁缝会剪头发的话，理发的也会做衣服了。"

她觉得有道理，就收起了剪刀。

加孜玉曼是中规中矩的哈萨克姑娘，从来都是一根独辫，没换过啥发型，看上去服帖整洁，干干净净。

苏乎拉很像城里的姑娘。她的头发在城里理发店削过层次，显得很时髦。

而卡西的头发又粗又硬，东南西北四面炸开，根本收拾不住，跟她本人一样倔强。就算满头别满卡子，也只能维持一到一个半小时的整洁。为此她伤透了心，每天一闲下来就坐在家门口的大石头上梳头发。

不过，只有在那样的时刻，这姑娘才会显露出让人啧啧称叹的美好一面：长长的头发如瀑布般披散到腰间，侧着身子的坐姿凸示只有少女才拥有的动人线条。她歪着头，细心梳理，轻轻哼着歌，长长的双腿舒展开来。那情景任谁看了都会心动。

但那时，若有大牛想悄悄靠近山谷下牛棚边系着的牛宝宝，这姑娘会立刻一跳八丈高，哇啦啦大喊大叫冲下山谷，边跑边扔石头，风度尽失。

女孩子们凑在一起时，打发时间的方式之一也是互相梳头发。苏乎拉刚从城里回来，是见过世面的女孩，一口气为卡西设计了一大堆发型，把她的头发扭过来扭过去折腾不休。卡西则幸福地坐在花毡上一动也不敢动，只有被扯得疼得实在受不了才大叫一声。

苏乎拉不但手法别开生面，经验也与众不同。做发型的过程中，她一会儿问我有没有啫喱水，一会儿又问我有没有直板夹。问得我目瞪口呆。我没有——我当然没有！放羊的还用什么直板夹？

由于真的什么也没有，她只好把炒菜用的葵花籽油浇到卡西头发上固定发型。给卡西紧紧地梳了一根鱼骨辫，从脑门贯穿到后脑勺，再一直编到辫梢最末端。果然相当别致、整齐，且油光闪亮。

卡西本人喜出望外。苏乎拉也对自己的作品非常满意，对她说："下次拖依就这么梳！"

我立刻说："拖依上要是有人搂着卡西跳舞，一闻，全是瓜子味，一定以为这姑娘天天嗑瓜子，从来不干活……"

此外，姑娘们在一起时，还会互相试穿各自压箱底的好衣服。

卡西对待朋友极大方，总是主动把一次也没穿过的新衣服借给加孜玉曼。加孜玉曼穿上后，她夸张地啧啧称赞，并搂着她用汉语对我说："加孜玉曼，我的好朋友！"

然后她又扭头向这位好朋友再三强调：两天后一定得还。我说："不用还了吧，好朋友嘛！就送给加孜玉曼吧！"她急得赶紧说了一连串"不"字，又解释道："这是一件好衣服呢！"

我笑了，加孜玉曼也笑了。最后卡西自己也笑了起来。言下之意：若不是好衣服的话，还可以考虑。

三个姑娘里衣服最漂亮的自然是苏乎拉了。一到拖依之前，另外两个姑娘都往她家跑，把她的漂亮衣服统统借光。对于年轻人来说，拖依上最重要的一项内容就是夜里的舞会。哎，漂漂亮亮地去跳舞，怎么能说是为了出风头呢？漂漂亮亮出现在很多人面前，哪怕出不了风头也是极快乐的事啊。

每次拖依之前，卡西头三天就开始焦虑不安了。将自己所有的衣服试了一轮又一轮，再跑到加孜玉曼家把她的衣服统统试过一遍，再去苏乎拉家试一圈……还是很难抉择。眼看即将出发了（那次是南面的一场为分家而举行的拖依），在最后时刻她才惊惶失措地穿着我的T恤和外套出发了……这算什么事啊。她自己跟财主似的，新衣服一大堆，我总共就那么一两件，还好意思借。再说，为了配合放羊，我都是以耐脏、易洗为原则挑选随身衣物的，一件件灰头土脑的，也不知她看上了它们哪一点儿。也不知是没自信呢，还是没头脑。

后来发现，不只是卡西，另外两个姑娘也有这毛病，平时穿着打扮都很顺眼很自在，一遇到舞会，就开始对自己方方面面百般挑剔、无限烦恼。

三人便聚到一起，互相出主意。

加孜玉曼的衣服不多，虽然没一件时髦的，但也没有一件不够体面，全都干净、合身，少有破损。

苏乎拉的衣服虽然也只是极为有限的两三套，但都非常漂亮，款式新颖。最让人吃惊的是，她还有一条短短的蕾丝花边的小裙子。我们这里的哈萨克族姑娘少有穿裙子的，成婚后才穿，还都是长裙。卡西虽然当着她的面赞叹不已，但一出了门就不满地议论，说苏乎拉那样不好，不规矩，根本不是个哈萨克。

三人里面，就数卡西的衣服最多了，红红绿绿的，从装衣服的编织袋里一倒出来，就引起另外两个女孩的惊呼。

然而再仔细一看，会发现这些衣服几乎全都挂了彩——这里挂一个大洞，那里染一块洗不净的油渍……

总之，在六月初邻牧场那次盛大的结婚拖依举行的前几天，可把三个姑娘忙坏了，不停奔走、取舍、挣扎。经过层层选拔，逐轮淘汰，好不容易才敲定了最后方案：卡西穿苏乎拉的，苏乎拉穿加孜玉曼的，加孜玉曼穿卡西的。

我觉得这实在是滑稽极了。但三个姑娘对各自的最后造型都极满意，穿戴妥当后还忍不住提前热身了一把。那时家里唯一的一盘黑走马舞曲磁带坏了，三个姑娘就自己哼着曲子跳起舞来，我也加入了。后来嫌房间太小了不过瘾，大家又跑到外面草地上跳。扎克拜妈妈说我们是一群金斗（傻瓜），但我们才不管呢。那时山野寂静无人，大风像大海一样沉重缓慢地经过森林。

在冬库尔，从五月底到六月初几乎每天都会下一场雨，几乎每天都会经历一个晴朗灿烂的上午和一个烟雨迷蒙的下午。总是在那样的一个下午，雨下到最大并闪起雷电的时候，苏乎拉来了。她低头走进我们家毡房，羽绒衣湿透了，浑身亮晶晶的，刘海湿漉漉地贴在额头上，眼睛水灵灵，嘴唇鲜红。"苏乎拉"的意思是曙光，她的美真像在黎明前的黑暗中清晰有力地浮现东方的动人曙光。

她坐了一会儿，喝过茶后，邀请我和卡西去她家玩。于是我们三人立刻冒雨出发。她家在上游两股溪水交汇处的三角地带上，地势较为低缓平坦，与加孜玉曼家隔着山谷遥遥相望。

去她家所做的事情当然也只能是喝茶啰。喝完茶聊了一会儿就告辞。苏乎拉出门送我们，一不留神又送到了我家。

于是我们铺开餐布继续喝……没人觉得这有什么不对头的，也没人嫌雨大。

每当我出门散步的时候，卡西一定会托我顺路捎话给加孜玉曼或苏乎拉："说卡西有事找她，让她来家里玩啊！"

可她能有什么事呢？家里又有什么好玩的呢？无非喝茶而已。再说，说这话时的卡西正忙得不亦乐乎，脸都顾不上冲我扭过来，哪有时间玩！

比起苏乎拉，加孜玉曼很少出门。每次看到她，不是正在山脚下的流水边支起大锅烧水（水是雪水化成，极冷，不能直接使用）洗衣服，就是正扛着柴火从森林里出来，整天不停劳动。我把话捎到后，正在搓干酪素的加孜玉曼立刻放下手里的活儿，跟着我飞快地赶来了。果然，卡西没啥事情，只是问她知不知道几天后邻牧场那场婚礼的情况。加孜玉曼说不知道，然后卡西就请她帮自己搓干酪素。

有时候我去苏乎拉家捎话，低头进门，一抬头却看到房间里坐满了客人，顿时有些尴尬，连忙退到门外，叫了一声"苏乎拉"。话刚落音，她就飞快地跑了出来。头发有些乱，一侧脸颊红红皱皱的，可能刚才正窝在角落里睡觉。屋里的人都笑了起来，苏乎拉也为自己突兀的行为不好意思地笑了。然后我们一起回家。到了家，两个姑娘打过招呼，又互相询问几天后的婚礼情况。但两人掌握的信息仍然一样。

然后苏乎拉顺手从墙架子上取下斯马胡力的厚外套，往身上一披，往花毡上一倒，继续睡觉。

　　我送给卡西的蓝色水钻的耳环被她弄丢了一只。我想了想，将剩下那只去掉耳钉，从妈妈的棉布头巾里抽出三根红色棉线搓成结实的一股，再把那粒闪闪发光的小水钻当成坠子，穿起来做成了一条简单有趣的项链。谁知被苏乎拉一眼看中了，和卡西争了一会儿，硬给要去了。作为补偿，卡西决定和她交换一件衣服。她早就看上苏乎拉常穿的一件黄色长袖旧T恤。可是用哪件换呢？哪件都舍不得。这个笨姑娘想了又想，最后竟拿出我刚从城里给她买回的那件带闪光图案的红色T恤。一次还没穿过呢！苏乎拉一看，喜欢坏了，简直比吊坠还喜欢。简直又是一场意外惊喜啊！便一口答应了。我想阻止也来不及了。扎克拜妈妈也在一旁叹息不止，但也没有劝阻。虽然卡西只是十五六岁的孩子，但已经有支配个人财产和部分家庭财产的权利了。

　　这个笨蛋，也不知整天想些什么，似乎就喜欢穿别人穿过的衣服。当衣服还穿在别人身上时，她无限艳羡，以为自己穿着也会是那副模样，根本不考虑适不适合自己。

　　苏乎拉怕她会反悔似的，当场就把新衣服换上了。自然，她穿上是很漂亮的。这令卡西又陷入犹疑之中。她反复对我说："为什么我穿不好看？（谁说不好看？）为什么我穿着领口那么低？（根本不算低）"一直叨咕了两三天。

　　可怜的卡西，在把那只耳环送给了苏乎拉的第二天，就在草地上捡到了另一只。原想山野这么大，找回一只耳环如大海捞针一般，便轻易地放弃了。谁知……于是她和我商量要不要把给了苏乎拉的那一只要回来，衣服也换回来。我说不行，上面的耳钉都被我摘掉扔了。于是她又抱着一线希望去找那枚小小的耳钉。这回真的是大海捞针了。

中午苏乎拉来的时候，卡西立刻找她索要耳环。苏乎拉却成功地说服她把另一只耳环也做成一个项链坠子。但就在那时，可怜的卡西发现刚刚找到的那只耳环又弄丢了，急得到处乱翻。在找的过程中很多东西都翻了出来，我发现刚给她买的五角星卡子也弄坏了。

苏乎拉和加孜玉曼看起来都是爱惜东西的女孩，妈妈和斯马胡力也差不到哪儿去。那么卡西这个毛病是跟谁学的呢？她像是一个懵懂小兽，正在生命漫长的预备期中无所顾忌地闯行，远远看不出今后会长成什么样子。

又转念一想，不爱惜东西又有什么过错呢？爱惜也罢，不爱惜也罢，那些事物终归会坏掉，到头来总归被抛弃。

接下来卡西又干了一件蠢事，竟然将我给她买的银耳环同加孜玉曼的铁片耳环交换了。为此，我和妈妈骂了她半天。

卡西和两个姑娘相处一段时间后，优点没学来，倒学会了许多稀奇古怪的举动。有一天晚上喝茶时，她突然宣布从此之后不喝奶茶只喝开水，因为要减肥。说完坚定地往碗里倒了白开水。我们都很诧异。牧羊女都开始减肥了，世道真是变了。

第二天早上，我们都忘了这事的时候，她仍然只冲开水喝。真有毅力。

我一边嗞嗞啦啦地弄出美妙的啜茶声，一边诱惑："奶茶嘛，不喝就不喝，但放一小块黄油总可以吧？"

她犹豫了一下，还是坚定地说："不。"

然后，为了表彰自己的坚定表现，她舀了一小勺牛奶冲进开水里。至此，她的计划全盘崩溃。

加孜玉曼很瘦，个子是长起来了，但身子还没开始发育，笔直纤细，纯洁安静。

苏乎拉看上去也很清瘦匀称。但那天当着大家的面试穿新衣服时，我惊奇地发现这个女孩子脱去衣物后竟异常丰满，平时根本看不出来。因此，卡西减肥的举动可能是跟她学来的。

我问卡西："你和苏乎拉谁胖啊？"

她不屑地说："当然是苏乎拉了！"

我又问："你觉得苏乎拉胖了漂亮还是瘦了漂亮？"

"不知道。"卡西说，"都一样吧。她胖了瘦了都漂亮。她的衣服都很漂亮。"

我说："这就是了——卡西胖了瘦了也都一样的！喝白开水多难受啊，还是喝茶吧？"

她立刻"豁切"了一句。又独自想了一会儿，说："苏乎拉胖了瘦了都漂亮。我嘛，还是瘦了好。"然后又拿过镜子悲伤地照了一会儿，更加确定地说："我太胖了，比苏乎拉胖！"

我就毫无办法了。

在冬库尔，卡西的爱美之心迅速蔓延进生活的一切细节之中。每天一有空就打扮得利利索索，然后消失。此外，我或扎克拜妈妈一闲下来，她就会要求我们给她梳头发。

有一次卡西让我给她梳头，一定要梳得光溜溜的，还要我给精心做个小发式。我问："去谁家喝茶？"

她回答："谁家也不去，放羊去。"

羊群和群山森林陪伴的青春，听起来有些伤心。但卡西自有乐趣和满足。

妈妈经常说："卡西哪里是女孩？是男孩，和斯马胡力一样的男孩。"现在再说的时候，恐怕得先想一想了。

虽然卡西将鞋穿破的速度一点儿也没放慢。每天赶牛回家后，衣服上挂破的洞有增无减。

三个女孩的交往中还有一项重大内容是互换磁带。尤其在我家也有了录音机之后，姑娘间的走动更频繁了。

录音机真是个好东西，我要赞美录音机！当我远远离开毡房走向小溪提水时，音乐仍响在近旁。毡房就是个大音响，音乐从那里平稳愉快地诞生。山野世界为之更加寂静，万物的身姿都微微侧向我们毡房。一切都在倾听。我们进森林背柴火，在远处的草地上追赶小羊，那音乐无所不至。那音乐的路在空气中四通八达、平直无碍。在磁带里唱歌的那个女人，似乎并不是站在世界另一端的录音棚里，而是站在我家花毡上。她看着我们生活中的一切，边看边唱。那音乐便与我们有了千丝万缕的联系。不是音乐打动了我们，而是我们的生活情景打动了那个唱歌的人，打动了音乐本身。

卡西到哪儿都抱着录音机不放，坐在外面搓干酪素时也把录音机放到身旁的草丛中。

斯马胡力放羊回家第一件事就是关闭当前的音乐，换上自己最喜欢的那盘磁带，第二件事就是倒头睡觉。

妈妈有时也会就着录音机里的流行歌哼两句呢。有时干活累了，躺在花毡上闭目养神，我怕影响到她，便悄悄关闭了音乐。谁知歌声一停她突然惊醒般望过来，说："听吧听吧，好听呢！"

音乐填充着冬库尔的闲暇时光，像是生活的润滑油，令这生活的各种转轴在转动运行时更加顺滑、从容。

卡西每次去邻居家借磁带，都会着实打扮一番。然而她每次借完磁带，不是给弄坏了，就是霸住不还。奇怪的是，尽管这样，大家还是愿意借给她。

许多个阴雨绵绵的岑寂午后，我和卡西就着一盘舞曲磁带的音乐跳舞。跳黑走马和月亮舞，还有各种轻松的哈萨克传统舞步。我也教了她一些我知道的舞步。扎克拜妈妈笑眯眯地看着我俩疯来闹去，催我们赶快喝茶，都凉了。我们大汗淋漓地坐下，一边喝一边有一搭没一搭地谈论乱七八糟的话题。

卡西说，若是额头和下巴长了痘痘，那是有人在思念自己。这时苏乎拉来了。我扒开她的刘海，一大片痘痘。我们哈哈大笑。然而看到斯马胡力脸上也有时，我们就做出诧异的样子。这样的臭小子，谁会思念他呢？

卡西脸上也有两个，我指着其中一个说："这是阿娜尔罕的。"又指着另一个："这是沙吾列的。"然后左看右看，无比遗憾地摇头："没有男孩的思念……"

她说："豁切！"

在这个轻松悠闲的下午，女孩子全聚齐了，妈妈就赶紧出门，把毡房的世界完全留给年轻人。

舞会是姑娘们无比关注的重大事件。大家一碰面，总会先交流一番各自掌握的有关舞会的最新情报，然后再讨论服装问题，最后没完没了地练习舞步。

连加孜玉曼这样文静害羞的女孩也为此表现出一定的热切。她为自己不会跳舞而稍显自卑。卡西在这方面无比热情，她拖着人家硬要教，边教边严厉地呵斥："不是这样！不对！错！又错了！……"吓得加孜玉曼永远都没能学会。

闹着闹着，哈德别克来了，紧接着保拉提也来了。年轻人一多，快乐像烟花一个接一个不停弹射，爆裂出火花。大家东拉西扯，笑个不停，然后又一起跳舞。

别看卡西平时毛毛躁躁的，跳黑走马的时候，舞姿竟柔曼从容。手臂像藤蔓一样舒展，意味深长。斯马胡力则上蹿下跳，自个儿瞎高兴。哈德别克也跳得蛮像样。苏乎拉则表现得非常生涩。而我一直以为她会跳得最好呢，因为她是个时髦姑娘嘛。加孜玉曼只是随着音乐在花毡上走来走去，胳膊上下挥动，看上去可爱极了。

舞会开始的前几天，三个姑娘每天都要聚会好几次，商讨大计。而舞会结束后的很长一段时间里，她们每天还是会聚到一起，孜孜不倦地谈论那个夜晚里的种种插曲，边说边你推我攘笑个不停。才开始，扎克拜妈妈和我还会注意地听，不时打断询问细节。时间一久，简直跟亲身经历一样熟悉了。便不再理睬她们。可她们还是津津有味地谈论不休。

苏乎拉说着说着就扭头用汉语对我说："我们两个嘛，跳舞的时候嘛，踩别人的脚。一会儿踩一脚，一会儿又踩一脚，后来他们都不敢请我们跳了……"边说边咯咯笑。这件事她已经跟我说了五六遍了。

无论如何，去那么远的地方（那场分家拖依在二十公里之外呢），总归是辛苦的事。三个姑娘玩了一个通宵，清晨到家后一个个疲惫不堪，却还得挤牛奶，赶羊羔，完了才能休息片刻。

喝早茶时卡西兴致勃勃谈论拖依上的见闻。妈妈仔细地听着，然后冲我说："李娟真是的！为什么不去？今年夏天再也没有这么大的拖依了！"

我抱怨："太远了。"

妈妈说："喀吾图那边都有姑娘过来呢。喀吾图更远，要走一天，你才两个多小时的路就嫌远！再说又不要你走，马在走嘛！"

我不吭声。何止因为远啊，我还怕冷，还怕打瞌睡，还怕第二天休息不好，更怕年纪大了丢人……再说，我是汉族，一个人出现在那样纯粹的场合，多多少少会感到孤独和尴尬的。况且，所有人都去了，第二天谁来干活？

真羡慕这些姑娘们。莫非真是年纪大了？我深深感到自己不顾一切排除万难地参加舞会的时代（十八岁在喀吾图的时候）已经一去不复返了……终于决定，下场拖依舞会，说什么也要去一趟。

最后要说的是，冬库尔只有三个姑娘，却一点儿也不冷清。斯马胡力和哈德别克两个还嫌不够。每当加孜玉曼或苏乎拉家来了亲戚，他们就撺掇卡西去探听情况，看客人里有没有女孩子。要是有的话，会兴趣大增地进一步刺探：对方穿什么衣服，多大了，漂不漂亮，谁家姑娘，叫什么名字……这还不算，还非得亲自过去瞅几眼不可。当然，瞅的时候，极力装作若无其事。

寂寞舞会

拖依上的舞会在深夜里才正式开始。我们干完一天的活儿，天快黑了才动身往那边赶。可卡西一大早就打扮起来了，穿得跟花蝴蝶似的。于是，这一整天里她漂漂亮亮地赶牛，漂漂亮亮地挤奶，漂漂亮亮地放羊，漂漂亮亮地揉面烤馕……等到了出发的时候，就实在漂亮不起来了。新衣服也脏了，鞋子也沾满牛粪，整整齐齐的辫子飞毛乱炸。出发前，她很是慌乱了一阵。

斯马胡力和哈德别克这两个臭小子也着实修饰了一番。哈德别克的脸从来没洗这么干净过，鞋子也看得出下狠功夫擦了一遍。斯马胡力和女孩子一样，也有自己压箱底的好衣服，时间一到就阔气地换上，手持小镜子左看右看，无比满意。

下午喝茶时，扎克拜妈妈一边啜奶茶一边冷眼打量这两个突然光鲜起来的男孩子，说："明天，斯马胡力和哈德别克从拖依上回来的时候，保准一人带一个姑娘回家。"

斯马胡力说："哈德别克会带，我不会。"

哈德别克连忙说："斯马胡力才会，我不会。"

我和卡西晚上八点钟启程，一起高高兴兴走进南面的森林。这次的拖依距离不远，我们徒步过去。

天气那么冷，卡西只穿了我的一件棉外套和从苏乎拉那里借来的一件长袖T恤。我一路上不停地骂她臭美。不一会儿斯马胡力从后面追了上来。我一看，这小子更是豁出去了，只穿了一件短袖T恤和一件又单又薄的夹克衫。

完美的圆月悬在森林上方，我们在月光下穿过森林和河谷。经过下游恰马罕家时，斯马胡力拐道过去叫哈德别克。我和卡西继续前行，深一脚浅一脚走在沉陷草丛的狭窄泥路上。走了很远很远，斯马胡力他们两个还没跟上来，我们便站住等待。前面是更浓密黑暗的河谷和西伯利亚云杉林，我们不敢单独前进。

我说："斯马胡力真讨厌！把人叫出来就赶紧走嘛，还喝什么茶！"

卡西说："不但有茶，人家还有糖！"

我俩站在月光下眼望来路。四周景物一半在阴影里一半在月光下，轮廓清晰而细节难辨。天空光洁，因镀满月色而呈现迷人的浅蓝。然而看久了，那浅蓝又分明是深蓝。四周无比安静，我俩长久地侧耳倾听。

我又说："哈德别克肯定不知道该穿哪条裤子好。"

卡西正准备发表意见，这时有马蹄声从上游响起。不知为什么，卡西连忙拉着我爬上身边的大石头。我们一起躲进一棵高大的白桦树阴影里。

那个骑马人走到近旁时，突然唱起歌来。我听到第一句是："你何时归来啊？"

然后那人与歌声一起渐渐远去。

我俩继续站在阴影中长久地倾听。卡西轻轻说："这么晚还出门，这个人肯定也是去跳舞的。"

我们继续躲藏在黑暗的阴影里，商量好等斯马胡力和哈德别克一靠近，就突然跳出来吓唬他们。过了一会儿，他俩真的说笑着出现在远处。但无趣的是，一下子就发现了我们，远远大叫我们的名字，说："出来吧，看见了！"真奇怪，路边树林里和山石间到处都是大块阴影，怎么就能准确地分辨出哪一块黑暗中躲着人呢？

大约因为躲了人的地方往往会附着那人的不安，于是那块地方会在寂静的夜色中奇异地突兀出来吧？

这么说来，刚才那个骑马人其实也看到了我们。但对于刻意躲避自己的两个姑娘，不太方便打招呼，就唱起歌来。这么想着，便突然感到温暖。

我们四人又跳又闹地继续前行。一朵白云（云多固执啊，哪怕在夜晚，仍然是白色的）静静地靠近月亮，并无限温情地遮盖了它。我们周遭的世界顿时混沌起来，像一只勺子搅浑了一杯渣滓沉淀、安静清澈的水。透过林隙望向远山，那里的山巅仍独自明亮着，在月光下如一座座夜色里的孤岛。

月亮时隐时现，世界时而澄澈时而恍惚。云杉林像白天里一样安静，却远比白天所见的情景更敏感深刻。

漫长而愉快的跋涉后，快十点时我们才完全穿过河谷，走进一片突然开阔舒缓起来的林间空地。感觉四下青草厚密潮湿，沼泽遍布。我们绕来绕去地走了半天，好半天才走出这片草地。

　　快到地方时，已经能看到远处空地上的几顶白毡房和房前煮肉的火堆了。但不知为什么大家都慢下脚步，并远远绕过通往那里的小径，往西面的山坡上爬去，然后站在坡上长久地往毡房那边看。每个人都一声不吭，也不晓得在观察什么动静。像是突然不好意思出现在大家面前了，又像是担心来得太早会显得太心急……奇怪的心思。

　　毡房那边的人的确不多。女孩子们从各个毡房进进出出忙碌不停，做宴会前的准备工作。火堆边有两个大铁盆，堆满从白天的宴席上撤下来的脏碗，还没来得及清洗。煮肉的大锅空空地反扣在石头边。毡房后面的山坡下只系着五六匹马。

　　我们慢吞吞地下了山，站在山脚的阴影里继续观望。直到被那边的人发现了，才边打招呼边走了过去。

　　果然来得太早，加上我们只有十来个客人。前面先到的几个人则主动代替主人招呼我们，给我们安排座次，斟茶劝食。

　　这片空地上已经闹腾了一整天了，主妇们非常辛苦，现在都休息了。几乎没人（只剩这几个精力旺盛的年轻人）来招待晚上参加舞会的客人。我们只好反客为主，自己照顾自己。反正什么都是现成的。柴给劈好了一大堆，牛奶也预备了许多，水源就在附近。卡西在席间坐了一小会儿，就出去帮着洗碗、烧茶。坐在席面最右边专门伺候茶水的位置上的女孩叫莎玛，也是刚到不久的客人。

席间还有一个活泼大胆的姑娘叫赛里古丽，很会说几句汉语。一会儿叫我姐姐，一会儿叫我嫂子，不停问这问那，油嘴滑舌地开玩笑。我被逗得一边哈哈大笑，一边略微怅然地想：为什么卡西一点儿像样的汉语也不会说呢？要是能和赛里古丽这样的姑娘生活在一起该多么快乐、顺畅啊……转念又想：不对，还是卡西比较好。人嘛，的确乱七八糟了些，但身上那股横扫千军、所向披靡的可爱劲儿，不是谁都能有的。

临近午夜，越来越冷。我虽然穿着厚毛衣、羽绒外套和羽绒坎肩，但就跟什么也没穿似的，牙齿咔嗒咔嗒不停打战。真不敢想象衣着单薄的卡西和斯马胡力现在又是什么感觉……席间所有的姑娘都穿得单薄，一个挨一个紧紧挤坐一堆，集中在北面的墙架下。我不管认不认识，也不顾一切挤了进去。被两个胖姑娘左右夹着，身上倒是舒适了许多，但双腿却顿显空空落落，手脚冰凉，只好拼命喝热茶，然后不得不频繁上厕所。

这种冷，真是冷得令人灰心。转场冒雨跋涉时，虽然也冷，但那时至少是白天，空气温度高多了。而且那种行为是有目标的，终归是一直向前行进，总算有信念可恃。而眼下这种冷，无边无际，无着无落，无依无靠……不知道接下来大家要干什么，不知道什么时候才能回家……

女孩子挤在一个角落里，男孩子挤在另外一边的角落。房间里弥漫着奇异的窃窃私语。虽然满室拥挤着语言，却没有特别突兀的大嗓门。我数了一下，共有十五个男孩和八个女孩。后来又来了几个。大都是与卡西相仿的年纪，小得令人怜惜。天啦，我为什么出现在这里？真丢人……这样的场合中统统都是渴望恋爱的小孩子嘛……这样的宴会，不但不会有大人参加，连主人一方都没有大人出面招待的。于是乎，寒冷再加上尴尬，我就只好更加拼命地喝茶，然后不得不更加频繁地上厕所。

所谓厕所，就是我们到来之前长久停留的那座小山坡阴影处。月亮滑向中天最高处，月色更加明亮了，四周景物也更加清晰透亮。世界里原先宽广铺展开去的阴影如今收敛至最狭窄的面积，但也更为黑暗坚固了。草地翠绿，天空悠蓝，眼前世界像是一个奇异的白天。

这个晚上我大约喝了二十多碗茶，同样，上了至少二十次厕所。一点点注意着月亮角度的偏斜和世界的伸展、收缩。经历着荒野之夜的越来越明亮，到越来越沉暗，再到突然间的天亮。

零食吃到十二点时，准时开宴。一盘一盘热腾腾香喷喷的羊肉端了上来。唉，实在太好吃了！但出于矜持（在场的女孩莫不如此），我和卡西都没怎么吃（心里默默流泪）。我俩坐在毡房左边的次席，席间全是女孩，只坐着一个男孩，负责为姑娘们削肉。这小子学着大人的样子用匕首不是很熟练地把肉从骨头上一片片拆下来，扔向盘子四周。在寒冷的空气里，肉块很快就凉透了，盘子里凝结了一层厚厚的坚硬的油脂。这时有人把角落里的几箱啤酒和一箱全汁红酒打开，每个宴席（一共三席，每席十多个人）发了几瓶，还为不喝酒的女孩额外准备了易拉罐甜饮。我也得到一罐。这么冷实在不想喝，但盛情难却，只好拉开和大家干杯。一小口下肚后，心窝里最后一点儿热气顿时被碳酸气体毫不客气地席卷一空。

几只酒瓶空了之后，男孩们的嗓门大了起来。卡西也开始和女孩们热络起来，互相亲切地通报姓名。原来她比我强不到哪儿去，所有人里她只认识赛里古丽，据说是同班同学。

姑娘们都漂漂亮亮，单单薄薄，皮鞋一个赛一个亮。小伙子里却只有斯马胡力最讲究，因为他的衣服最新，且穿得最薄，显得最体面。于是他坐在主席的上位。吃肉前大家一致推选他领着念餐前的祷辞——巴塔。我和卡西互视而嗤笑之，但心里很为他感到得意。看不出斯马胡力在年轻人中间这么德高望重啊。

哪怕只是十多岁的孩子们的聚会，吃肉前还如此郑重地依从传统仪式。有些感动。

我惊奇地发现，卡西在烛光下（太阳能的电要省下来待会儿舞会开始时放录音机用）比白天漂亮多了，眉目唇齿间说不出的娇艳。平日里的孩子气竟消失得一干二净，和男孩们说话也大大方方的（看得出来是强作大方）。不像在家里，一有外人在场就决不说话，必须得回答别人问话时，也是压低嗓门，几乎无声无息地说。

出于对今夜这场拖依的失望，以及冷，我对稍后的舞会实在热情不起来了。但当卡西忧虑地告诉我音响出了问题，可能跳不成了的时候，多多少少还是有些遗憾。

几乎全部男孩都聚在音响那边。其中一人手持改锥拆来拆去。剩下的人围成一圈，每人出一个馊主意。凌晨一点多时，居然给弄出声音来了。

第一支舞曲照例是黑走马。激动人心的节奏一响起，气氛马上升温。我立刻感觉到不是那么冷了。从第二支舞曲开始，源源不断有男孩子过来邀我跳舞。第一个男孩个子很高，面孔漂亮，客气而温和。我们一边跳一边互相自我介绍。他自称是刚才那个赛里古丽的哥哥，汉话讲得也很好。

过了一会儿，他又告诉我，前几天路过冬库尔时去过我家，但那天我不在，没看到我。

他又说："每一个人都知道你，都说在阿克哈拉见过你。只有我不知道你嘛，所以那天就去看你……"

我有些感动，却一时不知说什么好。这时看到他脖子上挂了一颗很大的动物牙齿，赶紧另挑一个话题："那是什么牙？"

"狼牙。"他回答道，又说，"漂亮吗？"我说漂亮。

"送给你吧！"

我大吃一惊，慌忙笑着摇头。这时舞曲结束，我心情愉快地挤回姑娘堆里。赛里古丽也挤了过来，挤眉弄眼继续叫我嫂子。这下我隐约觉得有些不对了，连忙大叫："豁切！"她嬉皮笑脸地大声说："做我的嫂子吧？"男孩子那边也有人笑着望过来。

卡西这时才悄悄说，赛里古丽的哥哥想见我的事之前大家都知道很久了。

本来是人家单纯的好奇，但纠结在这样的夜晚里，就无端地暧昧了。

怪不得，从起身跳舞到现在，总觉得身边缭绕着一些似乎关注我反应的目光。

真是又惊又恼，都这把年纪了，千万不能被小孩子取笑！于是我大怒，用力掐赛里古丽的胳膊。可她根本不怕疼，反而笑得更起劲了。

又再一想，都这把年纪了，还搞得跟小姑娘一样"敏感娇羞"，真是更丢人……还不如卡西大方坦荡呢！

后来的跳舞就没什么意思了。而且越来越冷。本来蜷着身子挤在姑娘堆里的，但跳舞得站起来，一站起来身体就舒展开，身上的温暖也变得没遮没拦，"嗖嗖嗖"地迅速被寒冷空气吸吮一空。加上怕再遇到赛里古丽的哥哥，再有人邀的时候就一一拒绝了。并开始盼着回家。到底几点回呢？两点？三点？唉，如果现在赶回去的话还能睡一小会儿，白天还有好多活儿得干呢。

谁知卡西说："现在回去嘛，看不到路嘛！"意思得等到天亮了。

凌晨一点多，月亮已经斜向天边。世界的阴影又坚实地扩展开来。林子里沉暗多了，但有月亮照射的地方仍明亮清晰。

我看不出卡西玩得有什么特别开心的。她只是坐在席间不停喝茶、喝饮料，很少跳舞，也很少加入姑娘们的交谈。但态度安适，甚至算得上是享受，像是很习惯这种没有任何明确目的的期待似的。

有一个看起来小得惊人的孩子缠着我不放，扯着袖子非要我和他跳不可。大家也直起哄。被邀了三四次，我觉得这么一直拒绝也没啥意思，就站起来和他跳了一支。一边跳一边问他多大了，他毫不脸红地说十八岁。呸，顶多十四岁。于是接下来，他边跳边被我无情奚落，舞曲一停就落荒而逃。大家也都笑他。

没一会儿，等那股劲头过去后，我突然非常后悔。干吗要嘲笑他呢？自己当时的表现也太古怪了点——尖厉、刻薄又努力掩饰不安，还带有莫名的兴奋……莫非在深夜里，人的神经会微妙地失控。思维也悄悄混乱，意识纠葛重重。真是的，夜晚明明是应该呼呼大睡的时间嘛！

他还是个多么小的小孩啊。我本该像长辈一样，稳稳重重地问他叫什么名字，问他父母是谁，问他上几年级了，功课怎么样……哎，备感自责。

不过谁叫他那么小呢？小也罢了，还敢装大人。

我猜事后他一定会非常惊恐地对别的男孩说："哎呀，那个女的厉害得很……"就像斯马胡力在背后议论上游的邻居阿依努儿一样。

真冷啊，真瞌睡，要是身边有一床被子就好了。然而就算有，众目睽睽之下裹一床被子蒙头大睡——我做不到。

每个人嘴边都呼出大团大团的浓重白气。每个人都身处这种白茫茫的、不停生成又不停飘散的哈气之中，一个个面目模糊。而他们说出的话语，比哈出的白气还要恍惚混沌。烛火摇曳，投在毡房墙架上的巨大人影也不停晃动。音乐沉闷缓慢……突然觉得自己已经睡着了，觉得看到的一切都是梦境……

一个高高大大的胖女孩总是小鸟依人地靠在我身上。她身子倾斜着，浑身的重量支在她的右手上，而她的右手撑着我的左腿，压得我整条腿都麻了，但不忍心开口提醒。最后实在捱不住了，只好装作上厕所抽身离去。在月光下的草地上一瘸一拐走了好几圈才缓过来。

月亮没有完全沉到山背后时，世界是黑白分明的。天空晴朗，大地清晰。凌晨两点，四面景物还算明朗。明净无云的天空里只有两颗星星，一颗在南面群山之上，一颗位于天空正中央。主人家的羊群沉默地卧在西面山坡的东侧，都睁着眼睛，不知睡着了还是仍醒着。不知我们这边的火光和音乐是否吵着了它们。那么多的羊，密密麻麻覆盖了整面山坡，竟全都是同样的睡姿，脑袋冲着同一个方向，视线焦点投向那方的同一个点，整齐得充满力量。

我们搬家时曾路过这片美丽的草地。记得平整空旷的碧绿大地上只有几条纤细的小路深陷草丛，平行向前，波澜不起。白天的时候已经够美了，想不到夜里还有幽深醉人的另一面。

喝酒喝到一定状态时，就没什么人跳舞了。满地酒瓶，音乐空空地响着。大家三三两两进进出出，草地上四处有人窃窃私语。我猜测这场简陋的舞会总算促成了几对……

我在结满冰霜的草地上瑟瑟发抖地走来走去。煮肉的大火坑已经熄透。我蹲在旁边用小木棍拨来拨去，指望还能留下一些灰烬烤烤手。一面继续哀怨：自己为什么出现在这里？此刻明明是舒舒服服暖暖和和地缩在被窝里尽情做梦的大好时光嘛……

等月亮完全沉入山背后，世界漆黑透顶，伸手不见五指。我彻底绝望了。这下真的一点儿也看不到来路了，看来真的要等到天亮才回家。然而，月亮落山后不到半个小时，我惊奇地发现，东方天空蒙蒙发亮了。

四点钟天色大亮。我们告辞回家。半途中，东方发红，并颤抖着越来越红。很快，太阳一跃而出，天空熠熠生辉。我仿佛突然发现了阳光和月光的区别所在：虽然它们的光芒都能令世界清晰明亮，但阳光中充满了壮烈开阔的音乐，而月光什么也不说，什么也不做，只是一味深深地寂静着。

太阳虽然出现在世界之中了，但大地和群山仍笼罩在夜色的沉沉阴影之中，像浸在冰凉的深水中。唯有少数几座最高的大山的山巅部分明亮辉煌地沐浴在朝阳中，是夜色退却时最先水落石出的事物。

我们渐渐走到高处，行进在一道山脊上。右手边是逐渐低下去的森林，左手是向下倾斜的巨大的碧绿坡体。路边堆积的乱石像静止的惊涛骇浪。到了下坡路，脚下小道陷入地面半尺深，且只有一尺宽。狭窄的路两边夹生着齐肩高的开满白花的灌木林。

我们筋疲力尽，一路默默无语。五点半才回到家。扎克拜妈妈正在山下挤奶，卡西连忙回家拎上桶跟过去一起挤。斯马胡力则套马赶羊。我也赶紧生火烧茶。烧好茶暂时无事，我扯开被子倒头就睡。妈妈说："喝了茶再睡吧！"却已顾不上回应了……

但只睡了半个小时就惊醒过来，一时不知身在何处。卡西正在身边摇分离机，我迷迷糊糊看了一会儿才想起来发生了什么事。但很快又就着分离机的嗡嗡声睡了过去。仍然只睡了半小时再次惊醒，晕乎乎想到不能再睡了，该顶替卡西干活了，让她也赶紧休息下。便迅速爬起，叠好被褥，开始搓昨天晾好的干酪素。正搓着呢，苏乎拉和她嫂子上门拜访。我又赶紧铺餐布倒茶。她俩喝完茶就走了。妈妈也穿戴一番跟着一起去了。

家里只剩下我和卡西，我连忙让她先睡一会儿。她愁闷地说："今天事情多，睡不成了啊。"

我说我来做，她只管睡好了。她信心百倍地拒绝了，把查巴袋里的酸奶捶得扑通扑通响。我看她精神头那么旺，也就罢了。谁知，等我刚刚将使用完毕的分离机拆卸了清洗干净，卡西那边就喊起来了："李娟帮忙，我要睡觉！"……捶酸奶捶到一半的时候不能停的，否则前功尽弃。

于是我替她站在大太阳下捶，一捶就是一个多小时，捶得腰酸背疼。发誓等这袋酸奶做好后要狠狠地喝，比所有人都要喝得多。

大约困乏的原因，卡西对待这袋酸奶有些心浮气躁。才开始嫌温度不够，发酵太慢，她直接往袋里注入开水。一不小心，开水加多了，赶紧又加点儿凉水调和一下。但凉水又不小心倒多了，于是再加开水……弄到最后，这一袋酸奶怕是半袋都是水了。那叫一个稀！这么大一袋，我得捶到什么时候？我一边机械性地重复捶的动作，一边也点着头打瞌睡。

这时，看到哈德别克骑着他的灰白马从对面山坡草地上远远经过，倒是看不出精神状态如何。但是，哈德别克都回来了，斯马胡力怎么还没回来呢？哼，这小子肯定也掮不住了，往路边大石头上一倒就睡过去了。

总之，拖依之后的第二天，好像整个山谷都沉浸在昏昏沉沉的困意中。不知有多少蹚过夜晚的深水的年轻人，正在这个白天里昏昏欲睡，梦游一般地劳动着。

后来妈妈问我："拖依好吗？"

我悲伤地说："不好。大家都是小孩子，就我一个老人家。"

为了拖依

扎克拜妈妈从城里给卡西买回的新鞋配有四股鞋带，黄色和玫红色的各一对。她却不知该怎么系。热心的斯马胡力上前帮忙，以一种别致的方式交叉着穿进鞋带孔，并在鞋帮的两头各打一个蝴蝶结，非常醒目、可爱。

我说："斯马胡力真厉害。"

妈妈哼道："姑娘教的。"

是啊，附近有拖依的地方，保准有斯马胡力的身影。见得多了，自然什么样的时髦都晓得一点儿。

其实牧人们的婚庆之类的活动大多集中在秋季。那时牲畜膘肥体壮，牧人们也离开了深山，驻地较为集中。夏牧场上的拖依并不多。前不久南面的一家牧人举办了一场分家的拖依，六月初邻牧场举办了一场婚礼，男方和女方家各宴庆一场。算下来，这个夏天冬库尔共有三场拖依。

这些拖依会夜以继日持续进行。一般来说，大人们参加白天的活动，带着礼物前去祝贺。晚上则是年轻人的世界，不用带礼物也可尽情玩乐。

我参加过一次年轻人的聚会后，便深深感到自己不再年轻了……懊恼得下一次说什么也不去了。

卡西参加了两次，已经算很不错了，因为她得挤牛奶。这个工作无人顶替。

一进夏牧场，一早一晚挤牛奶的劳动量剧增，光靠妈妈一个人忙不过来。如果她非要参加的话，必须得在天亮时分赶回家。因此每次总是搞得匆忙又疲惫。

而斯马胡力则场场不落，反正放羊的工作可以让哈德别克或海拉提代劳，顶多回来挨妈妈一顿唠叨。但如果他在拖依的赛马活动中取得了名次回来，又是另一番光景了。那可是全家人的荣耀啊，妈妈便再不说什么。

四月，当我们还在吉尔阿特春牧场时，就时常谈论即将举行的一场婚礼。但一直到六月初才收到正式的喜帖。那天上午，送喜帖的红衣人骑着马从南边过来，被班班一顿好咬。他在山坡下呼喊了半天。直到斯马胡力赶到，把班班的狗脑袋踩住，他才放心地靠近。

不知送帖子的是不是新郎本人，穿戴朴素，皮鞋很旧，但刚擦过鞋油。他只喝了一碗茶就合碗辞谢。从怀里掏出厚厚的一叠印着窗台上的水果的彩色硬纸片，逐一翻找，抽出注明扎克拜妈妈和斯马胡力名字的一张递给我们，又聊了几句便匆匆告辞。要送的人家还有很多呢。

茶后，卡西立刻翻箱倒柜，找出一块鲜艳的玫红色绸布，说是要在拖依上使用。却被妈妈一把夺过，说什么也不给。

之前斯马胡力也好几次向妈妈讨要过那块布，妈妈始终不同意。此时，卡西替哥哥哀求不已。过了好久，妈妈才很不情愿地重新掏出那块布，沿着布边剪下窄窄的几绺儿给了卡西。这点布头能做什么用呢？可卡西却高兴极了，挥舞着布条，冲着山坡下溪水边正给一峰小骆驼剪毛的斯马胡力跑去。斯马胡力看到布条也露出了笑脸。

他接过来揣进口袋，三下五除二草草剪去最后几片毛块，回到家套上马就向山谷北面跑去。我很纳闷。当然了，问了也没用，卡西对此解释不清。

很快，斯马胡力赶着我家的一匹红马回来了。他把那马儿系在毡房后，开始给它梳理额前和脑后的鬃毛。后来我才明白，原来那是我家的赛马。得给它好好打扮一下，使其风风光光地参加不久后的婚礼拖依上的比赛。原先给它扎"头发"的布条已经很脏很旧了，换上新布条后，马儿立刻精神许多。

拖依那天，斯马胡力下午三点半就把羊赶了回家，拾掇了半天脸面就出发了。出发前，不顾妈妈反对，硬是换了一双白色的新袜子。

这天夜里毡房里少了一个人睡觉，顿时冷清了许多。

妈妈和卡西在被窝里不停谈论拖依的事。这次是在女方家举办，听说那地方很远，骑马也得两个多钟头的路程。唉，年轻人劲头真大。

卡西说："下一次的地方近，下一次我和李娟去！"她说的是男方家的仪式。

我随口问道："谁和谁结婚？"

她说："我的亲戚和……和……""和"了半天，硬是"和"不下去。

我便替她回答："和你的另一个亲戚？"她连忙说"是"，然后大笑。

第二天下午，斯马胡力才牵着赛马回来，疲惫不堪。白袜子脏成了黑袜子，裤子还破了个洞。不晓得跳的是什么舞……连班班都不认得他了，绕着乱咬。喝茶时，母女俩不停询问婚礼细节，啧啧赞叹。

结束这道茶后，斯马胡力把碗一推，倒下就睡。妈妈说："等一等！羊还没回来！"却怎么也推不起来了。这天，哈德别克一个人帮我们把羊赶了回来。

第二天斯马胡力倒是起得很早，显得精神极了。早餐桌上和大家又讨论了一番昨日见闻。然后出去赶羊，一去不回。

妈妈叹息："又在大石头上睡着了。"

总之，参加一场拖依后，这小子至少得缓两天。

我问斯马胡力："拖依上的姑娘多吗？"

他很不好意思地回答："多。"

卡西说："豁切，哪来的姑娘，都是赛马的小伙子。"

前不久我参加过一次分家拖依的夜席后也足足缓了两天。因此轮到男方家的婚礼时，只跟着妈妈和斯马胡力去参加了白天的仪式。至于晚上的舞会，无论妈妈和卡西怎么劝我，也毫不动心。

卡西一边为我遗憾，一边紧张地做各种准备。她一大早就洗了头发，换上斯马胡力刚从阿勒泰给她买回的那双漂亮的黄鞋子。我捏捏鞋底，估摸着说："一个晚上就没了……"令她很生气。

白天的拖依卡西没有去，独自在家劳动。而我们三个在宴席上吃过抓肉就早早策马往回赶了。一到家，附近的年轻人全都集中在我家等着，牛羊也提前给赶了回来。卡西跺脚大呼："两个大牛不见了！"却丝毫没有出去找的意思。妈妈说："知道了。"明白这姑娘还有更着急的事。

大家一起上阵，赶羊，系牛，急匆匆挤完奶。马儿只休息了一个钟头，就载上年轻人掉头南去。因人多马儿不够用，得两个人骑一匹。最亢奋的要数斯马胡力，早上与我们一同出的门，这才刚回来，又得立刻出发。

少了一个斯马胡力，房间就冷清了一大半。再少一个卡西，房间就像没人住似的。这天晚上我和妈妈简单吃了点儿东西就躺下了。山谷分外安静，班班的叫声令人分外不安。

第二天妈妈独自挤奶、赶羊。我在家独自煮牛奶、分离奶油。直到上午九点半，才看到斯马胡力赶着自家的两匹马从南面树林里走出。到了家，他告诉我们，卡西去赶羊了。然后坐在花毡上发呆。头发乱糟糟，鼻子是破的。这跳的又是什么舞……

我以为像上次一样，这家伙喝完茶就得躺下睡觉。可这回懂事极了，喝完茶立刻起身出门找牛。昨晚丢失的牛一直没回来呢。

后来妈妈才告诉我，斯马胡力刚和恰马罕的儿子赛力保吵了一架，大约与两家合牧的事有关。他家对这段时间三天两头摆摊子的斯马胡力很有意见。哎，都怪拖依。

总之这一天斯马胡力可给累惨了。昨天白天里就一直没休息，夜里又闹了一通宵。白天因为吵架的事，还得志气满满地继续放羊。还得负责找牛！

斯马胡力走了没一会儿，卡西回来了。却是步行回来的，也是一脸疲色。结果这姑娘比斯马胡力更有志气。茶也没喝，卷起绳子就出门了。说去背柴。我急道："家还有柴呢。"她理也不理。迎面碰到赶小牛回来的妈妈，也没打招呼。我明白了，之前一定遇到过妈妈，并且一定挨了骂，因为这次回来得实在太晚了。

当时我正在摇分离机，腾不开手。妈妈回来也顾不上说什么。这一天格外忙，我和妈妈起得比往常哪一天都要早。除了日常的活计，还得做胡尔图。因为查巴袋里的脱脂奶发酵得正合适，再不做胡尔图的话，就发过了。又听说合牧的羊没人管，跑成了三四群，一时收拾不住。而丢失的牛还没找到。都怪拖依……

这天的天气也不太好。早茶后，妈妈久久注视着南方，对我说："雨要来了吗，李娟？"我一看，那边的情形有些像吉尔阿特沙尘暴前的样子，在天边从东到西黑压压堵了一长溜。

太阳升起后，风越刮越猛，我和妈妈赶紧扯开绳子加固毡房。很快下起雨来，我们又忙着收干酪素和胡尔图。整整一天，浓重的雾气低沉地弥漫在群山间。云一块一块地往下掉。雨时下时歇，水汽飞快地在山林间移走。斯马胡力今天怕是没办法在外面睡觉了。

卡西打柴去了很久，回家放下柴后却没有立刻进毡房，久久蹲在柴火前。我催她赶紧进屋喝茶，也不理我。过去一看，正在流鼻血！忙问怎么了，她头也不抬，还是一声不吭。我又掏出纸巾让她堵一堵。但小姑娘犟得很，说什么也不用，任鲜血一串一串滴个没完，像是在赌气，显然心情不好。

背完柴，喝了茶，小姑娘到底还是躺下了。可不到半个小时又被妈妈叫起来，让她代替斯马胡力去放羊。

那时斯马胡力也回家了，愣愣地喝了几碗茶。等卡西出发后，他从角落里拎出一只布袋子也往外走。我问干什么去，答曰："去马吾列家商店卖干酪素。"我一听急了，连忙说："明天再去吧，休息一天再说！"他笑而不语。后来才知，这袋干酪素早在一个礼拜前就该卖了，因为两场拖依，一直拖到现在。

这一上路，又是两三个小时的行程，况且已经中午了，当天未必能赶回来……

他上马的时候，身上仍散着昨夜的酒气。可别在马背上打瞌睡啊！

这天傍晚仍忙忙碌碌。幸好有哈德别克过来帮忙。但他帮着把羊赶到我家山脚下就得赶紧回家。我们三个女人费了好大的劲儿才把小羊分离入圈。晚餐后，卡西重新套马，说丢了几只羊。那么重的马鞍，硬是自己一个人举上了马背（平时都是斯马胡力帮她上马鞍）。我目送她消失在暮色之中，非常担忧。

这姑娘状态糟极了。两天一夜没睡觉，还流了鼻血，背柴时摔伤了腿。晚餐又做失败了，拉面煮出来跟手指一样粗。在我的建议下，只好剁碎了再给大家吃。

总之，都怪拖依，把生活搅得一团糟。好在这场婚礼一结束，往下再没什么盼头了，只等着搬家。

第二天斯马胡力一大早就赶回了家，带回了一袋面粉和一袋黑盐。精神仍不见好。话也不多，喝了茶就睡。这一觉睡得惊天动地，一直睡了四个小时。至于羊群嘛，唉，幸好还有个哈德别克。

等斯马胡力起来后，终于把牛找了回来的卡西也接着睡。还好，这位只睡了三个小时。我和妈妈结束手头的活计后，也挨着一起睡下了。这两天劳动力骤减，我们两个也忙坏了。

到了晚上，全家人才算完全缓了过来。总算有精神坐到一起谈论拖依见闻，分享各自打听到的关于新娘子的消息。一聊聊到很晚，每个人都毫无睡意。

我想起前两天的事，对斯马胡力说："你和哈德别克一起去了拖依，可人家哈德别克还是天天放羊，你只知道睡觉！"

斯马胡力委屈地说："以前我放羊的时候哈德别克也在睡觉！"

我又问："往下再没有拖依了吧？"

他精神一振，放下茶碗，郑重宣布：六月底，沙依横布拉克牧场上将会举行一场阿肯（"阿肯"是哈萨克即兴吟诵的说唱诗人，备受民间尊敬）弹唱会！那里离我们的下一个驻地不远，届时全家人都可以去！

由于一连几天都是阴天，这天晚上又聊得太晚，等铺开被子睡觉时，太阳能灯已经没电了。我们三个很快就钻进了被窝。只有斯马胡力打着手电对着自己的被子照来照去，反复研究，一口咬定我铺错床了，那不是他的被子。我懒得理他。又过了好一会儿，他才终于认出的确是自己的被子，笑道："两个晚上没回家，就忘了被子长什么样了！"

六月的婚礼

一想起六月那场盛大的婚礼拖依，就忍不住想到拖依那天，斯马胡力站在煮羊肉的大锡锅边用汤勺撇肉汤沫的情景。从没见他那么勤快过。

而那柄锡勺，漂亮又精致，也是从来没见过的。把柄还浇铸成花朵的形状，勺子边缘也修饰了一圈厚厚的花边。一把勺子而已，搞这么复杂，看着养眼，洗的时候怕是麻烦，沟沟缝缝太容易藏污纳垢了。

婚礼上漂亮的东西很多。男性的老者都戴着豪华沉重的缎面狐狸皮大帽子（重得可以把我砸昏），腰上勒着巴掌宽的银饰牛皮带，脚踏粗重的手工牛皮靴，还精心穿着橡胶套鞋（向这个时代还在生产套鞋的工厂致敬）。而上了年岁的稳重又有德望的老妇人，都戴着洁白的盖头。我还看到一个老妇人的羊羔皮坎肩已经很旧很旧了，上面花朵形状的扣子却是纯银的。

拖依上的年轻女孩并不多，一个个都打扮得漂亮又整洁。几乎全是男方家的亲戚，前前后后忙着搞服务。看着她们，我深感惭愧。大家都着意修饰了一番，一个个花枝招展，轻盈光鲜。而我怕冷，随便穿了件灰扑扑的羽绒衣就来了。结果到了中午，太阳从云层出来后，天气变得极热。

席间有两个十一二岁的女孩主动来搭讪，很大方地问我叫什么名字，又问我是不是沙阿家的。会的汉语还真不少。她们还作了详细的自我介绍，只可惜一转眼就忘了她们美丽的名字。

婚礼上人很多，但几乎一半是小孩子。小孩子里又有三分之一是小婴儿。大人们坐进席间吃抓肉时，婴儿们被塞在各自鲜艳的襁褓里，集中在毡房角落并排躺了一长溜。哭的时候一起造势，惊天动地。不哭时东张西望，互相看来看去。

客人送的花毡和地毯堆满了婚房。布料顺着毡房的墙架子垛了一大排，新衣服新鞋子也在房间上方挂了几大排。加上各种嫁妆、家具，婚房拥挤不堪，让人感到新人新生活相当滋润。

木婚床在毡房进门的右侧，有着花哨的彩漆栏杆，还挂了浓墨重彩的闪光幔帐，缀着天鹅羽毛，拖着华丽的穗子。

让人不可思议的是，这个喜庆气氛浓重的新房，居然只花了不到半个小时就布置出来了。

我们一行人马及四五条狗（真丢人，参加拖依的客人那么多，却只有我们冬库尔牧场这几家的狗跟了来……）在中午时分才到达拖依所在的山谷。这条山谷离通往汤拜其水库的、可以开汽车的那条碎石子路很近。这一带山头不高，地势平缓，旁边有片林子。有人举着一架拍立得相机在人群中到处兜揽生意。这人真有生意头脑啊，深山里哪儿有盛会就往哪儿跑。我敢说他就算跑到天安门广场去也未必更赚钱。天安门虽然人多，未必人人都肯拍。而在这儿呢，那是人人必拍的——似乎来参加婚礼就是为了能照一张相留念。大家排着队轮流上场，拍了独影拍合影。而合影又有多种组合方式：双人照、三人照、集体照、男士集体照、女士集体照、家庭照、亲戚照、朋友照、兄弟照、姐妹照、兄弟姐妹照……变化无穷。再加上背景也要有变化，新房前的、森林里的、草地上的、小河边的……一个个都不嫌花钱多。

我很后悔没把自己的相机带来跟他抢点儿生意。当初不带是担心太招眼了（就算不带相机也相当招眼，只有我一个汉族人嘛），会哗众取宠，伤害传统婚礼的完整感觉（同时也想好好感受这种山野深处最民间的婚礼。怕光顾着拍照，光顾着去捕捉镜头中那一点点邮票大小的画面，而错过更大更丰富的世界）。原来，对于相机，大家都不稀奇的。况且除了拍立得，现场还有一个更牛的大家伙——有人还扛着录像机。原来，时髦这东西，哪怕远在深山也能跟得上趟儿。

然而等看到新娘时，又深深觉得，生活仍在传统的道路上四平八稳地照旧行进。从外界沾染到的时髦与精致，影响到的似乎只有生活最表层。

那个新娘子有一张常见的牧羊女面孔，黯淡、粗糙，被白色的传统塔裙和婚纱衬得有些狼狈。她紧张而悲伤。

至于新郎，一开始我根本没认出来。一大群小伙子跑来跑去，个个衣衫皱皱巴巴，裤脚脏兮兮的。大家指着其中一人说："那个，就是那个！"还没等我看清，那群人又呼啦啦跑掉了。个个忙得团团转。

后来总算认准了，当他劈柴的时候，大家为我指了出来。我大吃一惊，连斯马胡力都比他穿得整齐！

再说了，这可是他大喜的日子啊，劈柴这种事谁干不行？也太操心了吧？

接下来他又亲自打扫婚房。婚房是一顶刚搭成的崭新的铁架毡房，蒙着洁白的帆布，讲究极了。但里面空无一物，满地羊粪和青草，且凹凸不平。眼看新娘就要到了，姑娘媳妇们才开始洒扫。新郎挥动铁锹，填完房间里的大坑再填小坑（头一天干什么去了？）。只见他满头大汗，脚上一双破胶鞋，裤子的膝盖处打着补丁。令人万分怜悯。

大家都觉得一切就绪，都停下手来了，他还在四处查看有无问题，又挑了几担水送到伙房那边。

直到最后关头，迎亲的人已经回来报第一次喜了，他才终于停下手边的活儿开始拾掇自己。

女孩子打扮的时候有女伴帮忙是正常的事，但男的打扮时旁边也站个小伙子侍候着就大不对头了。于是他仍然自己照顾自己。

他一个人跑到屋后溪水边掬了捧水洗了把脸，又往头发上淋了些水简单洗了洗，然后进屋换装。等再出来时，顿时就有新郎的架势了——浑身笔挺，白衬衣、红领带、深色西装。这身行头，不管在全国哪个地方，不管村庄还是城市，无论去哪儿结婚都差不了。

然而新鞋子却找不到了！他急得快哭了。好半天，才总算有个姑娘帮他取来了皮鞋。他一把夺过来，飞快跑到远处的溪水边坐下来换。再用力地擦皮鞋。然后从口袋里掏出小梳子和小镜子，仔细梳头发。身边人来人往，似乎没一个人注意到他。他的孤独令我同情不已。

新娘的到来是很突然的事。大家吃完手抓肉后，正成群结队在门前空地上休息、聊天（门前草地上东一块西一块到处铺着花毡，每块花毡上都坐着几个人）。突然一个小伙子驾着一匹装扮异常华丽的白马穿过人群急速冲向主毡房，引起哗然骚动。然而那马在门前猛然勒停，转一圈又沿原路返回，奔向山谷尽头。大家一起冲那小伙子欢呼，一起喊道："恰秀呢？恰秀呢？"——"恰秀"是抛撒糖果的礼仪。果然，很快，两个戴着庄重的白盖头、浑身盛装的老妇人抬着一大包用餐布兜裹的糖果从主毡房走出来，抓起糖果大把大把抛向人群。大家欢呼声更甚。孩子们全跑上前捡糖果。大人虽然不和小孩子抢，但若有掉落自己脚边的，也会捡起来揣进口袋。食物怎可践踏脚下。

就这样，那小伙子接连奔回人群报了两次喜，也恰秀了两次。颇有"千呼万唤"的意味。但山谷口那边还是静悄悄的。

再后来，又有一群小伙子骑着系了大红绸带的马儿声势浩大地前去迎接。山谷口这才有了动静。很快，骑手们簇拥着一辆大卡车遥遥过来了。

令我大吃一惊的是，那……竟然……是……一辆雷锋时代的"老解放"……就是黄色的一分钱纸币上印着的那种车。

天啦，都什么年代了，这种车居然能保存到现在！而且还能开得动！

怪不得婚礼选择在石子路边的山谷里举行，可能正是为了这辆老爷车的顺利通行。

我猜这车几十年来肯定一直在深山里转悠，从没开出去过。开出去会很吓人的！交警也不乐意。这深山茫茫，保留了多少过去年代的东西啊！

很快得知，新娘倒没坐这辆破旧不堪的老卡车，车上载的是女方家的女伴和嫁妆。新娘还在后面扭捏着，无限耐心。

小伙子们上前帮着卸嫁妆。更令我吃惊的是，嫁妆里除了箱笼被褥和一些家具外，居然还有液化气罐和大彩电！未免太不实用了。

再一想，哦，这些一定是用来充实定居点的住所的。

看着这么多游牧生活中用不着的大件东西（包括一架台式缝纫机、一面玻璃茶几、一个带穿衣镜的大衣柜、一个镶玻璃的五斗橱），我真替这家人发愁——好容易把这些东西运进深山婚礼现场，只是为了向宾客展示一番。婚礼结束，还得不辞辛苦再雇辆车把东西统统运回乌伦古河畔的定居点。石子路又颠，难免磕磕碰碰，有所损失。真是不嫌折腾啊。

人们七手八脚把嫁妆抬进新房，喜气洋洋地装饰起房间来。

新娘迟迟不肯露面，大约也晓得落脚的地方还没收拾出来吧？

这时，一辆白色的"北京212"吉普（也够古老的）出现在远处山谷口，却没有再近一步，撂下新娘就原道回去了。男方家的姑娘媳妇们手捧早就准备好的婚纱鞋帽前去迎接。我也跑去看。但她们远远躲在山谷口的河边草丛里换衣服，什么也看不到。光穿个衣服就花了半个多小时，比新郎磨蹭多了。

这边的新房迅速脱胎换骨。床支了起来，幔帘挂了起来，家具一一摆好。亲戚送的衣物、花毡，该摆的摆，该挂的挂。所有体面的贺礼都精心陈列起来。一个拥挤又喜庆的房间大功告成。客人们轮流进去参观，赞美各种礼品和嫁妆。

在另一边，换了婚纱的新娘也在女人们的簇拥下从山谷尽头远远走来，那么远的山路，居然让新娘自个儿走着过来！

她们到近前，又一轮恰秀开始了。大把的糖果集中撒向新娘，人们再次欢呼不已。

又闹腾了一阵，举行仪式的地方也收拾出来了。就在溪水对岸那片平坦的草地上，有人抬了好几面宽大的花毡和地毯铺在那里。扎克拜妈妈赶紧拖着我跑过去，早早地占了一个靠前的好位置。客人们陆续过来，纷纷坐上花毡，重重叠叠围了一大圈。场地边还架着大音箱，支着电子琴，还有一支麦克风。这些全都由不远处的一台柴油发电机带动。

我细细替他们算了一本账，越算越划不来。婚礼这种事情嘛，还是等到秋天下山了再举办比较好。那时不但人多热闹，而且交通方便，租用这些物事也更便宜，至少不用跑老远的路来回折腾。然而再一想，无论怎么算，婚还是要结啊。新人能在美丽的夏牧场结合，本身就已经得到一笔巨大的财富和祝福了。

等大家都坐定了，一个老人被请出来致辞。估计是家族中最为德高望重的人物吧（要么就是阿訇）。可这位德高望重的老人却淳朴得从没用过麦克风。他只打过电话。于是就像打电话那样，直接把麦克风放到耳朵边说："喂？"赶紧有人上前指引他正确的用法。大家都笑了起来，但还算礼貌，只笑了一两下就打住。所有人开始认真聆听。

老人的致辞很长。说着说着，突然提高语调，加重语气，并伸出双手，掌心向上摊开。所有人一起伸出手，摊开手心，眼睛都看向那老人。那老人眼睛低垂，开始做巴塔了。

老人念祷了很长时间，所有人安静无声。

伴着最后一声"安拉"，巴塔结束了。新娘被两个面无表情的中年女性一左一右架了过来。她脸上面纱重重，头上戴着尖尖的红色高帽，饰以天鹅羽毛。身穿长长的白色塔裙和枣红色的绣花长坎肩。经过面前时，我却看到她裙摆后有一个破洞，婚纱也有些脏旧了。这身行头肯定是租来的。尽管如此，她仍是所有人中最瞩目最庄重的中心。她低着头，面向东方站定。仪式正式开始了。

我听说这样的仪式都会由机智风趣的年轻人来主持。这回是一个黑脸的牧羊少年，衣着半新不旧，看起来朴素而不起眼。他在年轻人的簇拥之中走到新娘对面。大家静等他开口，可他一开口却先讨红包，引起一片哄笑。男方家立刻有人站出来，匆匆塞了一百块钱和一些礼物在他外套口袋里。他这才开口唱了起来。

说是主持，其实是依循古老的仪式，和气地向新娘告诫为人妇所必守的要求，并且劝慰她不要伤心，对新生活充满信心等。接下来还要向她介绍男方家庭成员和重要的亲戚。这一切都得以歌唱的方式进行，难度颇高。所以这样的司仪并不是谁都能当的，起码斯马胡力那样的绝对不行。

那司仪手持一根绑着一条雪青色披肩、一件男式白衬衫和一块红绸布的马鞭，轻轻地一边舞动一边说唱。旋律平稳亲切，每一句的句末都押韵。每当歌唱内容暂告一段落，他就停下来问新娘一句什么。新娘和两个女伴就一起抬右脚向前迈一步，欠身答应一声。那新娘边答应边抹眼泪。

这场揭面纱仪式结束后，新婚夫妇站在客人围簇的空地中央，伴郎和伴娘分站两边。年长的女性亲戚们开始向新人赠送首饰等贵重礼品。与之前那些花毡、地毯之类的礼物不同，这些物件要当众展示。

很快，新娘新郎手指上戴满了戒指，甚至有的一根手指上戴了三四枚。大都是银的，也有两三枚金的。每人脖子上也挂了五六串项链。新郎还戴了三块手表。哎，结一次婚可真有得赚。

　　当伴郎伴娘也有得赚。大家给两个新人送了礼物，身边那两个年轻人自然也不好落下，只是稍次一点儿。有时也会得到一枚银戒指或银手链，但也有像空气一样被忽略的时候。尤其是那个伴郎，得到的礼物还不及伴娘的一半。更无趣的是，他的礼物中居然还有两条领带！他无奈地任由那两个老妇人把领带挂在自己的脖子上……人家明明穿的是T恤又不是衬衫。

　　伴郎长得很漂亮，但裤子皱巴巴的。这么重要的场合，也不换条好点儿的。不过，没准儿这就是他最好的裤子了。

　　所有的首饰都备有包装盒。妇人们把首饰从盒子里掏出来为年轻人戴上之后，顺手把盒子也塞给他们。于是四个人怀里捧满了大大小小长长短短的盒子。到最后竟很有些抱不住的险象了。况且还要不时腾出一只手让下一位长辈给戴戒指或手链，越来越辛苦。

　　此时的新郎远远抛弃了不久前那个四处打杂的伙计形象，帅气极了。而新娘呢……好吧，只能说她长得浓眉大眼。放羊的姑娘劳动艰辛，大多显老相。何况她又在不停地哭，看上去狼狈极了。

　　那些送礼物的女人们，也会一边祝福一边哭个没完。然后挨个儿捧着四个年轻人的面颊亲吻一番。有时候亲额头，有时候亲耳朵，无限爱护一般。

　　每一个送完礼物的妇人在回席之前，总会有男方的一位妇人走上前，为她披上一条镂空花纹的三角大披巾。

　　这场赠礼仪式进行的过程中，有个年轻人一直站在电子琴那边弹奏黑走马的音乐。人群中有两个三四岁的小孩，大约平时就很熟悉这支舞曲，一听到就忍不住就着音乐跑到圈子中间跳起舞来。还是搭成一对舞伴对跳的。舞姿喜悦、急切，根本无视现场的神圣与庄严。弄得大家不知该往哪边看才好。这么小的孩子跳得这么有招有式、有板有眼，大家很想发笑，但新人那边正搂搂抱抱哭个不停，又不好笑出声来。

　　可是从头到尾，都没人想到把这两个抢风头的孩子哄走，任由他们玩闹。这样的宽容令我惊奇。

　　到后来，一个刚刚会走路的小婴儿也被感染了。歪歪扭扭的，走两步退一步，硬蹭到两个跳舞的小孩中间，就着音乐节奏扭动起来。大家终于忍不住哄堂大笑。新郎新娘也忍不住频频往这边瞟。而另一个刚能站稳，还不会开步走的婴儿，看到那个和自己差不多大的孩子都在出风头，急坏了，很想过去凑热闹，却只能摇摇晃晃站在圈子边缘大喊大叫，并且很奇怪为什么父母不过来帮忙。大家笑得更热闹了。

　　赠礼仪式刚刚结束，黑走马的音乐声量突然热切地转大。气氛顿时激动人心。年轻的司仪走到草地中央，第一个邀请新娘跳起了黑走马。客人们也三三两两起身跳了起来。

世上几乎每个民族都有自己的传统舞蹈，人人都能通过自己熟知的舞姿满满当当地获取所需的欢乐。当哈萨克族的黑走马孤独地出现在世界上别的角落时，也许是黯然简拙的，但在此刻，它出现在了这里——在最恰当的地点与最恰当的氛围之中。像河流吮纳支流，像河流断开瀑布，像河流汇入海洋——水到渠成地出现在这里，出现在了此刻。于是，就再也没有比它更恰当的舞姿了！人们展开双臂，尽情勃发着身体的鲜活。满场的舞者热烈而深沉。

男方家的妇女们走进舞蹈的人群中，为跳舞的女性赠送绸缎手绢。哎！连我和扎克拜妈妈也想去跳了，却苦于没舞伴邀约。妈妈急切又扭捏。我也心里直痒痒，努力地按捺着，肩膀却随着音乐轻轻扭动。

不过这支舞曲只持续了几分钟就结束了。

跳舞的人群还没完全散去，年轻的司仪又站到草地中间大声宣布了一句什么。立刻，斯马胡力这家伙第一个跳出来！大家哗然振奋，一起呼喊他的名字，冲他欢呼。于是那个司仪大喊："斯马胡力！第一个是斯马胡力！谁来？还有谁来？"很快，人群中又站出一个小伙子。大家再次欢呼。并一起拥上前紧紧围住两个人。我意识到摔跤比赛开始了！没想到婚礼上还有这个节目啊。

更令人吃惊的是，没想到我家斯马胡力这么勇敢，这么能出风头！而且对于他的出场，大家反应并不惊奇。肯定是这家伙平时打架打出名气了。

我也挤进人堆拼命喊着他的名字欢呼起来。妈妈挤不进来，也站在外围高兴地大喊不止。现场每一个人都激动不已。

斯马胡力又瘦又高，对手个子不高，却很壮实。两人互相搂住对方，扯紧对方后腰处的裤腰，四只脚交叉着紧紧抓地站定。待司仪一声令下，就开始较劲儿。观众们仍然里三重外三重地紧紧围裹着两个小伙子，大喊着两人的名字鼓气助威。围观的圈子小得刚好包住纠缠的两个人，只够两个选手来回转身。若再紧一些，两人就无法施展手脚了。这个圈子随着他俩步伐的移动而来回移动。围得那么紧，也没人害怕被推倒误伤什么的。

一开始似乎是斯马胡力占了上风，令对方踉跄不止。可惜我家这个大个子腿太长了，底盘不稳。突然间形势急转直下，不知怎么地就被掀翻在地，鼻子都摔破了。我连连叹息，妈妈也很失望的样子。

紧接着，又有另外一个小伙子大喊一声，上前向胜利一方挑战。但他也败北了。

有趣的是，大人们在这边比赛，两个五六岁的小男孩在另一边也互相搂着腰像模像样地较劲儿。于是又跟刚才揭面纱仪式时的情形一样，害大家不知道该看哪边才好。

第三轮比赛开始之前，大家嚷嚷着要那个司仪参加。于是围观的圈子为他打开一个缺口，他脱了外套走进来。两个人都很壮实，个头一般高。最后这场比赛最为精彩，双方相持了很久都没有结果。有人便宣布暂停。两人松了松筋骨，调整了一下站姿和角度，再次展开搏击。哎，真是激烈极了！连我这样对摔跤从不感兴趣的人都看得眼睛也不敢眨，在围观众人推挤下左摇右晃。每当格斗中的两个人脚步不稳，向旁边人群里跌去时，大家便哄然向后躲闪，随即再次围上前，重新聚合成紧密的人墙。我被挟裹其中，头顶上的呼喊声浪潮般一阵比一阵紧急、猛烈。头一个小伙子渐渐后劲儿不足，终于被掀翻在地。最终司仪胜出。比赛结束了，胜出者的奖品是一条漂亮的花毡，司仪的母亲抱着它骄傲地走在人群里。至此，婚礼仪式才算正式结束。

对了，哈萨克的摔跤和拳击这两项运动都非常有名。哈萨克运动员常常在世界级比赛上取得名次呢。许多哈萨克家庭都会在最重要的房间里悬挂本民族引以为豪的运动员的照片。崇尚英雄的年代仍不曾过去。

仪式结束后，新娘就不见人影了。而新郎更忙了，一身崭新地跑来跑去，不知又在忙些啥。但是只要一有空，他就会坐在草地上大力擦皮鞋。此处比冬库尔干燥，加之一时人多，草地全踩破了，泥土翻出来，小路上厚厚的一层土。

赛马的事

才开始我一点儿也看不出家里那匹白额青马有什么特别之处。唯有一次看到它的刘海被梳成了一大把冲天辫，直撅撅地耸在光秃秃的脑门上，特别滑稽。紧接着又看到斯马胡力把它的马尾编成了两股大辫子。当时只觉得有趣，以为斯马胡力闲着没事，故意折腾这匹马，出它的洋相。

我家有一块非常明艳的玫红色绸布，扎克拜妈妈只撕了一块裹在高粱扫帚上，隆重地装饰了它。剩下的一直没舍得用。在斯马胡力兄妹俩的纠缠下，妈妈很不情愿地裁下了窄窄的几绺儿。斯马胡力将之细心缠绑在马鬃毛上，并把鬃毛扭来扭去，乱七八糟地扎得又硬又高，害得马儿不舒服极了，直晃脑袋，想把头发晃顺了。我就更奇怪了，这是做什么标记吗？

直到两天后，斯马胡力骑马牵着这匹标新立异的马从一场婚礼拖依上回来，我才搞清楚，原来它是一匹赛马！这是赛马特有的装扮。我估计，这么捯饬不只为了装饰，为了显眼，更为了马儿奔跑时不会被胡乱飞扬的毛发干扰视线和速度吧？

172

平时坐骑再紧张，大家也不会骑用这匹马。我猜测是不是舍不得完全驯服它，以致失去追逐的野性。总之，它算得上是家人的骄傲。

那天，在附近三十匹参赛的马儿中，它跑了第三名！奖品由婚礼的女方家提供。斯马胡力说第一名奖一头牛，第二名奖一件绣花外套，第三名则是一件普通外套。我赶紧问："那衣服呢？"这小子傻笑着说："太小，送人了。"我嘘之。

又问："海拉提参加比赛了吗？"他们是一起去的。

这下斯马胡力更高兴了，说："海拉提得了第十八名！保拉提第二十八名！"于是他们两家的马浑身光秃秃的，一朵花儿也没戴，也没获得赛马的资格。

紧接着，我又惊喜地得知男方家的婚礼仪式后还有一场比赛！便拍手叫好，因为那场拖依我也会去参加！真令人期待啊，真想亲眼看到斯马胡力得第一名。

那天我频频出门看云，愿第二天千万别下雨。

第二天一大早天气果然不错。我们的赛马打扮得花枝招展，系在山坡下的草地上，等待出发。斯马胡力这伙不知什么时候又在它尾巴上缠绑了亮闪闪的橘红布条，背上还给披了一条鲜艳的红毯子，看上去神气极了。牵着这样的马上路可真有面子——这可是赛马呢，是得过名次的马，不是每家每户都有的！强蓬家和保拉提家再有钱又如何，他们没有！爷爷家也没有，恰马罕家也没有。上游阿依努儿家更别提了，刚搬来的塔布斯家也没有。整个冬库尔只有我家有！于是我们几家人簇拥着冬库尔唯一的赛马一起上路了。

然而到了地方一看，到处都是这番打扮的马。我们的马一混进去就找不见了……我还以为它那副装束一定会引人注目。还以为这样的马顶多不过三匹（它得过第三名嘛，最多前面还有个第一第二名……）。看来，世界还是很大的。

这倒罢了。更让人失落的是，同样是精心打扮过的赛马，别人家的马，辫子都比我家编得多，冲天辫也扎得更高。装饰物更闪亮，马尾上还挂有贵重吉祥的猫头鹰羽（没见有扎碎布条的），背上披的都是崭新的镶有花边的金丝绒绣花毯（没有披旧毯子的），马缰绳上还挂着长长的金黄色流苏——那架势！似乎还没比赛就已经得了第一名了。

再看看那些牵着马四处显摆的小子们，个个趾高气扬，优越感十足地在斯马胡力身边走来走去。而后者满脸是汗，正手忙脚乱守着沸腾的煮肉大锡锅，手持大漏勺努力撇肉末……不由为之叹息。斯马胡力这家伙，平时在家里芝麻大点儿的家务活儿都不肯沾手，出了门竟这等勤快。又是添柴加火又是端盘子送菜，前前后后忙着搞服务，不亦乐乎。

好在我家的马虽然看着寒碜，它自己不以为意，披着一身的碎布条，照样光鲜自信，不卑不亢。

我无比关心不久后的比赛，当得知今天第一名的奖品是一匹马时，更激动了。这时，有人向赛马选手每人分发了一根长长的红绸布。别人都接过来揣进口袋，等比赛开始时再系。而斯马胡力一拿到手就赶紧拦腰系上，特出风头。

可刚吃过抓肉，就开始下雨了。我非常不安，希望这雨很快就停。

下午三点时分，所有客人陆续上马。大家冒着雨，浩浩荡荡穿过一块油光闪闪的碧绿草地，向西面的赛场（据说是一段巨大平缓的"U"形截面的山谷）走去。一路上尽是扎着冲天辫、披红挂彩的赛马，气氛令人分外激动。可是，可是……在即将到达赛场的一个岔路口，扎克拜妈妈竟勒马离开了大队伍！她要回家了！她说家里还有一大堆活儿……

我挣扎了一番，只好也勒转马跟上妈妈，一步三回头地远离了大队伍。多么遗憾啊！

然而我们刚到家没一会儿，斯马胡力那小子也回来了，原样牵着赛马。他淡淡地说比赛取消了。大家都不满意赛场，说路太"厉害"（危险）。加之雨一直不见停，主办方也怕出事故。

真是失望到底。

像我这样的人——对我来说，"骑马"就是好端端地坐在马背上不动——为什么也会向往赛马呢？当激动勇猛的马群在人们的欢呼声中四蹄疾驰，勇往直前；马背上的骑手像马儿的外部器官一样紧紧贴附马背，像真正的英雄一样把肉身完全投掷进速度和大风之中……只需想象一下，那情景都令人两眼发光！哎，这不只是激烈而任性的竞争，更是马背民族在沉重生活中全面迸发的豪情与欢愉。

我又把希望寄托在七月的弹唱会上。据说这次弹唱会非常隆重，到时候不但会赛跑马，还会赛走马呢。（听说最厉害的走马又快又稳当。最玄的说法是，选手头顶一碗水，一圈跑下来也不会洒出来一滴水……）

然而，每次提到这件事，大家都默默无言。最后扎克拜妈妈说："太远啦，要骑三个小时的马。"

家里大约只有斯马胡力才能去。因为他年轻、贪玩，并且有专用的坐骑。妈妈说，到了新牧场，其他人都没马骑了。全家人轮流骑一匹马。真奇怪，怎么会没马呢？正在外面吃草的又是什么？

后来才知，在吾塞牧场，除了卡西的同学家（我们帮他家代牧）借给我们用的那匹马儿外，家里的马都得放养，上膘。

我很有勇气地说："那么我走路去好了。"

妈妈说："要走五个小时！"

我又说："那我就快快地走，跟在斯马胡力的马后面跑！"

狗的事

我总是记得小狗怀特班的事。每当我偷偷给它食物时，它赶紧一口含住，闭着嘴，若无其事地离开，一直走到老狗班班看不到的地方再吃。如果偏偏这时迎面遇到了班班，则立刻扭头吐出来，然后一屁股坐上去。卧倒，摇尾，掩得严严实实，装作晒太阳。真是又聪明又可怜。

班班是异常警惕的。如果它一旦发现，会立刻恶狠狠地扑上去，咬得怀特班一通儿惨叫，呜呜求饶，然后眼巴巴看着班班衔起战利品走开。害我每次喂怀特班都得千方百计地找时机。

怀特班不是被遗弃在额尔齐斯河南岸的那个怀特班，而是被一个路过的客人抛弃在冬库尔的小狗。看上去顶多三个月大，又瘦又没出息的模样。

这个小狗虽然没人要了，但耳朵也被剪得圆溜溜的，看得出以前的主人曾有心一直养着，但不知为何还是扔弃了。据说当时小狗一直跟着原主人的马儿跑到这里。那人请斯马胡力帮着捉住狗，自己打马跑了。好半天小狗才挣脱出来，四处寻了半天，一转身就缠上了斯马胡力，立刻认定了这儿就是它的新家。

　　猫也罢，狗也罢，长大了就野了，独立又冷酷。但当它们还是小猫小狗的时候，却总那么黏人。人走到哪儿，就跟到哪儿，不管认不认识。大约它们也知道，当自己还弱小单薄的时候，能依靠的，能救助自己的，就只有人类了。

　　虽说很多时候跟着人也没有吃的，但离开人更是死路一条。不妨就跟着吧，好歹还有点儿希望。

　　看着新小狗团团缠着斯马胡力撒娇，我问卡西："这个狗我们要吗？"

　　她想都没想就说："不要！"

　　"那它有没有名字？"

　　"怀特班。"——同样想都没想。

　　新怀特班来到新家里，为了能够被收容，努力地挣表现。黄昏时分，一个穿着天蓝色衣服的小男孩走近我们驻地，远远向扎克拜妈妈打招呼。他还想说些什么，班班冲上去一顿狂吠。怀特班也跟着又跳又叫，表现得更为愤怒。真是个愣头青。

　　白天卖一天的乖，到了晚上，则哀伤地呜咽一宿。可能在这个不熟悉的地方感到很不适应，孤独又伤心。可跑去哪里伤心不好呢，偏要跑到毡房背后的墙根下……吵得大家一整晚睡不好觉，气得斯马胡力跑出去打了好几次。

　　此后我们又有两条狗了。但这个家里，谁也不待见新狗。加之又没机会立功，它的日子过得凄惨极了。我到现在都没想通它是怎么在冬库尔活过一个月的。

除了我偶尔偷偷给一小块馕（还总会被班班抢去），再也没人给它吃的东西。但它还是死活不肯离开，无论怎么挨班班的咬也硬撑着。如果有陌生的牛羊或骑马人靠近我们的驻地，它一马当先，不管三七二十一冲上去就咬，然后晃着尾巴回来邀功，但还是没人理它。它整天充满希望地守在门口，估计饿得只剩摇尾巴的力气了。可这漫漫山野，离开的话，又能去到哪里呢？大约我们的毡房是它唯一的希望吧。

而偷食物喂狗，我也很有负疚感。人又过得有多好呢？人又能有多少吃的呢？家里几乎一点儿多余的食物也没有。有多少人，就揉多少面，就烤多少馕，不存在任何浪费。因此我能给怀特班提供的馕往往不到乒乓球大小，还不够它塞牙缝的。每天能省出这么一小块就不错了，喂狗的时候，我自己也很想吃呢……

在制作肥皂的季节里，妈妈离家时，总是再三嘱咐我看好正晒着的新肥皂，别让狗吃了。因为制作肥皂的重要原料是羊油。可除了羊油，还用了大量工业火碱啊，那有什么好吃的？

有一天下午，我看到怀特班在草上吐了。看来真是饿极了，见到啥都乱吃。

那段日子我总是心里难受，比自己挨饿还要难受，觉得自己真是没用，什么也保护不了……

没多久，上游的邻居阿依努儿拖着两个孩子来串门。

原来她听说我家有多余的狗，是跑来要狗的。她带着孩子独自生活在一条狭窄阴暗的山谷里，没有很近的邻居，害怕野兽什么的。扎克拜妈妈一听，求之不得。她尤其讨厌新怀特班。于是连忙找了一截羊毛绳拴住小狗，交给阿依努儿牵走了。

可不知为什么，这个笨狗死活不愿离开，悲惨地呜噜着。阿依努儿在前面扯住绳子使劲拽，两个孩子合力驱赶，好不容易才艰难地带走了。

怀特班显得非常恐惧，我却很高兴。这下好了，它有自己的家了，至少不会被别的狗欺负了。为了能留住它，阿依努儿肯定会每天都喂它些吃的。

结果第二天黄昏大家赶羊的时候，这个笨蛋又跑回来了！那么远的路！有这股聪明劲儿和这种顽强精神，干吗不用在讨好新主人身上？

我们这个家有什么好的呢？它在留恋什么？难道为了我偶尔给它的那么一丁点儿馕块吗？

下游的恰马罕家也养有一条胖乎乎的小狗，平时一直拴在门前，还给它垒了个能挡雨的小狗窝。但我实在不明白为什么要把它拴起来，我家的狗是赶都赶不跑……

我们这条山谷里一共四条狗，彼此间很熟，平时见了面还会打招呼。如果有外人进入驻地，一只狗吠叫起来，远近的狗会跟着一起叫，助威造势。如果来人特不招狗待见，四只狗则会一起赶到围着他咬。咬得他自己都不知道最后怎么逃掉的。

班班只有在共同对付外敌时，才重视小狗怀特班的微薄之力，与它站在同一战线。而平时俨然以老功臣自居，对怀特班百般欺凌。

其实老功臣班班也只在新狗怀特班出现之后才稍稍对比出一点点优势。平时它的日子也不好过。隔三岔五的，顶多能得到一点点刚盖住碗底的奶茶渣子和刷锅水。

班班是一只地道的牧羊犬。看上去肥头大耳，腰粗体宽，其实已经很老很老了，有十几岁了。骨头都有些嚼不动了。

最初班班并不是我家的狗，是可可媳妇娘家的狗。她的娘家迁去了哈萨克斯坦，狗就扔了，被扎克拜妈妈一家收容。因为是条老狗，它非常熟悉游牧生活。在搬迁路上，无论多么辛苦也不掉队，不乱跑。并且一看到有山羊不守纪律，离开道路啃草，便立刻冲上去把它们赶回队伍中。在驻地上，要是有别人家的牛羊出现在我们毡房附近，卡西或妈妈猛喝一声，班班就立刻跳起来将之赶跑。就算没人喊，一看到别人家的牲畜靠近我家河边草地上的盐槽，它也会立刻冲下山坡把它们赶开。自己家的牛羊却都认得，绝对不会弄错。

当然，有时候也会负责得近乎无聊。客人的马系在门口草地上，好端端地站着，又没惹它，它也不干，冲人家大喊大叫，不停做出要扑上去咬的架势。这一招会吓住大部分的马。但总有一些见过世面的老马嗤之以鼻，旁若无狗。

在新狗怀特班来之前，我偶尔也会偷拿一点点馕块喂班班。于是这家伙便整天盯牢我了，走哪儿都紧跟不放。还老是舔我的手，一看就知道这只手经常给它喂吃的……这个笨蛋！每到那时，我只好装出一副奇怪的样子："它为什么老跟我，不跟你们呢？"

大家心知肚明，面无表情："谁知道。"

在春牧场上，当我刚刚进入这个家庭时，班班还是一只病狗，整天在门口空地上晒太阳，不停摇头晃耳。卡西说它的耳朵里有水。果然，仔细一听，它一晃脑袋就有水声咣当响，好像满脑袋都装满了水！我翻开它的耳朵一看，湿湿的，流着脓水！看来狗的耳朵被剪短了也未必是好事，容易进水、感染。

当我仔细翻看它受伤的耳朵时，卡西远远看到了，连忙喝止。还呸呸地往地上吐唾沫，以示恶心，并用汉语说："狗的不好！"

我连忙问怎么不好了？她想了又想，无法表达，反正就连连说不好。

想起以前听过一种说法，哈萨克人因狗吃粪便，且不分父母兄妹地胡乱交配，便视其为肮脏淫乱的象征。亲近狗的人，也会被当作拥有同样品行的人。不知这个说法是不是真的……

当卡西那个兽医姐夫来做客时，我请他帮忙看一看班班的耳朵。他说他只治牛羊，不治狗。

我说："都一样嘛！"

他说："不一样。"

我又问："那它会不会死？你听，那么多水！"

他笑着说："不会。它是狗嘛。"

看在他是兽医的分上，我姑且信了。

如果可以，我真想把班班倒着拎起来，甩啊甩啊，帮它把水全甩出来。

上次进城遇到我的妈妈，说起这事。她建议我用盐水帮狗浇洗患处，消毒。我回去告诉了斯马胡力。当时这家伙正在喝黑茶，闻言，端着喝到一半的剩茶浇到狗脑袋上，还嬉皮笑脸地对我说："这也是有盐的水嘛……"

作为狗，活着有什么幸福可言呢？每天结束茶饮后，如果还能剩下一点点奶茶渣子或刷锅水（如果剩得多了，就得全留给奶牛。奶牛有专门的食盆，狗靠近的话会挨打），我就倒进门前草地上的一只破铁锨里，连个狗盆都没有。而那点儿残汤剩水又有什么好喝的呢？班班喝的时候，怀特班远远蹲着等待，等班班舔完后才绕着弯子踱过去，反复舔着空铁锨。舔了很久很久还在舔，到了第二天还过去舔。

又想起恰马罕家的小胖狗，不但给小心拴了起来，还跟供菩萨似的在它面前放了一大碗食物，由着它吃。可它还是一副死不乐意的样子，趴在那儿谁也不搭理，对那碗吃的东西瞧也不瞧一眼……原来狗与狗也是不一样的。

我呢，像是上辈子欠了它们的一样，整天纠结于这些事，不得安宁。一点儿也见不得它们祈求的眼睛，唯一能做的却只是反复地述说它们受过的苦。再无能为力。

此刻我还生活在这个家庭之中，还能尽己所能，每天给小怀特班带来一点点希望。可我不会在这里生活一辈子的，当它彻底依赖我之后，我却离开了……又想到某个寒冷的夜里，它用尽最后的生命能量，历经长时间的痛苦，终于了结生命……又想到，就算一时活着，秋天南下渡河时，这么小的狗也未必能游过额尔齐斯河的激流。那时它只能徘徊在北岸，像之前的怀特班一样，成为真正的野狗……就算过了河，初冬时节途经乌伦古河畔的聚居点，正好赶上冬令时节吃狗肉。那里的汉族人天天到处打狗……这样的生命，活着又有什么幸福可言呢？

我怕它死去。为什么牛羊的死总比不上狗的死那样令人难过呢？大约因为牛羊的死总是那么宁静，那是得到祝福和歉意之后的死亡。而狗的死像是附着怨恨一般。只因它们死之前，曾向人不停地求助……

然而无论怎样的生命，最终都会死去的。搬家时，一只小老鼠从拆去的塑料小棚下没头没脑跑出来，被扎克拜妈妈一脚踩死。我庆幸那是一瞬间的事。还要庆幸它的灵魂单纯，不能理解痛苦。

事实证明，是我想得太多了。后来有一次进城，离开了三天。回到家，班班和怀特班仍好好地活着。缺了我那一点点馕块，谁都没饿死。

我还是不能理解生命的事情，还是没完没了地记挂着世间的苦难。永远不能释怀。却仅仅只能如此了。

六月初，这片牧场迎来了一场盛大的婚礼。附近的牧民全都去参加了宴席。一大早，我们把贺礼绑在马鞍后，约好附近的邻居一同出发。似乎知道宴席上肯定会有好吃的，几家人的狗也鞍前马后紧紧相随。我们三家人就跟了四条狗。往下的途中，就像支流汇入大河一样，每到一个岔路口，就会有一匹或两匹捎着贺礼的骑马人汇入我们的队伍。狗也越跟越多。真热闹！

可到了地方一看，真丢人，就我们这一拨客人带了狗来……

婚礼仪式上人真多。怀特班还小，不懂事，第一次见到这么多人，亢奋而紧张。它在人群中蹿来蹿去找吃的，不时鬼喊鬼叫。大家都很烦它。况且在庄重的婚礼上有狗捣乱也不像话，几个小伙子便把它捉住，拖得远远的，绑在小山顶上的一棵树下。接下来的小半天，惨叫声没完没了地远远传来，听着揪心。直到我们离开时，也没见有人给它松绑。那时又下起雨来了……我不敢过去看，因为自私，因为孤单，因为不想流露出对狗的怜惜而让人厌烦。况且，我知道扎克拜妈妈正想趁此机会遗弃它。

而宴会远未结束，今晚还会持续一整夜，就更不会有人理它了。那么明天呢？后天呢？它被孤零零拴在山顶上，又饿又冷……宾客的队伍陆续启程回返了，它仍绝望地吠叫。此处有人愿收养它吗？它会自己挣脱，找到回家的路吗？大约不会了，因为这一次实在太远了……我感到痛苦。又感到这痛苦何其无耻。

我们一行人越走越少。跟来时一样，每经过一个岔路口，这支热闹的队伍就被分流掉一小部分。渐渐地，大家各自领着各自的狗回到了各自的家。

可走到最后只剩我们一家时，发现除了班班，怎么还跟着一条狗？

好不容易扔掉了一条，结果又领回来一条……

阿依努儿家

我们搬到冬库尔一个多礼拜后的一天上午，一支驼队经过我家山脚下的山谷。我站在门口看了很久。这家人口很少，家当自然也少得可怜。负重的骆驼只有三峰，比我家还少。领头牵骆驼的女人披着鲜艳的红色披肩，怀里搂着一个小小的孩子。管理驼队的男人可能是她丈夫，他马鞍后也捎着一个大一些的孩子。如果后面还有赶羊的（后来才知她家没有羊），我估计这一家最多五口人，三个劳力。

我站在山坡上看着这支小小的队伍向北行去，经过了强蓬家和加孜玉曼家，一直走到山谷尽头仍没停下来，向着东方拐弯消失。

开始还以为这家人只是路过冬库尔，后来才知道他们也是邻居呢，毡房就扎在东北面的山谷里。

这家的女主人叫阿依努儿（"月光"之意）。到了地方，一撑起毡房，她的丈夫就赶回了南面乌伦古河畔的定居点照看草场和麦地。于是她一个人带着孩子生活，这次进入夏牧场主要是为了生产奶制品。在冬库尔，这是一个比较特殊的家庭。好在她家没有羊，不用放羊的话，少了一大半的

187

劳动量。但毕竟得管理大大小小二十多只牛，她一个人还是会很辛苦。两个孩子一个八岁、一个四岁，能帮上什么忙呢？

阿依努儿是我在牧区见过的唯一一个穿裤子而不穿裙子的哈萨克妇人，这使得她像个男孩一样精神又活泼。她很年轻，轻盈利索，大大咧咧，开朗奔放。只生养过男孩的母亲一定比只养过女孩的母亲更强大吧？毕竟整天对付的都是些调皮捣蛋、爬树上墙的家伙，需要十足的魄力与果敢。因此阿依努儿身上男气十足，说话嗓门都比别的妇人豪气许多。笑起来"哈！哈！！哈！！！"底气十足。而扎克拜妈妈她们笑的时候，没人达到过那样的亮度和强度。

大家一提到阿依努儿，都摇头说："厉害的妇人！不好的！"

我一直以为所谓的"不好"，是指做过什么不好的事。后来才知，是在说她的性子太直，总是惹人心烦。

记得我们离开冬库尔的头一天，大家又是拆房子，又是拧羊毛绳，非常辛苦。于是妈妈决定中午加一顿正餐（原先只有晚上的一餐，在结束了一整天的劳动之后），要我为大家做拉面。但中午吃饭真不是时候，来人太多了。哈德别克来帮忙干活，海拉提路过此地，苏乎拉来看热闹。算下来八九个人呢。可面团已经在众目睽睽之下揉好了，妈妈无可奈何地说："做吧。"大不了每人只吃半份。但刚架起锅烧水，阿依努儿也拽着两个儿子赶来了。随后，上游的小伙子塔布斯也跟着进了门，这下足足十几张嘴。于是妈妈也不干了。她把锅从铁皮炉上撤下来，铺开餐布给所有人倒茶。又取出一只干馕切了大半个分给大家，任揉好的面团摆在旁边，跟不存在似的。

大家都吃得默默无言。只有阿依努儿这家伙，喝到第二碗就嚷嚷起来："什么时候下面啊？老是吃馕，老是吃馕。"边说边毫不客气地敲打挪到地上的锅子。妈妈的脸色顿时不大好看，但还是吩咐我说："那就下面吧。阿依努儿要吃面。"

于是那顿饭一人只吃了盖住盘底的几根面条。妈妈那份只吃了一口就全倒给了斯马胡力。我也假称胃疼，全让给了他。等大家走后，妈妈生气地嘟囔了好一会儿："下面？下面！阿依努儿要下面！"

哎，虽然当着众人的面被唐突是有些窝火，但总比事后被人议论吝啬强吧？再说拉面多诱人啊，就算是我，走到谁家碰上了，也舍不得错过。

阿依努儿一个人生活，再强悍泼辣，也没法独自撑起所有事务。因此她经常来找斯马胡力，喝令他帮着干这干那。完了之后，又大力嘲笑他干得实在不咋样。

有一天她出来套马，一路追马追到了我家山坡下。于是又大叫斯马胡力。斯马胡力赶紧跑出去帮忙，好半天总算套住。然后大家一起进房子喝茶。这时她看到斯马胡力扔在地上的捕捉索勒（大约是旱獭）的套子，上面阻挡机关的毡片只缝了一半就不得要领地停止了，便大笑起来，拎起套子轻蔑地往旁边的马鞍上磕了磕，然后三下五除二撕去上面的毡片。她在我家柴堆里随便捡了根木棍，找斯马胡力讨来小刀，彪悍地削了起来。刀法那个凌厉啊，木屑四迸，毫不留情。使的根本就是男人才有的力气嘛！还边削边无情地挖苦斯马胡力，说一个男人怎么连这个都不会！斯马胡力一声不吭，悄悄对我苦笑："看，这个妇人厉害吧？"我悄悄表示赞同。

很快，她就做好了一个销子。别在套子上试了下，轻轻一碰，两片齿状铁夹就弹了起来。果然灵敏又结实，比毡片强多了。斯马胡力很高兴，想打开，自己亲自试一试。但他跪在地上，双膝抵住套子两端，使尽力气也没能掰开（可想套子的力量多大，可怜的索勒……）。这个妇人便一把将他推开。她只用右脚踩着铁夹子，手一拨弄，还没怎么看清楚，夹子就啪地打开了。

难怪这女人敢一个人进夏牧场……

从那以后，斯马胡力只要一看到这个夹套，就感叹地，甚至心有余悸地说："厉害得很啊……"

可从外表看上去，她明明只是个漂亮母亲、普通妇人的模样。

由于阿依努儿家所处的地势高，家里装了可以用太阳能充电的无线座机电话（低的地方没信号）。扎克拜妈妈决定找个日子去她家给沙阿爸爸打电话。有一天她和莎里帕罕妈妈约好一起去了。但两人很快回来，说阿依努儿生病了，没打成电话。我觉得很奇怪，人病了，电话机又没病，为什么不能打呢？更奇怪的是，彪悍威猛的阿依努儿也会生病？

后来才知，那天信号不稳定，打不通电话。

又过了两天，天气晴朗无风。我和扎克拜妈妈、莎里帕罕妈妈一起向阿依努儿家走去。

我们沿着溪流一直往上游走。到了山谷尽头向东面折进一段山路，经过刚刚搬来的塔布斯家毡房后又走了很久。路越来越陡的时候，听到有狗叫声。很快，山路尽头的树木中出现了一顶极小的褐色旧毡房，比我家的还小。毡房四面全是灌木丛，中间流着一脉细细的、若隐若现的水流。

我们往前又走了几步，突然发现毡房前深深的草丛里居然停着一架两米多长的编织花带的绷架！上面长长地拖着一幅正在编织的花带。梭子别在中间，已经织好了三四米，看来再有一小半就完工了。我连跑几步，凑到跟前看。好宽的一幅花带啊！一尺多宽呢。织好后，一定是用来挂在毡房的房架根部或顶部。在那两处围一圈这样的宽花带子，又美观，又挡风。而窄一些的花带子，是用来绷在毡房外的毡盖上的。更窄一些的则用来缝在花毡上，或装饰其他手工制品，或者只是当作绳子系东西。眼下这块花带织进去了六七种颜色的毛线，又紧又匀，图案大方明朗。怪不得阿依努儿在任何时候都会显得格外好强、无畏，原来本身是如此灵巧聪慧的人，才会那么骄傲，那么自信。

阿依努儿站在门口迎接我们，依然穿着长裤和球鞋。看来还在病中，头上蒙着厚厚的头巾，显然没有前几天那么精神了。但身手还算敏捷。她先把抱着自己腿不放的小儿子一脚踢开，再拎起矮桌扔到花毡上，三下两下备起茶水来。

她家这块驻地一定使用过很多个夏天了，毡房四周还精心架起半人高的栏杆，防止牛羊靠近。门口有一大块平平坦坦的石头，上面放着马鞍等杂物。馕坑也设在门口，巧妙地利用两块嵌进山体的石块间的天然缝隙，在上面架了个铸铁炉板。这样，下面可以烤馕，上面可以烧开水。

我还看到毡房北面不远处树林里有个精心垒砌的石头圈棚。可若是牛棚的话，未免也太小了。小牛的话顶多只能关一只，还不好转身。就算是小羊也只能关三四只而已。不晓得到底是干什么用的。

她家离水源极近，水就在门边细细地流着。为方便取水，在溪流平坦的一段挖了个小坑，积成清汪汪的一小潭水。

她家的房门很破旧，就几块木板随便钉了钉，方向居然朝外开（我见过的毡房房门都朝内开）。大约家什简单的原因，房屋非常整洁。炉子设在一进门的右手边，并没有像一般人家那样设在毡房正中央。

我坐在花毡上环顾一周，没看到有分离机，只有一个查巴袋挂在门边。看来制作黄油和发酵酸奶这些工作只能靠双手捶打了，一定很辛苦。她家的查巴袋极漂亮，绲着红色的边，还用淡绿色的布剪成对称的羊角图案缝在上面，使之不仅仅是一件生产工具，更是家庭的装饰品。

阿依努儿的大儿子八岁了，显得稳重而懂事。看情形完全能帮着做些赶赶牛、提提水之类的零活儿。他像真正的大人那样，小外套上还拦腰拴了一根破破的小皮带。

弟弟四岁，裤子前后反着穿，鞋子也左右反着穿。虽淘气一些，也能帮着家里干点活儿。哥哥提回一桶水后，他赶紧抢过空桶也跑出去提，却只能提半桶。我看着他蹲在水坑边用水瓢舀水。一瓢下去，不小心探得深了些，搅起水底的细泥，于是赶紧把脏水泼在岸上（而不是泼回水里），再重新舀。这一回格外小心，轻轻撇去水面上的一层浮尘后再舀，耐心细致得实在不像是四岁的孩子。

但在劳动之外，这小子一无是处。席间，他满房子一圈一圈地跑。还老是当着客人的面，一屁股坐在餐桌上，然后再踩上桌子跳来跳去地玩。小哥哥厉声斥责他，几次努力想把他拉下来都失败了。最后还是被妈妈揪着脖子一把拽了下来。过了一会儿，小哥哥又报告说弟弟的鞋不见了。果然，只见他一只脚穿着鞋子，另一只却光着。在妈妈的厉声责问下，弟弟连忙从大锡锅里取出藏起来的另一只鞋。又过了一会儿，他当着所有人的面把鞋底放到嘴里啃……阿依努儿劈手夺过鞋子，另一只手往他嘴上直直地捣了一拳（多么奇怪的打法）。又捏着他的小肩膀飞快拧转过身子，在他背上捶了一拳（奇怪）。小孩顿时惊天动地地哭了起来。小哥哥连忙把他拉出去，让他在外面哭，别吵着客人。

说起来，这是我第一次看到打孩子的哈萨克母亲。

但是不到三分钟，挨打的事就被当事人忘得干干净净。阿依努儿把烧开的水倒进热水瓶，冲外面喊了一嗓子。两个孩子赶紧跑进来，争抢唯一的小桶。最后弟弟赢了，高高兴兴出去提水。

喝茶时小哥哥安静地坐在我旁边。我这才发现这孩子后脑勺有一撮白头发，约五分钱镍币大小。这孩子眉眼秀气，手指细细长长，像个女孩子。

喝过两碗茶后，扎克拜妈妈和莎里帕罕妈妈开始轮流打电话。大约是为了提防小家伙搞破坏（极有可能），阿依努儿家的电话机是锁在大箱子里的。一起锁住的还有糖果和新裤子。

莎里帕罕妈妈要拨的号码记在一张邮票大小的纸片上，纸片又被折来折去，折成黄豆大小，小心地放在一只手心大的绣花布袋里。哎，这可真是……

扎克拜妈妈记号码的纸片要稍大一些，有两张邮票那么大。却使用过很多次了，烂得跟下油锅炸过一遍似的。我们四个人轮流看过一遍，才辨清上面的七个数字。

打完电话后，两人分别付了一元钱给阿依努儿。也不知费用是如何计算的。阿依努儿毫不客气地收下了。

我们该告辞了，阿依努儿也开始收拾餐桌。她将每个人的剩茶集中在一起，又泡了块干馕进去，让孩子们端去喂狗（看来她后来又在别处重新领养了一只小狗。这待遇真不错……唉，要是怀特班能待在她家多好啊）。可是哥哥捧着一大碗剩茶，却怎么也找不着狗食盆。弟弟跳起来房前房后四处翻寻，后来终于找到一只破铁盆，高举着向哥哥兴冲冲跑去。这是我们离开时回头看到的最后一幕情景。

我和扎克拜妈妈的一天

　　头一天傍晚，西面的天空堆满浓重的红云。想起一句谚语："朝霞不出门，晚霞行千里。"便高兴地想，终于盼来一个大晴天了！

　　结果，平原地带的经验在山区一点儿也不管用。今天一大早天仍然阴着。南面天空更是乌云低垂，那边山头全笼罩在雨幕中。所幸雨始终没有下到这边来。据我目测，离这边只有十公里左右。好在到了早上七点，有力的阳光穿透了云层，阴云纷纷破碎，天空开始全面放晴。有一段时间满天都是碎云，碎且整齐，如同被耕犁机宽广地犁过一遍似的，由西向东均匀铺满了广阔的天空。到了八点，云渐渐稀散。阳光如层层堆积一般降临冬库尔。天气一下子热了起来。

　　因为昨天丢了二十多只羊，今天早上大家都起得特别早。三点钟天刚亮，扎克拜妈妈和斯马胡力就出去找羊了。卡西也在四点之前拎着桶下山挤牛奶。我耳朵里听着大家的种种动静，身子却挣扎在昏天暗地的睡眠边缘，困意像深渊一样横亘脚下，背后有无数手又推又攘。好几次都想：算了算了，还是放弃挣扎吧……但又清楚地知道大家干完活儿很

195

快就要回家了，茶水一定要在六点钟之前准备好。六点钟啊！这个界限如当头一棒，砸得我双眼猛地睁开。再猛地从温暖的被窝中一弹而起，并一鼓作气钻进冰凉的衣服裤子里。那时已经清晨四点半了，天光大亮。在冷空气的围裹中，困意顿消，立刻神清气朗，精神焕发。

昨天半夜里，斯马胡力和妈妈就起来过一次。那时好像听到羊回来的动静，两人披衣出去查看半天。回来时冻得哆哆嗦嗦，说不是羊。大家都非常失望。

等我生起炉子，烧好茶，大家陆续回来了。一个个鼻涕哈喇的，一声不吭，紧紧围着火炉烤火。

喝早茶的时候，卡西飞快地结束了两三碗茶，起身拖出装自己衣服的编织袋，翻找半天。大家冷眼看着她换上最漂亮的衣服，喜滋滋地坐在花毡边梳头发。原来今天她要去马吾列的商店买东西，还要给大姐阿勒玛罕打电话，告诉她黑牛（我们帮她代牧的）瘸了腿的事。但是接下来，大家边喝茶边重新商量了一遍，决定还是由斯马胡力去。于是这姑娘又伤心地坐回餐布前继续喝茶。喝完茶，脱掉漂亮衣服出门放羊。这回轮到斯马胡力翻箱倒柜地找自己的漂亮衣服。

换了漂亮衣服还不算，他还想换双新袜子，便拼命地哀求扎克拜妈妈。家里的几双新袜子都由妈妈保管着，锁在木箱里。可是妈妈不同意，不停地以"豁切"斥责之。

我也反对说："袜子穿在鞋子里，没人看到，新的旧的有什么关系？"

他说："脱鞋子的时候怎么办？"

我说："打个电话还要脱掉鞋子吗？"

他笑嘻嘻地不理我。不顾大家反对，硬是打开箱子穿了双新袜子。

妈妈生气地对我说："哪里是去打电话！昨天你不在家时，珠玛古丽来找过他！"

我在拖依上见过珠玛古丽，但还是问道："珠玛古丽是谁？"

卡西抢先说："是亲戚。"

妈妈哼了一声，说："珠玛，坏姑娘！"

斯马胡力在毡房外一边刷皮鞋（鞋油抹得跟打墙腻子一样厚重）一边大声反对："哪里，珠玛很好的！"

——什么情况？有些诡异。改天再好好打听。

两个孩子出门后，妈妈同我一起把满满当当一大锅煮开的牛奶抬下铁皮炉。这时，遥遥看到清晨才赶过南面大山的大牛又回来了。她急急忙忙嘱咐了我两句，冲下山去赶大牛。

等所有大牛重新消失在大山后面，她又遥遥走到山谷另一端，放开一直系在溪水边的小牛，并将它们赶向相反方向的山谷深处。

我组装好分离机，等牛奶稍稍凉下来就一勺一勺注入机器，给牛奶脱脂。这一摇就将近两个钟头。换了左手换右手，还是累得够呛。只恨自己不是千手观音。等这两大桶牛奶全部脱完脂，妈妈才疲惫地回来了。当我蹲在门口拆卸、清洗分离机的时候，看到她独自走在山谷最底端的碧绿草丛中，还看到我们的小羊群缓慢游走在离她不远处的山坡上。

等走进家门，看到我独自将昨天晚上和今天早上挤的牛奶全部处理完了，妈妈非常欣慰。大大地表扬了我几句，说我是好孩子。哎，都这把年纪了还被夸"好孩子"，真是窃喜。我俩把铁锅挪到外面的火坑上，继续煮脱过脂的牛奶。

我站在巨大的锡锅边持汤勺不停搅拌。妈妈把两根两米多长、碗口粗细的木头直接放到锅下烧。我俩相对无言，都被烟熏得泪水滚滚、鼻涕长流。

结束后，妈妈疲惫地坐在花毡边上发了一小会儿呆。最后念了句"安拉"，长长嘘了口气，吩咐我为她舀一碗热牛奶，端到门口草地上坐着慢慢啜，并长久地凝视着对面山坡上漫延的小羊群，看起来满脸的享受。天空干净，阳光耀眼，夏天即将全面到来。温暖的天气令生活变得从容起来。此刻骑马走在遍布着云杉和白桦树的漫长山谷里的斯马胡力，想必也是愉快的。而卡西随着羊群漫游在明亮的山顶上，走在开满白色花朵的灌木丛中，一样也会深感轻松和幸福。

喝完牛奶，妈妈起身往煮好的脱脂奶中拌入药水，开始沥制干酪素。等做完这一切，已经倦极。她回到毡房，往花毡上一躺就睡过去了。

我独自坐在门口，像刚才妈妈那样久久注视着整个山谷。我看到小坡下的一头小牛高高翘起了尾巴，像松鼠尾巴那样渐渐翘成一个流畅的问号，并将那个形状维持了很久很久。光线明亮，草地绿得像在梦境中一样。

妈妈刚躺下没一会儿就起风了。天空霎时阴云密布，稀稀拉拉洒起了雨点。真不敢相信几分钟前还是明亮暖和的好天气！妈妈赶紧翻身起来。我俩迅速把晾在草地架子上的干酪素收回家，并用旧毡片盖住了柴火垛。

结果干酪素刚收回家没一会儿，天上的黑云就变戏法似的裂开了巨大的缝隙。太阳重新隆重登场，雨点收得干干净净。我们又赶紧抬着干酪素重新晾出去。

又过了没一会儿，那道云缝很小气地合拢了，雨又淅淅沥沥洒了起来……我俩又赶紧去收……真折腾人。这天气真够诡异的。

而群山南面那边的天空却自始至终一直晴朗着。

我俩一面跟着天气瞎忙活，一面把前两天采集的桦树皮整齐码好，压紧，打成包。

干这些活儿时，妈妈不时停下来看着自己的双手叹气。我看到她拇指上裂了好几道又深又硬的血口子。缺乏维生素再加上劳动繁重，很多牧人都有这样的毛病。

我端来黄油，帮她厚厚地抹在伤口上。黄油作为油脂，能软化皮肤。皮肤柔软了，伤口才愈合得快。我曾看到大家手一坏就这么抹。有时也抹羊油。

抹好后，妈妈抬起手看了看，又撕了块塑料纸缠在手指上，并让我帮忙给打个结儿，然后继续干活。可没一会儿，塑料纸就给蹭掉了。很快，那点儿黄油也被蹭得干干净净。我提议再抹一遍，她叹口气："算啦算啦！"

当阳光再一次坚定地铺遍冬库尔的山头时，下游的莎拉古丽和赛力保媳妇各拎着一个包远远沿着溪水走来了。我俩站在门口，好半天才等到她们走到近前，然后把她们迎进毡房，铺开餐布切馕冲茶。这道茶结束得很快，两人和妈妈交流了一番沥干酪素的布袋的大小问题后，就合碗告辞。妈妈走进塑料小棚，在破衣服堆（春天的时候它们还是好衣服）里东翻西翻，翻出一件破衬衣和一块皱巴巴的花布。她把衬衣反穿在身上，又把花布在衬衣下摆比划了几下，最后满意地脱下来裹成一团夹在腋下，同她们一起去了。走了没几步，又回家穿上绿色金丝绒面料的羊毛坎肩。

　　一定是去莎里帕罕妈妈家借用缝纫机。刚才喝茶时，我看到她俩敞口的包里装着布料和缝纫机线。

　　阳光和乌云交替控制着冬库尔的天空。雨时有时无，时大时小。毡房因为被雨水浇湿而弥漫着浓重的羊毛味。

　　我一个人在家呆坐了一会儿，也掩门出去了，沿着从东面沟谷里流出的溪水往上游走去。一路上，右边是落叶松林的山坡，左边是层层累叠的巨大石块。沟谷狭窄崎岖，并且很快就走到头了。就在小路尽头突然出现一大片整齐笔直的杨树林，林间堆积着厚厚的落叶。脚底触感柔软又神秘，似乎重重落叶覆盖的是一个嘴唇。若找到它，吻它，就会令更美好的什么事物苏醒过来。穿过这片林子沿一段陡峭的上坡路爬到最高处，视野突然开阔。满目全是美丽而巨大的白色石片，如一道又一道光洁闪亮的屏风，重重叠叠，参差耸立在群山间。

美景也会让人疲惫——就好像终于放下心来，终于得到了一切般的疲惫。我疲惫地回到家。家似乎比我更疲惫。房间空空，没人回来。

我披一件衣服倒头就睡。感觉睡了很久很久。梦里沿着刚才走过的路反复地走，反复地去到高处，再转身四面眺望。后来又去了别的许许多多地方，见了各种各样的人。但冷醒后，一看表，只睡了不到半个小时。

扎克拜妈妈也睡在旁边，不知她什么时候回来的。花毡上放着她的最新作品。原来她把花布拼接在衬衣的下摆，给卡西做了一件挤奶穿的罩衣。家里只有一件围裙式的罩衣，平时妈妈穿着。卡西身上便总是溅满奶渍，很难洗去。

风又大了起来，却没有乌云和雨了。这一回风只刮在低处，高处是安静的。云像雾气一样一团一团呈絮状停在无风的高处。

很快妈妈也醒来了。她一起来就拧开录音机，换一盘自己最喜欢的磁带听起歌来。我们铺开餐布相对喝茶，一个悠闲的下午就此展开。嗯，驼毛已经剪完了，挤牛奶的工作得等到傍晚了，昨天背回了够用三天的柴。眼下暂时没有太迫切的劳动，加上刚才又饱饱地睡了一觉，我们感到悠闲又舒适。天气也缓和过来。我俩喝着茶，有一句没一句地闲聊。

妈妈告诉我，我们下一个牧场会很美很美。至于怎么个美法，她却无从描述，只能朴素地作如下表达："树多，石头多，水多……"

我说冬库尔就已经很好了啊，为什么要离开呢？妈妈说，不行，这里人太多了。

的确，我们和爷爷家刚搬来时，附近只有强蓬和恰马罕两家人。后来又来了保拉提家，一共才五家人。但陆续又有驼队进驻，如今远远近近十多家了，草地渐渐受到明显的破坏。而我们的下一个牧场，听说只有我们和爷爷两家人。那里的生活一定更加寂静和坚固。

喝完茶，我收拾厨房角落，妈妈拎着录音机坐到门口的草地上，边听歌边给斯马胡力补秋裤。远处南面群山阳光灿烂。我们这边虽然蒙着一层薄云，但也算明朗温暖。风渐渐停了，草地安静，深厚葱茏。妈妈坐在那里的姿势非常悠闲，看上去轻松又愉快，还随着音乐轻轻哼唱。

她在斯马胡力那磨得薄得快要破掉的秋裤屁股上衬了一大块撕碎的内衣针织面料，这样便还能再穿一段时间。哎，骑马最费屁股了。

妈妈只有一根针，由于极粗（我无数遍形容它跟牙签似的），所以一直没弄丢。但她没有线，要缝东西时，就解下头上的蓝格子头巾，从上面随意抽取一根线。这条头巾共织进去了蓝白黑褐四种颜色，比带四卷线在身边方便多了。要是四卷线的话，还不能扎在头上当头巾呢。

补完秋裤后，她又脱下脚下的破布鞋补了起来（那枚针用来补鞋最合适不过）。我看到我给她新买的长筒袜又破了一个大洞。果然，妈妈补完鞋子，就扯下袜子补了起来。补完破袜子后还有破裙子。她脱下裙子光着两条腿坐在草丛中继续缝补。那条裙子上的一块摆缝在很久以前就裂开了。总之上上下下一通整顿。

都过了十二点，斯马胡力和卡西还没回来。妈妈念叨着，频频抬头看向南面的森林。等裙子缝好，站起来往身上一套，就径直下山去了。妈妈今天穿的是粉红色毛衣和浅色的裙子，系着天蓝色头巾，看上去非常清爽，走过草地时的样子显得轻盈又年轻。

风又大了起来，满世界呼呼作响。天气仍然是暖和的，小羊们卧在溪水边的草地上晒太阳。不知是什么鸟儿的鸣叫声有一下没一下地回响在南面森林里，响亮而惊喜，像是嗓子里系了个小铃铛。

妈妈从半坡下扛回用大石头压了一个晚上加半个白天的干酪素硬块，然后仍坐在补衣服的地方，摊开一块餐布，在一张铁丝网上搓起干酪素来。大约手疼的原因，她边搓边呻吟着。突然她停下来，吩咐我把磁带换个面。这时我才发现录音机不知什么时候停了。

我决定也补点儿什么，便向妈妈讨来了针。我的鞋垫早就穿烂了，脚掌和脚跟处各磨出两个大洞来（才两个月工夫）。又舍不得扔。虽然中间有两个大洞，但四周一圈仍然连在一起嘛。便花了半个小时，把它们和另一双也快要磨破的鞋垫重合着缝在一起，使之加厚。在山里可不能乱扔东西，买都买不到的。

可是不知为什么卡西却从不知爱惜物品，无论什么都当一次性的使。比如新袜子，一穿到底，几天不换。直到破了，脏了，脏得发硬了，就直接扔掉。

妈妈看着我这么做，不作声。搓完干酪素，摊平晾好后，她走进小棚东翻西翻，翻出一块旧毡片，为我剪了一双厚厚的新鞋垫。

大约在翻找毡片时注意到堆在那里的一堆脏衣服脏鞋子，妈妈剪完鞋垫后，把它们全抱出来，烧了一锅水洗了起来。我则帮她提水。从山下到山上，提了一桶又一桶，气喘吁吁却无比愉快。我喜欢反复经过溪水边那一大片明亮而拥挤的蒲公英花丛，更喜欢在半山腰上的馕坑边放下水桶（整面倾斜的山坡上只有那里有一小块地面是平的，能放稳桶）休息时，转身再次凝望它们。眼下整段山谷碧绿寂静，只有这一小片蒲公英喧哗而激动。

这时，山下的小羊群骚动起来，一边咩叫一边往南跑。妈妈说："卡西回来了吗？"连忙跑到高处看。原来是哈德别克赶着一小群大羊从南面山坡下经过，我们的小羊也不看清楚，就咋咋呼呼跑过去寻找自己的妈妈。

妈妈晃着裙子匆忙走向小羊群，背影竟然非常动人。

我也放下桶赶去帮忙。但正赶着，身后的森林里又传来一阵更为激动的咩叫声。回头一看，大事不妙！小羊群真正的妈妈们回来了！于是我和妈妈兵分两路，一人赶大羊，一人赶小羊。左右阻击，上下奔跑。赶了足足半个小时，才把羊群彻底隔开。将大羊赶回了山那边，把小羊轰向西面山坡更远一些的地方。我累得一身大汗，妈妈也不轻松。在回家的上坡路上，她走着走着，往路边草丛里一倒，大大地展开手脚休息起来。

奇怪，羊怎么会在这个时候回家？难道卡西也像斯马胡力一样，跑到大石头上睡觉去了？

妈妈洗完所有的衣服鞋子后，我们又喝了一道茶。然后我收拾房间，妈妈坐在草地上搓羊毛绳，边搓边焦急地张望。有时突然感觉到什么动静，说："卡西回来了！"然后凝神静听。渐渐地，我也听出了林子里有些声响正往这边移动。但等了好久，却慢悠悠走出了一峰骆驼。

妈妈手疼，把手头的羊毛搓完就停止了。然后又走到门边悬挂的查巴袋旁捶打了几下黄油，看起来心神不定。为什么卡西还不回家呢？今天早上她只喝了一道茶就出门了，现在不知都饿成了什么样！

然而快要成形的黄油不需要过多的捶打。她一时无事，休息片刻（坐在花毡边发呆）。又像突然想起来似的，出门拖起上午没烧完的那根碗口粗的大木头向山下走去，一边走一边回头吩咐我揉十碗面粉，准备烤馕。真是信任我……之前我最多揉过三四碗面粉的面团，从没揉过如此大的分量。但我还是二话不说，拖出大锡盆倒了十碗面粉，和水揉了起来。等妈妈把馕坑里的火生起来，又劈了许多柴码好，回头看到我还在花毡上气喘吁吁地奋斗。那块面才刚刚黏成团，揉也揉不动，像在揉一块石头。她又等了半天，看我这边还是没啥起色，叹口气，只好亲自上阵。只见面团在她手下翻来覆去转得飞快，软得跟棉花似的，听话极了。面揉匀后，再静放一会儿，醒一醒，就撕成团摊成大饼入炉烘烤。

等到所有的馕出炉，已经五点半了。卡西还是没回来。斯马胡力也没回来。这期间苏乎拉来了一次，和妈妈坐在花毡上聊了两句就走了。她是来找卡西的。

斜阳浓重地铺洒在东面山坡上，索勒们照例开始出来晒太阳了。石堆顶上有一只，双手合十，静静地冲我们这边凝望。后来它身后又出现了一只。两个小家伙依偎了一会儿，又分开，各据一块大石头蹲坐着，继续长久地朝我们这边张望。我装作若无其事的样子在草地上走来走去，渐渐靠近那堆石头。但它俩警惕性很高，一直注视着我的一举一动。当距离近到令它们感到不安了，便纵身一跃，迅速消失在石缝里。我走到它们消失的那道石缝前探头张望。很窄，里面黑乎乎的，什么也看不到。但我知道它们一定在最深处的黑暗中睁着眼睛静静看我。离开那堆石头，走了一段距离后，一回头，同样的地方又冒出来三只，站在一起打量我。我猜想可能是原来那两只回家后又遇到另外一只，连忙告诉它刚才有个奇怪的人如何如何鬼鬼祟祟。见它不信，就拉它出来看，指着我说：哎，就是这个人。

红日颤巍巍地悬在西天，西面大山的阴影从东面山坡的山脚下缓而有力地向上浮升。索勒们在最后的余晖中东奔西跑，一扭一扭地互相追逐。这些一到黄昏便出来晒太阳的小东西啊……食草动物总是那么温柔。

206

六点钟斯马胡力才回来，买回了一个新暖瓶、一包糖、一双卡西要的丝袜，以及一包垃圾食品。他一回到家，喝了两碗茶就立刻出发去赶羊。妈妈也披上外套去赶大牛。

可卡西仍没回家。邻居的牛陆续回家了，一只紧随一只穿过山谷向南行去。整个白天，大牛们陷落于青草天堂，只顾着吃顾不上其他，到黄昏乳房饱胀起来，才急急忙忙赶回去哺乳小牛。有的甚至奔跑着回家。可回到家，最先迎接它们的是挤奶的主妇。

我负责赶小牛。我先把大一点儿的小牛赶回牛棚拴好。系带子时，它们的耳朵和脖子不时触动我的手心，烫乎乎的，让人感觉它们听话又快活。年纪小的小牛就难对付了，一个个无法无天，追得我咬牙切齿。不过追到手后，看它们那副更加咬牙切齿的模样，特解恨。

系完小牛，太阳完全消失在西山背后，唯有东面的大山之巅仍笼罩在明亮的金色光芒中。气温陡降。

我开始揉面做饭。当我手忙脚乱地往沸水里揪面片时，卡西静悄悄地回来了。

那时已经八点多了。

原来上午她赶羊赶到半途，有一小群羊跟着山羊朝北面跑掉了。等好不容易追回原路，先前的那一群又没影儿了。她焦头烂额，又累又饿。加上爬山时摔了一跤，左腿扭着了，脸上擦伤了一大块，多么凄楚……好在下午路过莎拉古丽家喝了一道茶，睡了一觉，休息好了又继续找羊。

她见家里只有我一个人，问了问斯马胡力的情况，又看了看新袜子，拿起那袋小食品凝视了几秒钟，便拎起桶一瘸一拐下山挤牛奶。我突然想了起来，连忙拿起新罩衣高高挥舞着追上去。她脸上这才露出一丝笑容，接过罩衣一边穿一边转身去了。

隔那么远，我都能清楚地看到一束纤细洁白的奶液从妈妈和卡西的手心笔直有力地射入小桶。那是太阳落山后全世界最明亮的一缕亮白色。如此很久很久才能挤满一桶。那情景是单调的，可妈妈她们却显得耐心而愉快。牛静静地站着，小牛拴在它身后的不远处。它可能会以为是小牛在吮吸吧？

这时斯马胡力赶着羊群从北面山头出现了。大小羊不知何时已经合群。他把羊群集中在我们驻地的半山腰上，才下马卸鞍。先进毡房看了看，深深嗅了嗅汤饭的香气，转身下山向妈妈和卡西走去。大约此行带回了一些迫不及待想与家人分享的最新消息。虽然离我好远，话语声也不大，但在逐渐昏沉的暮色中，他的声音那么清晰，一字一句平直无碍地送到我的耳边。而妈妈和卡西的倾听更是充满了力量。世界如此寂静。

等挤完奶，再闹腾腾地赶羊羔入栏，又数完大羊，一整天的劳动才算彻底结束。已经九点多了，我做的汤饭都泡糊了，一大锅呈凝固状态（为了保持温度，我一直把锅放在炉子上热着）。不知为什么，明明已经数完了羊，大家仍不急着回家。我走到门口正要呼唤，却一眼看到疲惫的母子三人正横七竖八躺在斜坡上的草地中。大羊们静静簇拥在不远处，偶尔咩叫一两声。天色已经很暗很暗了。

这是无比冷清的一天，晚餐却较之以往更热闹了些。面片虽然糊掉了却香气不减，饿坏了的兄妹俩还是吃得津津有味。而斯马胡力从马吾列小店里带回的几条最新消息更令人激动，大家热烈地讨论了很久。吃饭吃到一半时，斯马胡力又宣布了一则最最重要的特大好消息：七月份的弹唱会改地点了！改在我们下一个牧场附近，步行可至。到时候我们全家都可以去了！卡西闻言立刻甩了汤匙，拍起手来。我也非常高兴。之前我俩一直为可能参加不了那场盛会而遗憾。

这一天睡得很晚。大家裹在被窝里又聊了很久，像多年没见似的热切，很久后才一一安静了下来。

突然，黑暗中卡西尖叫一声，跳起来啪地打开太阳能灯。我们都给吓了一大跳，莫名其妙地看着她冲向毡房北侧的角落，又恍然大悟地看着她翻出那包油炸的麻辣小食品——这么重要的事，她差点儿忘记了！

妈妈笑着说："豁切！"

已经睡着又给吵醒的斯马胡力则有些生气："就知道吃！"

突然间出现的我

　　小时候我家在城里开着一个小商店，生意不是很好。那时小城人口不多，街道上总是安安静静，空空荡荡。我家所在的整条街上除了我家商店、林荫道、围墙及两三个工厂大门之外，再空无一物。我家商店像是一百年也不会有人光顾。但推开寂静的门迈进去，总是会发现店里满满当当一屋子人。全是来喝酒的。

　　我家店有着高高的柜台，铺着厚厚的木板。喝酒的人一个挨一个靠在上面高谈阔论，一人持一只杯子或拎一瓶酒。房间正中有一张方桌，围着四条长凳，也坐满了人。桌上一堆空酒瓶和花生壳。那是我最早接触的哈萨克人。

　　小时候的我非常好奇，不能理解到底是什么话题能够从早谈到晚，从今天谈到明天，从这个月谈到下个月……一直谈过整个冬天。而冬天长达半年。那么偏远的小城，那么单调安静的生活。他们谈话时，语调平静，声音低沉，轻轻地说啊说啊，偶有争论，却少有激动。

　　在更遥久的年代里，大地更为漫远，人烟更为微薄。大约正是这样的交谈，正是这样的耐心，坚韧地递送信息，绵延着生息与文明。

小时候的我一点儿也不懂哈语。虽说每日相处，仍相距万里，像面临踞天险为关的城池。

可如今我会讲一些哈语了，起码能维持基本的交流，却仍面临着那个城池，难以再进一步。

卡西有自己的朋友。斯马胡力有自己的朋友。扎克拜妈妈当然也有自己的朋友，那就是莎里帕罕妈妈。两位妈妈为表达友谊，还会互赠照片什么的。每次我要给大家照相的时候，她俩就赶紧站到一起。

两人一有空就凑在一起纺线、搓绳子、熬肥皂、缝缝补补。手里的活计不停，嘴也不停。说啊说啊，直到活儿干完了，才告辞分手。但回家转一圈，家里也没别的事情可做，便持着新的活计转回去，继续坐一起聊。

不知道都聊了些什么，那么入迷！纺锤滴溜溜地飞转，语调不起波澜。只有提到苏乎拉时，她们才停下手里的活儿，惊异地议论一阵，又扭头对我说："李娟！苏乎拉昨天又哭了！今天就骑马去县城了！"

我问："哭什么？"

"上一次有人把电话打到阿依努儿家找她，她也哭了，然后也去了县城。"

"那这一次为什么？"

莎里帕罕妈妈强调："上一次是在拖依上哭的！还喝了酒！"

我觉得没头没脑的，又不是特别好奇，便不吭声了。

但两人一起转向我，努力地对我无穷无尽地表达。事件中的曲折与细节，在陌生的语句中向我黑暗地封闭着。苏乎拉是孤单的。她怀有强大的欲求，以及传说中的巨款。扎克拜妈妈和莎里帕罕妈妈也是孤单的，只能做遥远的猜测与评说。最孤单的却是我，我什么也不能明白。

记得刚刚进入扎克拜妈妈家的生活时，在春牧场吉尔阿特，一天傍晚妈妈让我去看看骆驼在不在南面大山那边。

我跑到山上巡视一番，再跑回家气喘吁吁地报告："骆驼没有！只有山羊！"

但当时我还不会"山羊"的哈语。那个词是用汉语说的，妈妈听不懂。我便绞尽脑汁地解释道："就是……白白的那个！和绵羊一样的那个，头上尖尖的、长长的那个……"

妈妈听得更糊涂了。

我一着急，就用手摸了一把下巴，做出捋胡子的样子："这个嘛，有的！这个样子的嘛，多多地有！"

妈妈恍然大悟，大笑而去。当天晚上，大家聚在一起晚餐时，她把这件事起码讲了五遍。从此，每当派我去赶山羊的时候，大家就会冲我捋胡子：

"李娟，快去！白白的，头上长长的！"

当然这只是一个笑话。但时间久了，这样的笑话一多，就有些不对头了。我这算什么呢？

每平方公里不到一个人，这不是孤独的原因。相反，人越多，越孤独。在人山人海的弹唱会上，我更是孤独得近乎尴尬。

　　在冬库尔，我们石头山的驻地寂静极了。寂静也掩饰不了孤独。收音机播放着阿肯对唱，男阿肯咄咄逼人，女阿肯语重心长。卡西啧啧赞叹："好得很！李娟，这个女人好得很！"我不知"好"在哪里，更不知卡西情识的门窗开在哪里。

　　闲暇时候，总是一个人走很远很远，却总是无法抵达想去的地方。只能站在高处，久久遥望那里。

　　每次出门，向着未知之处无尽地走，心里却更惦记着回家。但是去了很久以后回来，看到一切如旧。羊群仍在驻地附近吃草，斯马胡力和哈德别克仍躺在草地上一声不吭。半坡上，三匹上了绊子的马驮着空鞍静静并排站着。溪水边的草地上，妈妈和卡西正在挤牛奶。看了一会儿，再回过头来，斯马胡力和哈德别克已经坐了起来，用很大的嗓门争论着什么，互不相让。

　　我高高站在山顶，看了这边，又看那边。天色暗了下来。那时最孤独。

　　所有的黄昏，所有欲要落山的夕阳，所有堆满东面天空的粉红色明亮云霞，森林的呼啸声，牛奶喷射空桶的嗞嗞声，山谷上游莎里帕罕妈妈家传来的敲钉子声，南边山头出现的蓝衣骑马人……都在向我隐瞒着什么。我去赶牛，那牛也隐约知道什么。我往东赶，它非要往西去。

妈妈在高处的岩石上"咕噜咕噜"地唤羊，用尽全部温柔。毡房里卡西冲着炉膛吹气。炉火吹燃的一瞬间，她被火光突然照亮的神情也最温柔。

山坡下，溪水边，蒲公英在白天浓烈地绽放，晚上则仔细地收拢花瓣，像入睡前把唯一的新衣服叠得整整齐齐放在枕边。洁白轻盈的月亮浮在湛蓝明亮的天空中，若有所知。月亮圆的时候，全世界再也没有什么比月亮更圆。月亮弯的时候，全世界又再没有什么比月亮更弯。有时候想：也许我并不孤独，只是太安静。

又是一个黄昏。大风经过森林，如大海经过森林。而我呢，却怎么也无法经过。千重万重的枝叶挡住了我，连道路也挡住了我。道路令我迷路，把我领往一个又一个出口，让我远离森林的核心。苔藓路上深一脚浅一脚地走，脚印坑里立刻涌出水来。走着走着，一不留神，就出现在群山最高处。云在侧面飞快经过。心中豁然洞开，啪啪爆裂作响，像成熟的荚果爆裂出种子。也许我并不孤独，只是太热情……

无论如何，我点点滴滴地体会着这孤独，又深深享受着它，并暗地里保护它。每日茶饭劳作，任它如影相随。这孤独，懦弱而微渺，却又永不消逝。我借由这孤独而把持自己，不悲伤，不烦躁，不怨恨，平静清明地一天天生活。记住看到的，藏好得到的。

我记录着云。有一天，天上的云如同被一根大棒子狠狠乱搅一通似的，眩晕地胡乱分布。另一天，云层则像一大幅薄纱巾轻轻抖动在上空。还有一天，天上分布着两种云。一种虚无缥缈，在极高的高处弥漫、荡漾；另一种则结结实实浮游在低处，银子一样锃亮。

我记录着路。那些古牧道，那些从遥远年代里就已经缠绕在悬崖峭壁间的深重痕迹。我想象着过去的生活，是怎样暗暗行进在最高峭最险要之处，一丝一缕重重叠叠深入森林……那时的身体更鲜活，意识更敏锐。那时的食物和泥土难分彼此，肉身与大地万般牵连。那时，人们几乎一无所有，荒蛮艰辛，至纯至真。但是，无论他们还是我们，都渴望着更平安更舒适的生活，这一点永远不会改变。

我记下了最平凡的一个清晨。半个月亮静止在移动的云海中。我站在山顶，站在朝阳对面，看到妈妈正定定站立南边草坡上。更远的地方，斯马胡力牵着马从西边走来。更更远的地方，稀疏的松林里，卡西穿着红色外套慢慢往山顶爬去。这样的情景无论之前已见到过多少次，每一次还是会被突然打动。

我收藏了一根羽毛。一个阴沉的下午，天上的太阳只剩一个发光的圆洞。快下雨了，大家默默无语。赶牛的卡西回到家，显得非常疲惫，头发上就插着这根羽毛。

我开始还以为是她穿过丛林时不小心挂上的。谁知她一进家门就小心取下来，递给妈妈。原来是捡到后没处放，怕这轻盈的东西在口袋里压坏了，特地插在头上。我突然想到，这大约就是猫头鹰羽毛吧。据说哈萨克人将猫头鹰羽毛和天鹅羽毛视为吉祥的事物，常把它们缝在新娘、婴儿或割礼的孩子身上。司机们也会把它们挂在后视镜上，保佑一路平安。我想问卡西是不是猫头鹰羽毛，却不知"猫头鹰"这个词怎么说，就冲她睁只眼闭只眼地模仿了一下。她一下子明白了，却说不是。但扎克拜妈妈却说是。妈妈仔细地抚摸它，把弄弯的毛捋顺了，然后送给我，让我夹进自己的本子里。我不禁欢喜起来，真心地相信着这片羽毛的吉祥。那是第一次感觉自己不那么孤独。

有一次我出远门，因为没电话，大家不知道我回家的确切日期。斯马胡力就每天骑马去汽车能走的那条石头路尽头看一看。后来还真让他给碰到了。可是马只有一匹，还得驮我的大包小包，于是他把马让给我，自己步行。我们穿过一大片森林、一条白桦林密布的河谷，还有一大片开阔的坡顶灌木丛，走了两个多小时才回到冬库尔的家中。

我虽然骑着马，却怎么也赶不上走路的斯马胡力。每到上坡路，他很快就消失进高高的白色花丛不见了。不知为何，任我怎么抽打，马儿也不理我，慢吞吞边走边啃草。丛林无边无际，前面的弯道似乎永远也拐不过去，似乎已经和斯马胡力走散了……后来我一个人来到坡顶的花丛中，小路仍在延伸。斯马胡力的红色外套在小路尽头闪耀了一秒钟，立刻消失。

一路上不停地追逐，若隐若现的小路越走越清晰。以为它即将明确地抵达某处时，转过一道弯，往下却越模糊，并渐渐消失。我和我的马儿出现在一片石头滩上，眼下流水淙淙。前方不远处跑过一只黑背索勒，跑着跑着，回过头看我。

在石滩上走着走着，又出现了路，带我进入一条没有阳光的山谷。越往前，地势越狭窄。这时，斯马胡力突然从旁边的大石头后跳出来，冲我明亮地笑着。我连忙勒停马儿，问他这是哪里。他笑道："前面有好水。"

我不明白何为"好水"，便跟着去了。但这时马儿突然死活不听话，折腾半天也不肯离开原来的道路。我只好下了马，牵着马儿跟上去。脚边有一条细细的水流，前面水声哗哗，并且声音越来越大。转过一块大石头——瀑布！前面是瀑布！

前方是个死胡同，被几块十多米高的巨石堵得结结实实。石壁光洁，水流只有一股，水桶粗细，从石堆顶端高高甩下来。水流冲击处是凹下去的一眼水潭，陷在一块平平整整的巨石上。这水潭正是水流天长日久冲刷而成。附近没有泥土，只有白色的沙地，寸草不生。这一方小小天地虽水声喧嚣，看在眼里却无比沉寂。

斯马胡力站在水流边，炫耀一般望着我笑。他引我偏离正道，绕到这里，果然给了我一个惊喜。我感受到了他满当当的欢乐与情谊。其实他也孤独。

还是在冬库尔，我们的驻地上，晚归的羊群里有一只羊一瘸一瘸。大家都看着它叹息。两个小时后，它的两条后腿就站不起来了，俯在草地上以两条前腿挣扎着爬行。第二天早上，羊群出发时，只有它独自躺在溪水边呻吟、痉挛，很快死去。之前令人揪心，之后让人大松一口气。似乎没有什么归宿比死亡更适合它——它的罪终于受完了。斯马胡力剥下羊皮，埋了羊尸。别的羊正远远地、喜悦地走向山野深处的青草。在这丰饶的夏牧场，我那点儿孤独算什么呢？

去上游串门

　　一天，扎克拜妈妈的二女婿，开商店的马吾列骑着摩托车来冬库尔收山羊绒。过秤之后，和丈母娘讨价还价了半天，最后以二十块钱一公斤的价格买走了。等他走以后，妈妈才察觉出似乎哪里不对头，便和斯马胡力坐在门口草地上讨论起来。讨论了半天还是搞不清哪里吃亏了。两人又走进毡房，叫上卡西，三人围坐一圈继续盘算。似乎越盘算，亏越大。妈妈非常不满，冲我嚷嚷道："二十元！李娟！才二十元……"

　　大家又议论了一会儿，妈妈换了外套和鞋子去上游强蓬家理论这件事。回家之后继续叹息：二十元！

　　直到第二天早上挤完了牛奶，妈妈还在不时地嘟囔：二十元！

　　她一边嘟囔，一边在晨光中梳头发。梳着梳着，太阳从东面的群山间升起。同时，冬库尔也从世界的阴影中冉冉上浮。这光明的力量！妈妈从门前的石头上站起，手遮额头往东方看了一眼，脸上露出与"二十元"再无瓜葛的微笑。

就是这一天，马吾列的父母家也搬来了附近。

消息是下游的恰马罕老汉带到的。当时刚煮开一大锅牛奶，我正坐在花毡边安装分离机，准备脱脂。没有风，上午时光温和平静。这时恰马罕骑马从南面经过，在山坡下大声喊了几句话就匆匆离去。扎克拜妈妈答应了几声，赶紧转身进毡房做准备。而之前她原本打算出门的。

那天上午妈妈一直在家里等待着，不时出门张望。准备好的酸奶用一只大铁盆装着。——哎，别人给我家驼队送酸奶，都是用搪瓷杯子或大碗，从没见过用盆的。

等我刚分离完两大桶牛奶，驼队就从南面树林里缓缓出来了。妈妈连忙扎上新头巾，穿戴整齐下去迎接。我远远看着她端着大盆子，晃着裙子，一直走到溪水边的小路旁，站定了等待。妈妈刚洗了头发，穿着浅咖啡色的大花朵图案裙子，显得特别年轻漂亮。驼队速度慢了下来，最后停在她身边。妈妈把盆子递给打头骑马的女人。那女人穿着天蓝色的裙子，绿色长外套，肩上披着雪白的大头巾。我看到她连忙接过来，举起盆子就喝。那时好担心她把握不好力度，倒得一脸都是……

迎接完这支驼队后，不到一个钟头又来了一支驼队。妈妈再次端出酸奶前去迎接。这次用的工具还好，是一把塑料水瓢。此外，妈妈还用暖瓶盖子搞过接待，还用过煮稀奶油的小铝锅……信手拈来，无人介意。毕竟在长途劳累之中，能喝到浓黏美味的酸奶就很幸福了，哪还顾得上其他。

卡西告诉我，这两家人搬去的地方都不远，在东北面的小山谷里，离我们只有三公里。冬库尔真是越来越热闹了，可我们却要走了。再过一个礼拜，我们就得搬家去往后山深处。妈妈决定在搬家前去拜访亲家。

晚餐时，妈妈兴致极高，聊了许多过去的事情。每当提起这个亲家就大笑不止，令人好奇。而当她再次谈到"二十元"的话题时，似乎已不再纠结于此了，像在说一个笑话。

才搬到冬库尔时，我还以为我们所在的这条山谷的北面是个死胡同。因为从我家毡房所在的位置看去，那里结结实实地堵着一座巨大的、不生树木的秃石山。可后来，我发现所有经过冬库尔的驼队全都消失在那一处的尽头。一定还有出口。有一天散步时忍不住向那里走去，果然发现两山交接处有一条阴暗的沟谷向东面斜伸出去，一条山路深深地插在丛林之中。

那天我在那条路上独自走了很久。沿途经过一片白桦林，走到深处却全是杨树林。和我家东面山谷里的那片杨树林不一样，这片林子虽然也生得笔直挺拔，但树干不是浅色的，而是寂静的青绿色，树皮光滑饱满（后来我才知道这就是欧洲山杨，到了秋天会火红一片）。

杨树林的尽头是一小片倾斜的山间空地。两条溪流在空地上交汇，形成的一个三角地带。上面有一个圆圆整整的毡房旧址。那里真美！不知这家人是已经搬走了还是尚未搬来。

有很长一段溪流的河床是一整块大石头。水流在石头上冲刷出了石槽。水底不生苔藓，水流干干净净，晶莹活泼。再往前走是一段上坡路，一路上又有好几处驻扎过毡房的圆形痕迹，还有好几处荒置的羊圈。似乎这个地方曾经很是热闹过一场。

　　亲家搬来的第三天中午，我和扎克拜妈妈早早地结束当天的家务活儿，包了礼物出发了。路过上游的第一个岔路口时，妈妈冲西面的毡房远远大喊："莎里帕罕！嘿！莎里帕罕！"很快，莎里帕罕妈妈扛着一大包东西出现在家门口，慢慢走了下来。莎拉古丽无论到哪儿都和赛力保媳妇走在一起，扎克拜妈妈则无论做什么都和莎里帕罕妈妈约在一块。

　　莎里帕罕妈妈的包裹很大。我摸了摸，大约是一卷毡子。往后一路上，我们三个轮流扛这个大包。当进入我上次单独经过的那片杨树林尽头的美丽空地时，看到那里已经扎起了毡房。

　　虽然不是目的地，既然经过了，两个妈妈还是拐过去打了个招呼。我们迈过溪流来到毡房边，一边大声喊着主人的名字，一边推门进去。花毡上正躺着的一个女孩子飞跳起来——显然，客人的突然来访令她措手不及。她顾不上和我们问候，飞跑过去摆正歪倒在房架子边的几只靠枕，把两件随意丢在花毡上的外套唰地挂起来，又跳下花毡迅速扫地、倒垃圾……我不由感到莫大的安慰。以前还以为只有我家才会出现这样的紧急场面。

　　这一家摆设有些零乱随意，不像下游几个邻居那么讲究。不过房间很大，物事齐全，墙上还挂着一把双弦琴——哈萨克的传统乐器"冬不拉"。在冬库尔，这可能是唯一有冬不拉的家庭。

这座毡房的四面墙架已经很旧了，檩杆却是崭新的，鲜红夺目。因此一进入房间，颇有头重脚轻之感。

这一家的女孩子比卡西略大一些，很胖，个儿不高。不知为何总是紧抿着嘴。说话时抿着嘴说，笑也抿着嘴笑。后来不小心咧了一下嘴……原来如此，她的牙齿长得非常稀疏，彼此一颗远离着一颗，缝隙可以塞一枚一元硬币。

我们刚坐定，女主人就回来了。她利索地为我们铺开餐布倒茶。大家捧着茶碗没完没了地聊天，内容仍然与"二十元"有关，越议论越激动。我喝了一碗茶便悄悄离席。

在外面，我看到这家的一个男孩正坐在阳光下补皮鞋，模样和斯马胡力差不多大。只见他用一根带倒钩的粗针将两股麻线穿透鞋底和鞋面，拉得紧紧的再打结，手法蛮地道。又因为补皮鞋毕竟是一件勤俭的事，便令人怜惜和赞赏。

我站在他身后看了一会儿，又四处信步走动，后来在溪水边坐了下来。很快，那个男孩放下手中的活计也坐了过来，却离了有两米远。一时无语，却毫无尴尬感。我能清晰地感觉到这个男孩的善意与亲切，还有好奇。便忍不住先开口说话："这个地方真好。"他立刻高兴地附和。接下来主动问了我一些"家在哪里""父母是谁"之类的问题。他叫塔布斯。

但说过这几句话后，又相顾无言了。然而在这样美丽幽静的地方，沉默不会带来任何尴尬。我们一同久久注视着对岸婆娑青翠的杨树林。后来他在口袋里摸了半天，掏出一个东西递给我。我一看，竟是一根香烟。吓一跳，连连摆手。我以为被拒绝后他会自己抽，结果他又塞回了裤袋。看来那是他唯一的一根烟。

一只鹰低低地掠过山谷，再上升而去。任何鸟类的飞翔都不及鹰那样平稳流畅，尤其上升状态时最动人——它在天空停顿刹那（像是空中有一个看不到的支点），仰起脖颈和胸膛，有力挥动几下宽大的翅膀，身子便倾斜着陡然扬身向上。似乎它的高处其实是它的深渊，它的地心引力只在它的上方和它的远方。

我们注视着那只鹰在蓝天中消失成一点。

他突然问我："你喝酒吗？"我摸不着头脑，难道他还会从口袋里摸出一瓶酒来不成？只好笑着说："那你喝吗？"他也笑了，摇头说不喝。空气再度陷入宁静的沉默之中。

又过了一会儿，他再次突兀地开口，告诉我此处的地名（却没能记住……），还伸出手四处指了指，说了些"这是什么、那是什么"之类的话。四周安静，流水清澈。

这时，斯马胡力骑着马出现在视野中。

这小子总是在本该放羊的时间里出现在各种地方。

我们三人一起进了毡房。扎克拜妈妈她们起身让到餐桌右侧，年轻人一一入席。房间里立刻热闹起来。那个一扫完地就消失的小姑娘也坐进席间。斯马胡力取下墙上的双弦琴随手拨弄着。我嚷嚷："又不会弹，拿它干什么？"抢过来递给塔布斯。塔布斯随手拨弄几下，又调了调音，弹拨起来，自信而悠然。仅仅是两根弦，流淌出的情感竟是如此饱满完整！双弦琴的确过于简单，却已经足够了，甚至绰绰有余。大家微笑着一起注视塔布斯的眼睛或手指——他眼睛宁静，手指激动。

当黑走马的旋律响起时，斯马胡力这家伙一个劲儿地怂恿我起来跳舞。我才不干，又不是自己家里，怎么好意思出风头。但又有一种努力压抑的渴望在心中左扭右扭，便怂恿扎克拜妈妈先跳，又推又攘的。妈妈呵斥："豁切！"大家笑了起来。塔布斯放下了琴。

告辞后，我们放下莎里帕罕妈妈的毡子，继续向东北面的丛林深处走去。经过阿依努儿家的山谷时，也拐道过去喝了一道茶，继续讨论了一轮"二十元"。哎，不晓得待会儿亲家母对这个"二十元"又有什么看法，这可是她儿子惹出的话题。

离开阿依努儿家后，我们从东面大山抄近道翻过垭口。穿过一片很陡的树林，眼前出现一条又陡又窄的山谷。前两天新搬来的两家人就住在这里。

早在塔门尔图的拖依上就见过亲家母一面，她胖而严厉。住在这里的另一家的女主人也很胖。两人站到一起时才发现她俩不但胖得一模一样，长得也一模一样。原来是双胞胎啊。奇怪，住在这么高这么陡峭的地方，一步一坎的，上上下下挥汗如雨，不应该胖才对……

大约这里是一处新址，之前从没扎过毡房，房间地面上全是密密的草，屋里屋外草地一样浓厚。

亲家一家人口不多，毡房却大得不得了。因为地势的原因，网格状的房架无法完全拉开，于是房顶耸得异常高，以至于毡盖短了一大截——蒙住房子后，下端够不着地面，墙根处缺了一尺多宽，只围着一圈芨芨草帘。草帘哪里挡得了风，坐在房里，四面冷飕飕的。她家冲的茶又不够烫，越喝越冷。于是我喝了一碗赶紧离席，到外面晒太阳去。

这家人也有一个女孩子，年纪不大，远远地盯着我，显得害羞而好奇。我一对上她的目光，她就慌不迭扭头而去。

还有一个庄重沉默的老人坐在毡房门口搓干酪素。

不远处有一头母牛鬼鬼祟祟想靠近拴在树林里的小牛。出于习惯，我赶紧冲上去呵斥着丢石头，将其赶开。那老人赞许地看了我一眼。

风很大，阳光很快敛入云层，空气里稀稀拉拉洒起雨点来。我不想回到那个阴冷的房间，便进了林子避雨。

这块驻扎地的地势又高又陡，山谷两面全是密密的树林，毡房几乎就扎在林子里。我顺着林中铺满落叶的小路走了很远。雨下了一会儿，云层就薄了，空气又明亮起来。站在林子里看向整条山谷，四处水汽蒙蒙，草木葱茏。

这时，扎克拜妈妈站在门口大声呼唤我。原来我们该告辞了。

从亲家家出来，我们向西抄近路回家，不再经过阿依努儿家。这条近路极陡,两边全是密密的灌木丛。我们小心地往下蹭,颇为惊险。但是亲家母和那个小姑娘也跟着送了很远。我们都已经走到山脚下了,回头一看,一胖一瘦两个身影还在上方注视着我们。

在山脚下,山路一转,隔着林子一眼就看到了塔布斯家那块明亮的林中空地。我们才离开一会儿工夫,他家的毡房顶盖就全部拆了下来,宽宽大大地铺在草地上。女主人正坐在上面修补。只剩下红色房架和放射状檩杆的毡房像整齐精致的骨架一样鲜艳地撑开在风景之中。我们走近了,看到女主人长长地穿针引线,在毡盖一侧拼接新的毡片,使其更加宽大。用的正是莎里帕罕妈妈带去的那块毡子。

一只大狸猫卧在女主人身边舒舒服服地蜷作一团晒太阳。我身边的两位妈妈大声打着招呼也坐了过去。莎里帕罕妈妈还顺手拿起女主人身旁的纺锤和羊毛团,帮忙纺起线来。

我仍然无所事事地在附近东走西看。小姑娘在空地上熬酸奶糊,塔布斯不知去了哪里。

很快塔布斯骑马回来,告诉我们卡西已经把暮归的羊赶到了西面的山谷。扎克拜妈妈连忙吩咐我回家帮忙。我答应着离去了。但走了一段路后,又被妈妈叫住。回头一看,她站在高处大喊:"李娟,要是遇到斯马胡力的马就赶回家!"

果然,没走多久就看到斯马胡力的白鼻马正在溪水边的草地上扯着马绊子慢慢走动。它已经在外面游荡好几天了，上午才赶回家给上了绊子，一直在附近溜达。

我便哄着它往南面赶。然而就算被绊住了脚，这家伙也跑得比我快，而且还不停往路边岔道上跑。我一路追赶，结果却赶得离家越来越远。累得上气不接下气……总之，历经千辛万苦才将其赶回正道。

赶着马走在回家的路上，却没有遇到卡西和我们的羊群。

一路上再也没有人了。

今天一共去了四个毡房，认识了三家新邻居。回到家总结了一下：这几家人都住得很高，因此有三家装了无线电话。有一家养了猫。有一家有一块治头痛的木头枕头。还有一家有双弦琴。

此外，这一路见到的餐桌都是方的。有一家的餐桌只有十公分高。有一家的餐桌则矮得连桌腿也没有，直接就一块木板。还有一家，根本没餐桌，往花毡上垫块编织袋就直接铺餐布了。相比之下，我家的桌子又新又大又体面，还是圆的。

我家毡房顶篷上插烟囱的地方缝着一块中间挖了烟囱洞的铝质蒸笼箅子。这样就能起到隔热效果，烟囱烧得滚烫时不至于烤煳四周的毡子。开始还以为就我家才有这么妙的创意呢，结果发现其实大家都这样。这是一项公共发明。

清洁的生活，富裕的肥皂

扎克拜妈妈和莎里帕罕妈妈在一起干活儿聊天时，我一般都坐在旁边，一边听着一边打下手。她们纺线时，我就帮着扯顺羊毛；熬胡尔图汤时，我帮着搅拌；缝衣服时，我帮着锁边。但到了熬肥皂的时候，我则远远看着，什么忙也不敢帮。

以前，我在朋友贺姐的文章里读到这么一段：对哈萨克人来说，熬肥皂是极郑重的事情。忌讳有品行不端的人插手，否则会制作失败。

——虽然一向觉得自己为人还不错，对个人品德还算有信心，但到了这会儿，就没信心了……万一肥皂真没做好……

才开始有些想不通：不就几块肥皂嘛，失败就失败，为什么性质如此严重，还扯到品行上了？现在才知道，可能因为肥皂最重要的原料之一是羊油脂肪。如果做失败了，就是浪费了食物，是罪过。

除了羊油，做肥皂的原料还有炼制羊油后的肉渣以及……以及我不认得的一样东西。而妈妈她们也解释不清。

照我朋友文章的描述，那东西似乎是用荒野上的杨树排碱时形成的树瘤烧成的灰，一种原生态的含碱物质。但到了今天，恐怕再也不会用到那样麻烦的取碱的土法子了。我看那东西的质地雪白细腻，大约是工业用碱或食用碱。使用纯度高的碱，失败率肯定会大大降低。渐渐地我也敢放心大胆地旁观了。

虽然目睹了全过程，虽然明白所有的材料与工具，虽然也知道原理，但是……我还是不知道肥皂是怎么做成的。想想看，多么奇妙！把所有材料放进大锅加水慢熬，黏稠的水中涌起丰富细腻的泡沫，能够去掉污垢的粒子在一大锅沸腾的汤液中沉睡……渐渐地，汤中凝结出一团团块状物，将它们捞起放进盆里冷却，肥皂便出现在世上了。

凑近大锅闻了一下，相当地道的肥皂味。虽然有些刺鼻，却是来自温柔和熟悉的事物的释放。如果卡西是用这种肥皂洗衣服的话，一遍不清我也放心。

帮莎里帕罕妈妈熬过肥皂后没几天，我家也开始做肥皂了。扎克拜妈妈去莎里帕罕妈妈家把那口熬过肥皂的锅借了回来。做肥皂的气味非常刺鼻，并且做过肥皂的锅总是黑乎乎的不好洗。谁家也没有多余的锅专门用来做肥皂，于是住得近的几家人就轮流使用一个锅子。

因为气味太呛人，妈妈把锅支得离毡房远远的。

妈妈不但放了好几块羊油，还倒了两碗炼过油脂后的肉渣一起熬煮。怪不得，我用家里肥皂洗衣服时，总是一会儿洗出一块肉来，一会儿又洗出一块肉。

妈妈在外面熬肥皂汤，卡西在毡房里炸油饼。炸完后，她把一大锅沸腾的羊油端到屋外冷却。妈妈又顺手从滚烫的羊油锅里舀了一大勺油浇进肥皂汤里。想不到竟得用这么多羊油！以后洗衣服得珍惜肥皂了。

再一想又觉得不可思议，用油制作的事物，我们却用它来消除种种油渍。

但这一回熬出来的汁水非常黑，且一点儿也不黏稠，清汤寡水的。而且这一次熬好肥皂汤后，也并不像莎里帕罕妈妈家那样倒入盆中凝固，而是像沥干酪素一样把汤汁倒进编织袋悬挂起来。奇怪，为什么做法不同？难道因为这一次肥皂汤太稀了？

倒完后锅底还粘了厚厚的一层黑糊糊。妈妈倒进清水大力洗涮，然后直接用涮锅的水洗起衣服来。卡西和斯马胡力赶紧将身上的脏衣服脱下来扔进肥皂水盆里，又翻出几双鞋子扔了进去。妈妈也回房间拆开被套，一口气洗了一大堆。小山顶上四处弥漫着浓浓的肥皂味儿。我帮着拎水、晾衣服，也弄得浑身肥皂味儿。那块晾衣服的大石头好像也变成了一块大肥皂。一靠近，气息熏人。

而穿上晾干的衣服的兄妹俩，在此后的几天里，还没靠近我，浓重的肥皂味儿先扑了上来。

此外，妈妈做完肥皂洗完锅后，又用那只锅烧了一大锅水，然后在附近山上拾了些新鲜马粪煮进了锅里。让人大吃一惊。这个这个……煮熟了能用来做什么呢？

后来才知道，煮马粪原来是为了洗锅啊！这只锅不可能专门用来煮肥皂，以后烹煮食物也得靠它。但煮完肥皂后那股刺鼻的味儿长时间都很难消散，煮出的饭也会带着那股味儿，没法吃。但是，如果再煮个把小时的马粪的话，马粪水一泼，锅子洗涮洗涮，肥皂味儿立刻消失得干干净净。马粪味儿也绝对没有。

　　再说了，马是吃草的动物嘛，马粪也不脏不臭的。想通了也没什么恶心的。

　　只是让人心悬的是，我家做的这锅肥皂静放两天了还凝固不起来，糨糊似的。难道……真的与我插手帮忙有关？……

　　过了两天妈妈只好把肥皂糊糊从袋子里掏出来重新煮，又加了很多羊油和其他什么东西，最后终于成形。她把它们一块一块捏成团晾在门前。

　　因为肥皂的成分里绝大部分都是羊油，牛羊骆驼都晓得这东西能吃，频频跑来偷吃。我便多了一个任务，整天守着肥皂，不停赶牛赶骆驼。

　　牛一赶就会往山下跑。骆驼们就很难对付了，它们总是绕着山头和我兜圈子，怎么也舍不得离开那几块黄澄澄香喷喷的好东西。岂有此理！在春牧场上啃一点点枯草就很满足了，到了青草满坡的夏牧场，不但不知满足，反而提高了条件，连草都懒得吃了。

　　我绕着山头追了一圈又一圈，结果又把它们追到了原地。

但追着追着，注意到那两峰骆驼肚子浑圆、硬邦邦、紧绷绷，胀得快要裂开似的。难道怀孕了？愤怒之火熄灭一些，逼得也不是那么紧了。后来才知道，骆驼喝饱了水都那德行。

肥皂是珍贵的。可仔细想想，生活中能用到肥皂的地方其实并不是很多。

鞋子穿脏以后，只要继续再穿它两天，还会再穿干净。背柴下山时不提防一脚踩进沼泽，陷到小腿。回家后一时忙碌，没顾上换掉泥鞋和泥裤子。一直穿到晚上，硬是把鞋和裤子给穿干了。干后，把附着在面料外的那层泥巴壳剥掉，再用手搓一搓面料，抖一抖，仍旧是干干净净的布鞋和裤子。

总有那么一天，非常忙碌，晚餐一直推迟到凌晨一两点。吃过油乎乎的手抓饭后，把碗碟往空锅里一堆，大家就匆匆休息了。于是第二天，我得在清晨的寒气中独自面对那一堆隔夜的锅碗……实在太难洗了！锅碗上敷了厚厚一层硬邦邦的油脂（凝固的羊油远比猪油结实）。清晨刚起床，一时没有热水，而冷水根本没法洗。家里又没有洗洁精什么的。于是那时，我便在门口抠一大坨泥巴，用力擦锅擦碗。虽然泥巴里裹有许多沙粒和碎草根，揉进手上的伤口里会很痛（也不知怎么弄的，满手都是细细的伤口），但它最有效。一会儿就把锅碗上的油腻子全擦尽了。再用水冲洗一遍，立刻干干净净、光可鉴人。哎，泥巴可比洗洁精强多了，况且绝对环保。

生活中会有什么脏东西呢？我们每天打扫出来的垃圾里几乎全是泥土和碎石块，偶尔会有几张糖纸。用过的塑料袋和包装纸从不会直接扔掉，反复派用在各种地方，一直用到实在不能再用了才簇成一堆烧了（塑料制品从不乱扔，扎克拜妈妈说蒙在大地上会影响青草的生长——哪怕只有几根草）。记得十年前的沙依横布拉克牧场，塑料袋之类的东西更少见。我偶尔在河边捡到一个从上游漂来的塑料瓶都会心花怒放，将其大派用场。

有一天我和妈妈单独喝中午茶时，妈妈对我说，强蓬买了一种药回来，喂牲畜的，非常"厉害"。为了强调那种东西的确是"药"，她还专门把家里的药包从墙架上取下冲我晃了晃。

但我不明白"厉害"意味着什么。接着，妈妈厌恶地说道："骆驼牛羊吃了会变胖。"

我吓一大跳，心想，她说的大约是激素之类的什么吧？我听说牲畜的复合饲料里会掺有那些东西。但这种东西怎么可能进入到深山里呢？妈妈弄错了吧？

我说："是治病的药吧？"

"不！"她坚持道，"是长胖的药！"

不管传言是否属实，这个消息听来都很可怕。

实在难以想象，如果有朝一日，牛羊不再依靠青草维持缓慢踏实的生长，而借助黑暗粗暴的力量走捷径的话……那种东西才是最肮脏的东西。

我洗衣服时很怕洗到斯马胡力的东西，无论是秋裤或袜子，都又黑又硬，不如直接扔掉算了。况且斯马胡力这小子体味极大，洗完后，铁盆里里外外都缭绕着那股味道。等下一次再使这个盆洗自己的衣服时，总觉得那味道会完全苏醒过来，并全面入侵我的衣服纤维，挥之不去。只好努力地涂肥皂。搓得衣服上都是肥皂里的肉末儿，却几乎没什么泡沫。

家里也有一小袋洗衣粉，但一般情况下大家谁都舍不得取出来用。明明土肥皂比洗衣粉靠谱多了，为什么大家都认为后者更好更珍贵呢？大约因为它是雪白的，并且闻起来香喷喷的。然而又怎能说这是无知？世人谁不为着取悦了自己眼睛和感官的事物而欢喜？

洗衣粉也是肮脏的东西。我们大量地使用它，又使之大量从衣服上清除，只留得自身的干净与体面，却弄脏了我们之外的事物——水、泥土和植物。我们不顾一切地从自然中抽身而出，无底线地追求着生存的舒适与欢悦。说起来，又似乎没什么不对。

黄昏独自出去散步，站在山顶，总是一遍又一遍地为世界的"大"和"静"而深深激动着。总是深爱着门前秃石山上那棵夕阳里的树。我洗过的牛仔裤寂静地晾挂在树枝上。它背后是低处的森林和苍茫的远山。我的牛仔裤又幸福，又孤独。无论如何，古老感人的传统与古老感人的心灵还在牧场上继续流浪着，虽然已经很脆弱，很伤心了。

索勒，索勒！

　　每天每天，吸引着我们没完没了地生活下去的似乎主要是食物：手抓饭、拉面和汤饭。做饭的时候，总会放进很多羊油，吃在嘴里那么香。而整块的凝固羊油化开一大锅就可以炸出金黄的包尔沙克。无论是油炸出的包尔沙克还是火烤出的馕，都令人迷恋面粉的芳香。还有牛奶，它能变成酸奶、酸奶疙瘩、甜奶疙瘩、奶豆腐、黄油、奶茶……还有包裹着彩色糖纸的糖果，平凡而甜美。卡西焖白米饭时，还会拌进去辣椒酱，再煮点野葱末儿。虽然这种做法莫名其妙，但吃起来的确香气扑鼻。生活是简单寂寞的，劳动是繁重的。但没关系，食物能安慰一切。

　　而享受食物美味之外的时光则空旷漫长，暗暗饥渴。

　　那些时间里，扎克拜妈妈突然从花毡上翻身起来，在门外小棚里翻箱倒柜，找出一小堆破旧的皮鞋皮靴。然后坐在门口的草地上给它们统统打上鞋油，慢条斯理地又刷又擦。最后再像搞展览一样，将其一双一双整整齐齐摆放在阳光下的草地上。欣赏完毕，她踢掉脚上的破布鞋，挑了一双最体面的皮鞋换上。我以为她又准备串门子去。可当时都五点了，牛快回家了，马上该挤牛奶了。

只见她穿着漂亮鞋子在草地上踩来踩去走了几圈，然后回毡房铺开餐布，开始准备今天的第五遍茶水。原来只是穿着过过瘾而已。妈妈很能安慰自己啊。

大家一边喝茶，一边看向门外不远处的森林。久久地，没有人说一句话。

突然，妈妈若无其事地说："马丢了。"

我吓一大跳："什么时候丢的？丢了几匹？"

大家哈哈大笑起来。卡西解释说，妈妈在模仿外面的布谷鸟叫声。因为听起来很像"阿绝窝"，放缓了念就是"阿特绝窝克"，意为"马没有了，马丢了"。

但我还是觉得奇怪，布谷鸟明明叫的是"布谷布谷"嘛，哪里是这种声音！但卡西坚持如此，我只好姑且信之。后来才知道，她概念里的"布谷鸟"泛指所有能发出声音的动物。

最开始的时候，听着"阿绝窝！阿绝窝"的声音一遍又一遍回荡在远处的草地上，虽然就简简单单两个音节，但响亮悦耳，充满渴盼。卡西指着那边不停地对我说："漂亮啊，真漂亮啊！李娟，你说是不是？"但顺着她指的地方看去，我死活也找不到一只鸟儿。她又说："很多啊，一、二、三……五！一共五个！"还是看不到，真让人着急。

对面森林边的草坡上有好多布满裂缝的大石头，卡西说它们就在那些石缝边。我便走下山坡，循着声音慢慢寻去。但看了又看，实在是找不到半个鸟影。再靠近些，声音戛然而止。回过头来，卡西站在高高的家门口继续指东指西示意我看。仍然找不到。

后来她都有些生气了，大喊："我又看到了，又出来了！那里，那里……李娟你为什么看不到?！"

直到最后才知道，根本就不是鸟叫的嘛，亏我还一直在找鸟儿。

还是多亏扎克拜妈妈，她一下子就给我说清楚了。她用手比划了一下："这么大！"

我一看，哪有那么大的鸟嘛。

她又在缤纷的花毡上找了半天，找到一块红褐色花瓣，指着说："这个颜色！"

最后说："吃草！"

——妈妈真伟大，简简单单三个要素，就全力扭转了我的错误性认识方向。

哪像卡西那个家伙，只会乱七八糟地嚷嚷："那里那里那里！上面一点儿上面一点儿！下面下面！……"到了最后，还指责我笨。

哎，真是不可思议啊，如此清脆悠扬的声音居然是一种棕红色皮毛的小动物发出的！妈妈说那是"索勒"。看起来和小狗一样大，胖乎乎的，浑身油光发亮，有一截尾巴。爬行时屁股一扭一扭，行走不太利索，但身影充满了喜悦。我觉得应该是旱獭。

从此之后，每个黄昏闲下来的时光里，我都会坐在家门口的大石头上观望很久对面山坡的索勒。真是奇怪，它们每天只在黄昏时分才集体出现，在夕阳斜照的温暖草地上三三两两互相追逐，又互相依偎着晒太阳，欢乐而自在。好像只有那时才完全放松了警惕似的。

那时，正在挤牛奶的扎克拜妈妈也会扭过头去，喜悦地看几眼，又扭头对我说："真好啊！是不是？"

妈妈和我去东面山谷找牛。看到有索勒经过时，我俩就站住了，一起目睹那只胖乎乎的小东西大摇大摆横穿过山路，向狭窄山谷间的细小水流走去。我们静静地看了一会儿，妈妈坐到草地上休息起来，再不提找牛的事了。那只牛能跑到哪里去呢？哪里也不会去的。再鲜美多汁的青草，也比不上家里盐槽的诱惑，它总会回家的。我挨着妈妈坐下，和她一起望着索勒慢慢消失在水流对面的草丛里。家里两只狗也跟着我们来了。它俩并排立坐在我们身后，一声不吭，似乎也为对面的美景所陶醉。——那片沉浸在蜜汁般的残晖中的落叶松林！妈妈指了指北方，低声赞美了几句什么。这温柔安详的黄昏，安慰着妈妈终日操劳的心。索勒又出现了，它站在对面高处的山石上，立起后肢，双掌合十，微微前倾着身子，宁静地，入神地凝望浩茫山野中最神秘的一点。索勒也在安慰着我们，作为我们亲切的、备显幸福的友邻。

我们到达这块驻地的第一天，还有索勒在毡房附近探头探脑地活动。从第二天开始，就一个也没了。

在我们驻扎毡房的山坡上有好几个索勒洞，直径十多公分，洞口光滑整齐。凑在洞口看进去，深悠悠、黑乎乎。然而这么漂亮的洞穴却全都空着。自从我们住到了这里，牛棚羊圈也全盖在附近，整天牛来羊往，闹哄哄的，索勒们就全搬家了。

斯马胡力说这种小动物对草地破坏很厉害。现在很少有狼了，它们缺少天敌，所以渐渐成为牧区的灾害。

斯马胡力还兴致勃勃地告诉我，抓旱獭的人找到旱獭洞后，还得再找到这个洞的另一个出口。旱獭窝不是死胡同，两头都能进出。两个洞口都找到后，在其中一个洞口套上袋子等着。再将汽车排气管上套一个长胶皮管，从另一个洞口伸进去。然后发动汽车，释放尾气。没一会儿，旱獭们就呛得受不了，往另一个出口爬去。但从那边一冒头，就被袋子套住了。真是可恶！

我问："抓索勒干什么啊？"

"吃啊，谁叫它们那么胖。不过只有汉族人才吃，哈萨克人只要脂肪和皮毛。"

…………

我对斯马胡力说，幸好我们这里没有路，汽车进不来。但斯马胡力说："有摩托车啊！"

是啊，摩托车也有排气管……

在知道了这种事情后，再看着那些一到黄昏就集体出来晒太阳的小东西，觉得它们的安宁与欢乐是那么脆弱。而在世界的另一个角落中，那些正在洞中逃命、在自己的家里被驱逐的旱獭多么孤独无助啊。它们一点儿也不明白到底发生了什么事……

又过了两天，收拾房间时发现太阳能蓄电箱上放着一小瓶橄榄油似的液体。当时以为是分离机的润滑油，没在意。下午大家都闲下来喝茶时，卡西解开长发一边梳，一边取下那个瓶子端详。我顺口问是什么。回答令人吃惊，说是索勒的油！

卡西告诉我，用这种油代替发油涂抹在头发上的话，头发会长得很快。我想取过来闻一闻，又觉得恶心。另外很想知道到底是索勒的脂肪提炼出来的油脂呢，还是它身体的某种分泌物。但如果向卡西请教的话，她肯定解释不清。只得长叹："可怜的索勒！"

卡西哈哈大笑："豁切！哪里可怜了？"

她说是从恰马罕那里要到的，于是我更加讨厌恰马罕了。

家里出现索勒油后的第三天，又出现了捕捉索勒的套子。

当妈妈第一次喜悦地把索勒指给我看时，我还猜想她一定很喜欢这种漂亮温柔的小动物呢。结果，那个夹套就是她从莎里帕罕妈妈家借回来的。

妈妈还很高兴地对我说："索勒的油是好东西，吃了治胃疼！"

套子是生铁的，一想到这个东西将残忍地用来对待那么可爱的小动物，就气得不想描述它的样子。总之，大致有些像捕鼠夹，是扎着一圈铁齿的两个半环，中间有弹簧和木头销子。

对这个玩意儿最感兴趣的是斯马胡力，一连几天摆弄个没完，研究它的用途和威力。我就骂他一天到晚不好好放羊，尽搞空事。本来我还想说"玩物丧志"，但这么复杂的意思实在没本事表达。

斯马胡力笑嘻嘻地说："索勒吃了羊的饭嘛，羊就饿肚子了嘛。捉索勒嘛，和放羊的事情是一样的嘛。"

我哑口无言。半天才说："那么羊多还是索勒多啊？人家那么小一点儿，能吃掉你多少草？真小气。"

好在铁套子借回家后一直挂在门口，迟迟没有下套。但愿他们把这事忘了，我更是提都不敢提。当时，再过一个多礼拜就搬家了，大家都忙于出发前的各种准备。阿弥陀佛，赶紧搬离这个地方吧。

但在离开的前两天，套子还是被装到了其中一个索勒洞口。我不敢去看。那两天每天刮大风，但愿它们因为风大不会出门。

这天傍晚正在炒菜呢，突然扎克拜妈妈在外面大声叫我出去看。我赶紧拎着锅铲出去，顺着妈妈的指向一看，远远地，班班正勇猛地追逐着一只索勒。索勒急促地尖叫着，没了方向感似的在草地上乱跑乱撞。好不容易才撞见一个洞口，赶紧钻进去。班班凑在洞口使劲往里看，看了老半天。

我突然想起那个设在洞口的套子，心里一紧，可别被套着了啊……

一做好饭我赶紧跑下山，跑去一看，谢天谢地，套子原封不动。人家索勒聪明着呢。

心里很高兴，甚至想搞点儿小破坏，扔个石头过去。等斯马胡力他们过来一看：啊，只逮着个石头！

索勒在自己的洞穴深处安静地卧着，像寒冬里依恋着被窝的孩子。愿它们记得的永远只有生的温暖与愉快。

而在更多的地方，更多的索勒的确正在被摩托车的尾气所驱逐，在黑暗熟悉的洞穴中惊恐地奔向绝路。再聪明也是没有用的啊。

还是在同样悠长安逸的黄昏中，扎克拜妈妈挤奶，斯马胡力在不远处赶羊，出门找牛的卡西还没回来。我做好饭，收拾完房间，坐在门边休息，倾听对面山坡上索勒欢快悠然的叫声："阿绝窝！阿绝窝！"……长久看着它们一只接一只扭动屁股爬出洞穴晒太阳，呼朋唤友，三三两两没完没了地亲嘴。心想：再见！无论多么快乐无忧的生命都会遭遇命运的尽头。一样的，全都一样的。我干涉不了什么，也挽留不了什么。

当妈妈再一次问我："李娟，你觉得索勒的油可以吃吗？会不会有什么问题？"

我只能如实回答："我不知道，妈妈。"

但我真想断然告诉她："不好，千万别吃那种东西！"——我什么也不能干涉，因为我的确什么也不知道。不仅不知道索勒油是否对胃有好处，更不知道这世界上没人能够抑制的所有突兀欲望是否合理。那就暂且如此吧，暂且就像索勒那样欢乐地生活，把能吃的全吃进嘴里，把能得到的全部揽入怀中。毕竟生活中，更多的是希望。

但我真怕有一天，什么也不能安慰我们了。

好姑娘加孜玉曼

在冬库尔，卡西弄坏了我全部外套和全部裤子上的拉链，并且将我的一件外套、两件毛衣、一件T恤和三条裤子上挂出了大洞。另外，总共弄丢了我一条纱巾、一条围巾、三把梳子、三面镜子、一串项链、一枚戒指、十来枚小卡子、七八支圆珠笔。

又因为我全部的家当差不多就只有这些，这位姑娘施加于我的破坏行为只好到此为止。

总之，经历过这家伙的洗礼之后，再面对加孜玉曼这样的好姑娘，简直快要流泪了。

加孜玉曼和卡西是初中同学，同时辍学放羊。卡西在当年的集体照上指出两人所在的位置，又指着另一个小脑袋说："这，我的好朋友！"再找出另一个脑袋："这，加孜玉曼的好朋友！"

我很奇怪："为什么你和加孜玉曼不是好朋友？"

她思量了一会儿，深奥地拼凑出了几个互不相干的汉字。也不管我听明白没有，就开始翻下一张照片。

卡西和加孜玉曼简直太不一样了！后者内敛、敏感、文静，穿戴干净，五官清秀。看似平凡，却极耐看。同样是牧羊女，加孜玉曼就算穿着脏衣服干粗活，也给人娴静整洁的印象。而卡西呢，哪怕从头到脚一身新，坐那儿一动不动，浑身的乱七八糟之感也挥之不去。

有趣的是，卡西总是四处挂彩，大大咧咧，像个孩子一样，而加孜玉曼总是清新整洁，举止小心，却还是像个孩子。为什么会这样呢？大约因为她们本来就是孩子吧。

加孜玉曼和卡西一样，都穿着自己的妈妈给缝的裤子，并且在裤脚同样的地方都有装饰性的三角裆，像童装一样。当然了，两个母亲一起研究一起设计并且一起动手缝制的嘛。

和卡西比完了，忍不住还想和苏乎拉比一下。

苏乎拉很美。肉乎乎的粉色嘴唇，肤色很白，额头光洁，鼻子瘦削挺翘，眼睛像两朵花一样。还有她的声音，娇柔醉人，带着一股挥之不去的、缓慢的惊奇感……用什么形容好呢？——"翩跹"！——对！那声音真的是非常"翩跹"啊，像蝴蝶飞得忽忽闪闪，像蝴蝶绚丽的翅子颤抖着拍击明亮的空气。

阿勒玛罕大姐的沙吾列和胡安西也是面孔相当漂亮的孩子。但"漂亮"和"美丽"是不一样的。漂亮使人纯然愉快，美丽则带有微微的伤感和惊异。

和卡西站在一起的话，加孜玉曼清洁动人。但如果加孜玉曼和苏乎拉站在一起，就非常平淡虚弱了。

加孜玉曼一看就是牧区的孩子，至少也像是农民家庭的孩子。她是地道的哈萨克姑娘，朴素、节制，从容而本分。苏乎拉却怎么看都不属于这里。她是这深山里的一个意外。第一眼看到她的人都忍不住想带她离开，走得远远的，离开这个寂寞的地方。

如果再把卡西和苏乎拉放一起比的话……卡西会愤怒的。

总之，加孜玉曼是个能给人带来舒适感的好孩子。她总是坐在大家中间默默无声，被人注视时会羞赧地微笑，照顾别人时殷勤有礼，做家务活时显得伶俐又愉快。

加孜玉曼和卡西都是热爱劳动的孩子。于是下游的莎拉古丽常常请两个小姑娘来家里帮忙干活。莎拉古丽一家人口单薄，牛羊又多。海拉提每天都要出去放羊，莎拉古丽瘦弱多病，加依娜还小，养子吾纳孜艾此时还在乌伦古河畔的寄宿学校念书，爷爷托汗又上了年纪。于是，家里很多劳动都得靠邻居们帮忙，比如洗羊毛什么的。

洗羊毛是很辛苦的活儿。因为羊毛实在太脏了，又脏又沉重，加之溪水冰凉刺骨。大家洗衣服时都会烧热水洗，为什么洗羊毛时就只用凉水呢？我们抬着一只长铁盆、一只大塑料盆以及几大块刚从羊身上剥离的羊毛片，来到莎拉古丽家山下的水流边。两个姑娘面对面蹲着，不停地揉啊拧啊，还撒了洗衣粉用木棍又捶又捣。忙乎了两个多钟头才洗完这几块羊毛。照我看，根本就没洗干净，因为最后一次清过的水仍然是黑乎乎的（羊真不爱惜衣服）。但也没法子了，两个姑娘已经冻得呼呼啦啦抽鼻涕，双手通红肿胀。我只不过帮着两人拎拎水，拧拧干而已，也冷得哆哆嗦嗦。亏我还穿得那么厚。

羊毛块晾干后，撕开，用柳条弹得蓬蓬的，再撕成顺顺的一绺一绺的，就可以用来捻线了。然后把线煮一煮，染上颜色，就可以用来绣花毡、缝毡子。搓绳子用的也是这种毛。

洗完羊毛太沉，没法搬运，我们将其直接晾在水边的石头上。回到莎拉古丽家，她开始为我们准备茶水和款待的米饭。这时间里，卡西又帮着打扫房间，整理屋子。加孜玉曼帮忙熬煮胡尔图汤。干完这些活两人又坐到一起搓干酪素。哎，自己家里一大堆活儿全撂下了，却跑到别人家出大力。但姑娘们毫不介意，似乎乐于在别人面前展现自己的勤劳。

尽管不是"好朋友"，但两个姑娘联系密切，差不多每天都会走动走动。其实在一起所做的事情无非是翻看影集，互相帮着干点儿家务活儿什么的。两人在一起说话时，基本上只有卡西一个人呱唧个不停，眉飞色舞。加孜玉曼大部分时候只是津津有味地听着，偶尔惊奇地插嘴发问。如果这样的谈话再加入一个苏乎拉，加孜玉曼就彻底只有听的份了。有时那两人喧扯了半天，才发现另一个姑娘不知何时已经离席。出门一看，她正站在敞口大锅边帮扎克拜妈妈煮脱脂奶。妈妈添柴加火，她弯腰不停搅动奶液，防止糊锅。只见她偏头避开呛人的柴烟，脸庞被水汽和烟火烫得红红的。

离开冬库尔前，扎克拜妈妈和莎里帕罕妈妈在一个温暖的日子里约着一起去下游峡谷的白桦林里割桦树皮。我和加孜玉曼也跟去了。

在湿润的山野中，没有一小绺桦树皮帮着点引的话，生火是非常麻烦的事。而此后迁去的地方不再会有桦树林了。越往后，地势越高，只能生长以西伯利亚落叶松和西伯利亚云杉为主的寒温带针叶林。因此得在离开前赶紧准备许多桦树皮。

想想看，冬库尔这个地方真不错呢。林木繁密、丰富，除了白桦林，还有美丽的杨树林。还有野草莓、覆盆子、黑加仑之类有着鲜美果实的低海拔植物（这时节刚刚开花，远未结果）。温暖的盛夏即将全面到来，只可惜我们马上就要离开了，没法领略它日后的丰腴与富足。

桦树林就在下游恰马罕家附近。深山的六月尚是初春季节。那片林子新叶初生，冬天里被大雪压断的倒木横七竖八堆积林间。我们就在这些倒落的死树上取皮。先用刀在树身上竖着割开一道尺把宽的口子，再沿着这道口子就可以把树皮整齐地揭下一整圈。

刚揭下的桦树皮又硬又厚。去掉最表面那层干枯破败的，剩下的柔韧干净，可以一层又一层地无限揭剥成许多份。它比皮革更柔软，富含油脂却不滑腻。用来写字的话，比最好的纸张还要舒适。我曾用桦树皮给远方的朋友写信。

这是最动人的信纸，上面还有泪水或雨滴般的斑纹。写满之后，还可以把有字的那层轻轻剥去，从头再写。

桦树实在是北方最美丽的白色树。尤其在秋天，满目黄金白银，灿烂而浪漫。

据说，更早一些时候，在桦树新叶未萌之前，割开银白光滑的树皮，桦树汁会像眼泪一样从伤口处汩汩涌出。又听说桦树汁非常甘甜润口。但我不敢尝试，觉得挺可怕的，像是在喝桦树的血似的……

桦树又那么脆弱。那么厚那么硬的树皮轻轻一揭就全部剥落了，水桶一样粗壮的树干轻轻踢一脚就齐刷刷断开。因此我又怀疑我们正剥的这些倒木是躺卧多年的朽木。

我没带刀子，只好用指甲抠。偏偏又刚把指甲剪得秃秃的，没抠几下手指就破了。这么丢人的事怎么好意思张扬？便忍着痛继续抠，并努力跟上扎克拜妈妈的进度，一路尾随她，把她剥下的树皮装进自己的袋子，扛在肩上。

加孜玉曼也没带刀子，却带了一把斧头。居然用斧头砍……看我干得很辛苦，便把斧头借我，自己用手指抠。

不远处躺着一头死去的小牛犊，身子浸在水流边的一汪死水潭中。风一吹，气味很大。我们都不吭声。扎克拜妈妈和莎里帕罕妈妈摘下头巾捂住鼻子。加孜玉曼却一点儿也不嫌恶似的，还敢走到跟前细看究竟。毕竟是个孩子，好奇心重。

回去的路上，加孜玉曼在溪水上游的一段清浅的水面处停住，放下扛着的桦树皮袋子，跪倒在河边趴下身子。我以为她要洗手呢。接下来却看到她像小羊羔和小马小牛一样，整个人凑向水流，脸庞贴在水面上喝起水来……而我以前喝河水时都以双手掬捧着喝。我突然渴望今后也像她那样，像个小动物一样直接亲吻河水，无限爱怜地吮饮。

走出桦树林时，突然又想到，其实对加孜玉曼最贴切的比喻不就是一株水边的白桦树吗？洁白明亮，略微发光，通体自在。

这姑娘有个奇怪的举动，口袋里总揣一些黑色的小东西，不时掏出来慢慢啃吃。才开始我还以为是红糖、干果之类的，但听她啃咬的声音又沙又脆，不太像。后来我要过一块仔细一看，吓一跳。居然是木炭！是火堆里烧剩的木炭！

而卡西说加孜玉曼不但喜欢吃木炭，还喜欢吃盐！就是那种未经工业处理的，牲畜食用的天然粗盐粒。总是一把一把地塞进嘴里嚼，像嚼糖一样。卡西又神秘地告诉我，加孜玉曼有病！却又说不清什么病，似乎与血液有关。难道是贫血？

这么说来，这个小姑娘其实和卡西一样也有着野生生的一面啊。身体里缺什么就依着本能向自然直接获取，无拘无束，无牵无挂。她也像个小兽，只不过是宁静温柔的小兽。

离开冬库尔后，我们的下一处驻地仍然和恰马罕老头是邻居，却彻底和加孜玉曼、苏乎拉两家分开了。她们要去的地方好远啊。妈妈说，路上要走一个礼拜！而我家搬得很近，只需走三天。

一路上几家人同行了两天。第二天下午时分，在沙依横布拉克牧场，在两条山谷连接处的巨大空地上的木头墓地边分别。莎里帕罕妈妈家和强蓬家的驼队向南沿着河往下游走一段路后，再翻过群山折往东北面。而我们家、海拉提家和恰马罕家径直往北走。只有莎里帕罕妈妈家的牛羊为抄近道，和我们又同行了一程。负责赶羊的正是加孜玉曼。她耐心地管理着羊群，疲惫又坚强。每当发现我在注视她时，就会扭头对我微笑。那两天她的脸被寒风吹得黑红皲裂，因体力透支，神情有些沉钝。那时的她，看起来与任何一个牧羊女没什么不同。

酒 鬼

记得刚到冬库尔的第二天，家里来了一个客人。那人还在半坡上往这边走的时候就远远冲扎克拜妈妈大声问候。但妈妈却没怎么搭理他，直到客人踏进毡房坐定后，她仍忙着自己手上的活儿，过了好一会儿才起身招呼客人。

尽管妈妈态度冷淡，但还是礼数周到地为他切了馕，端出黄油，冲好奶茶。才开始那人很正常，甚至算得上客气有礼。他沉默着喝了两碗茶，吃了两片馕。接下来像变戏法似的，不知从哪儿突然掏出一瓶白酒，没和任何人打招呼，拧开盖子就喝了起来。也不用酒杯，就那样口对口慢慢喝，边喝边抿嘴叹息，乐在其中。

妈妈似乎早就预料到了一般，便不再奉陪，起身继续做家务去了，随他怎么喝去。

那人沉默地喝啊喝啊，也不说话，也不闹事。喝完就告辞了，把空酒瓶留给我家，红着眼睛、歪歪斜斜地上马离去。都走了好久了，突然有猛烈的歌声从他消失的地方远远传来。

妈妈说："这个酒鬼！天天喝酒！"

当时觉得非常惊奇。我只在冬季的牧业定居点见过酗酒的人，还从没在深山老林里见过。

在定居点，冬天漫长又寒冷，整天无事可做，不喝酒干什么？可进入深山也喝个不停的话，那就是真正有毅力的酒鬼了。

第二天这个酒鬼又来了一次。但这次已是完全进入状态的模样。酒气熏天，说话前言不搭后语，扯着妈妈没完没了地说这说那，一点儿也没有清醒的时候可爱。

我问妈妈："哪来的酒呢？他家进山放羊还要让骆驼驮几箱子酒吗？"

妈妈说："这里那里，总有卖酒的地方嘛。"

在山里卖酒可真是罪过。万一喝多了倒在某处没人知道的角落该多危险！林深野阔，晚上又那么冷，弄不好还有野兽。

说起来，这人是卡西姑父的哥哥，还算是亲戚呢。

妈妈为了表达酒鬼的老婆为丈夫喝酒而终日痛哭的事情，就趴到花毡上装作哭的样子呜呜了好一会儿。

又过了几天，我和卡西到托汗爷爷家做客。莎拉古丽专门为我俩焖了带风干肉的抓饭。刚把大盘子端上餐布的时候，那个酒鬼就上门了。一起来的还有一个年轻人，于是大家一起坐进席面吃了起来。莎拉古丽是年轻人，和扎克拜妈妈不同，一点儿也不愿掩饰对这种客人的反感。席间只一个劲儿劝我和卡西进食，根本不搭理那两个客人。还不时把他俩面前的风干肉块（本来就少得可怜）往我俩这边拨。这举动算得上是无礼，但两人也无所谓。温和地坐在那儿，吃了一小会儿两人就告辞了。

回家的路上，我俩想起恰马罕今天去县城了，便绕道往他家走去（我俩都不太情愿见到那老头儿）。谁知一进门，就看到刚才那两人也在毡房里端坐着。于是大家又坐到一起喝茶。

回到家后没多久，我又有事去了一趟上游莎里帕罕妈妈家，并在一天中第三次遇到他俩。酒鬼可真闲啊！不喝酒的时光很难打发似的。这两人从南到北，在冬库尔山谷里喝了一路的茶。难得没有喝酒。

那酒鬼在不喝酒的时候甚至算得上是相当可亲的人，谦逊温和，话语不多。遇到劳动时，立刻插手帮忙。

在莎里帕罕妈妈家，大家喝了一会儿茶，男主人保拉提就离席出去干活了。他的媳妇害牙疼病，静静躺在毡房角落里。莎里帕罕妈妈和加孜玉曼也去了外面做事。房间里寂静无声。大约就这样和客人干坐着不说话是无礼的，我感觉到这个酒鬼努力地想照顾我。他想陪我说点儿什么，却苦于搜罗不到话题。好半天，他才对我说，他认识我的妈妈。经常去阿克哈拉村我家的杂货店买东西——肯定是去买酒的。

又无言地对坐了一会儿。最后他从自己身上挎的小包中取出一个望远镜递给我，说："看吧。"当打发小孩子一样……

　　当时觉得真是又惊奇又感动……我站到门口举着望远镜看个不停。我要赞美望远镜！它真是神奇无比，能将远远的风景全部忽地拉至眼前。它令眼睛长了一双翅膀，令眼睛远远地越过了身体，在群山和森林间穿梭、飞翔。

　　我边看边想：这个人明明是温柔的嘛。在不喝酒的时候，明明那么体贴……他明明是善良的，明明是有着生活的乐趣和希望的。为什么非要酗酒呢？不知他心里究竟有着什么样的无法忍抑的黑暗情绪，必须依托醉酒才能宣泄出来……

　　清醒了一整天之后，第二天那个酒鬼又重新步入生活正轨，很正常地醉得一塌糊涂。他从北至南经过我家，骑着白屁股的雪青马，在坦阔的草地上沿"S"形路线前进。可怜的马，想走直线都由不得自己……

　　就在这天上午，当他从南面经过时还很清醒，还亲切地同正在提水上坡的我打了招呼。那时，刚在我家喝过茶的阿依努儿正准备离开，上马时却发现马肚带有些松。他见状立刻下马走过来，很绅士地帮助这个女人紧了紧马肚带。

　　在冬库尔的短短一个月时间里，我见过这个酒鬼不下十次，却始终不知他家住在哪一块，也没见他放过羊赶过牛什么的。除了附近的家庭主妇和年轻人外，就数他一天到晚串门最勤了，并且无所不至。大家也都能容忍——甚至是"习惯"，甚至是"尊重"——他的这一爱好。只要不闹事，由着他坐在自己家里安安静静地喝去。如果家里有洋葱或野葱的话，还会主动提供给他当下酒菜。

离开冬库尔之前，我们去南面二十多公里外的一条山谷里参加了一场盛大的婚礼，方圆百里的人家都去了。一路上陆续有华服的骑马人从岔道上拐进我们贺喜的队伍。那个酒鬼不知什么时候也加入了进来，彬彬有礼地与大家逐一问候。若哪个女人的马镫不舒服，马鞍没放好，他会抢先上前帮忙调整。但他身边却没有跟着其他家属，看来只有他一人参加婚礼。他的马鞍后面空空的，也没像其他人那样驮着大包小包的贺礼。

因为是穆斯林的婚礼，宴席上不会提供酒水。这家伙何苦白跑一趟呢？再一想，不对，就算是已经堕落了的酒鬼，也有参与集体活动的需求啊。酗酒是一回事，正正经经地度过传统喜庆的日子，又是另一回事。

婚礼结束，大家又一起往回赶。雨越下越大，他继续主动照料大家，在队伍里前前后后跑个不停。大家都毫不客气地受用着他的殷勤，就像平时他坦然地走进别人家毡房，一边受用茶水一边借宝地大过酒瘾时一样。

最后一次见到这个酒鬼是在去往深山牧场的搬迁路上。我们在中途的托马得牧场驻扎了一夜。凌晨两点多驼队就出发了，把我一个人留在那片空荡荡的宿营地上，因为我的马在头天晚上不知跑到哪里去了。斯马胡力和卡西分头去找马，妈妈独自牵着驼队上路。我一个人孤零零地坐在弃置在空地上的空马鞍上（偌大个家，只给我留了具马鞍！当时痛苦地想，要是再给我留个被窝该多好），面对渐渐发白的东方天空焦急地等待。所处的地势很高，四面苍茫，星空冰凉。很久后，沉暗的朝雾中才隐约浮出几座近处的山头。我冷得抖个不停。双脚虽然套了一双毛线袜和三双厚棉袜，踩在大了四个码儿的靴子里，还是冷得快没有知觉了。脚趾僵硬，动一下痛一下。四下冰霜满地。

突然记起午夜十二点大家刚起床的时候，看到不远处加孜玉曼家宿营地那边生起了一堆火，可能是专为她家正在月子里的小母亲和小婴儿生的火。我想，虽然火熄灭了很久，总还有些温暖的灰烬吧？便摸寻过去。突然间，在模模糊糊的晨光中看到还有一个人也坐在那里。我吓一跳，再走近一看，竟是那个酒鬼！天啦，他从哪儿冒出来的？他的马呢？他家也在这天搬迁吗？怎么这一路上都没看到他家的驼队？

显然，他又醉了。埋着头坐在灰烬边烧黑的石头上，嘴里咕咕噜噜地念叨着。一身酒气。我想了又想，还是硬着头皮凑过去，坐在他对面。我用小树枝拨动灰烬，看到还有几粒灰烬明灭不已，便添了一根柴，趴在火坑上吹了半天。吹得满脸都是柴灰，那根柴却连一丝烟也没冒。

那个家伙虽然醉了，却显然明白我的举动，便也俯下身子，殷勤地帮着猛吹了一下。我躲避不及，顿时扑了一身一脸的黑灰……更是心灰意冷到极点……不知还要这样冷多久，不知道我的马能不能找回来，不知道今天能不能赶上驼队……

简直快要哭了！于是这个人又叨叨咕咕地冲我说了些什么。仔细一听，居然是在安慰我"不要怕"。被一个醉鬼安慰"不要怕"，倒是人生第一次。之前最怕的就是这种人了。

接下来他又扯着我不停抱怨哈萨克人的生活辛苦，搬家艰辛之类。口吻颇为悲哀。

我至今没搞清为什么会在那样的地方、那样的时间遇到他。后来又想，他到底有没有自己的家呢？有没有牛羊？他究竟是不是牧民？他平日里都靠什么维持生活？我觉得他更像一个大家一起养活的公用帮工。

对了，在汤拜其的马吾列家小饭馆（后来他又开拓生意了）里，我还遇到过几个酒鬼。小饭馆里只有一张长条桌，我们坐在一端吃饭，他们在另一端大杯小杯地干。因为有女士在场，每一个喝酒的人都为自己正在喝酒这件事向我们道歉。道完歉接着喝，喝多了继续道歉。

马吾列说其中一个人早上六点就过来喝了，一直喝到中午。喝空了整整一箱子酒。

午饭后，这个酒鬼的妻子和哥哥气势汹汹来找人。两人冒着雨，拉扯半天才将其劝走。这酒鬼骑的是摩托车，另外两个人骑马，真是不明智。果然，摩托车没开十米远就翻了。他妻子气得边骂边下马去扶他。我看到他妻子的马背上披着许多华丽的饰带。她家的马鞍、马鞭也装饰得格外隆重。这家人一定很有钱。奇怪，如此酗酒，又如何发家致富的呢？

小母亲

午觉睡醒，看到卡西把所有被子全抱下来堆到花毡上，正在垫被垛的一只木箱里翻找着什么。最后她翻出一块浅色方格布和一块咖啡色的化纤布，在身上轮番比划，并问我哪一块做裤子好。我和妈妈都说咖啡色的那块好，她听了立刻坚定地选择了方格的那块……方格裤子只有小孩儿才穿嘛。

我惊奇地问："要做裤子吗？有裁缝吗？"

卡西得意地说："妈妈就是裁缝。"

而对于地地道道的老裁缝李娟，提都没提一下，有些伤心。

中午时分，扎克拜妈妈带着那块方格布和几把糖果出门了。下午回来时，卡西就穿上了新裤子。别说，还蛮合适的。腰上缝着松紧带，两个裤脚边各缝了一块三角布头做装饰。妈妈从旧衣服上拆下来两枚漂亮的红纽扣缀在三角布头上，立刻像童装一样可爱。哎，也不怕走山路给路边的刺丛绊着！

但是哪来的缝纫机呢？一问之下，原来是莎里帕罕妈妈家的。我很惊奇。于是下一次妈妈去她家串门时，我赶紧跟着跑去看缝纫机。

缝纫机是手摇式的，只有机头没有机架。装在一个看起来非常漂亮贵重的匣子里，使用时就支在门房前草地上。那里铺了一大面美丽的花毡，莎里帕罕妈妈平时坐在上面悠闲地纺线。这一回妈妈带来了斯马胡力的一件旧牛仔衣和一条破裤子。她仔细地拆开它们，打算拼出一个结实的大口袋。两人一面利索地干着手里的活儿，一面快乐地聊天。我虽然是来凑热闹的，也不想手里闲着，特意带来了卡西的新裤子。将它内侧的毛边用横针脚统统锁上边，以防止滑线。

我常常怨念家里的针太粗了，太难用了。但到了莎里帕罕妈妈家一看，她的针更粗！若"海底捞针"捞的是这样的针，怎么着也能找得到。目标太明显了。甚至我猜，在动荡的游牧生活中使用这样的针估计也是为了防止丢失吧。

这时下起了雨，我们赶紧兜起花毡，把所有东西挪进屋里。

保拉提媳妇缩在毡房角落里披着一件大衣睡觉。见我们进来，没有起身，也没有打招呼，只是翻了个身，面朝里继续静静卧着。她身边的摇篮盖着重重毛毯，捂得紧紧的。我很想看一看蜜糖般的小宝贝阿依若兰，但看这个小母亲病恹恹的样子，不好意思开口。

过了没一会儿，雨又停了。我们再把所有东西全挪到外面。外面亮堂些，方便做针线活。

无论我们进进出出地怎么折腾，保拉提媳妇都始终没有动弹一下。

莎里帕罕妈妈对这个儿媳妇似乎有些意见，和妈妈在外面悄悄议论了一会儿。后来扎克拜妈妈吩咐我为大家准备茶水。我进门一看，炉子是熄的，水桶是空的。便拎起桶下山提水，提回水后又抱了一些柴火进毡房。等我折好碎柴铺在炉底，四处找火柴生火的时候，那个小母亲才从角落里起来了。大约看我一个外人忙里忙外的，有些不好意思了吧？她一边系头巾一边为我取火柴，并向我解释她这几天一直牙疼，实在不想动。说的居然是汉语，还说得很像样儿呢。

我一看，她气色的确很差，眼睛红红的，便问她是不是在发烧。她摸摸自己的额头，叹息着坐了下来。

这是我第一次看到保拉提媳妇站起来的模样（之前无论什么时候见到她，总躺在角落里一动不动，似乎一直病着，从没好过）。她和她的小姑子加孜玉曼一样纤瘦，但体质弱了许多。眉目暗淡，影子一样虚弱。再想一想，阿依若兰还没满月呢，也就是说，这个小母亲还没出月子。加上十多天前的那次大转场（那时她刚生产完没几天），天气恶劣，怕是淋了一路的雨，肯定对身体影响很大。

等待茶水烧开的时间里我俩坐着聊了一会儿，才得知她娘家是良种队的。她从小在那里上学长大，怪不得汉话说得那么好。

良种队是一个汉族村，紧挨着我们阿克哈拉村，就在乌伦古河上游几公里处。以前我有好几次和家人推着木推车步行去那里买喂鸡的碎麦子和葵花籽油的油渣。

良种队里也住着一些哈萨克人，不过全是农民。这个小姑娘从农村嫁到牧场上，从定居走向游牧，生活方式转变巨大，刚开始肯定极不适应。再说，她还那么年轻。

茶水烧好后，我正准备招呼大家进来，她却关上了毡房的门，说："我们先喝，外面的人还要忙一会儿。"我虽然不解其意，还是帮着铺开餐巾，只布了两碗茶。

门一关上，世界倏然割断。毡房中这方封闭而阴暗的空间令我们两人亲近了许多。我们坐在床边面对面喝茶，东扯西聊。谈不上多愉快，但非常安心。

我边喝边欣赏墙上挂着的一帧很大的结婚照。照片上的她穿着亮晶晶的婚纱，化了浓妆，健康又美丽。便真心赞美了几句。她却淡淡地说那时还比较胖，所以漂亮，现在已经瘦得不得了了。

谈到加孜玉曼时，她羡慕地说："还是上学最好，当学生最好了……"

虽然已经是母亲了，但毕竟还不到二十岁啊。这样的话不由让人心疼。

这时，一直静悄悄的宝宝突然大哭起来。这个母亲从容地起身，揭开毛毯，里三层外三层细细解开孩子身上的束缚（绑得真结实！当婴儿也不容易，睡觉还得用立正的姿势），把她抱出来放置在花毡上。然后跪在她身边找这找那，直到从被垛旁的一只旅行包里掏出了几块干净尿布。躺在花毡上的婴儿仰着脸努力仰望着高处的母亲，嘴里咿咿呀呀地嘟囔着，似乎在说：妈妈好高啊，乳房好遥远啊。

后来又见过她几次，都很匆忙随意。她几乎从不出门。好不容易来我家毡房一次，悄悄往席间一坐，就跟不存在似的，很容易被大家忽略。真是没见过这么安静的人。往往是突然抬头一看，才知道她来了，像凭空变出来似的。她也不爱说话。但是，与其说她为人冷淡，不如说她太无所谓，无可表达。

离开冬库尔时，由于几家人一同转场，便与她同行了一路。那次同行是我们相处时间最长的一次。

与之前那两次搬家相比，这一次的路更艰难，并且更漫长。我们走了整整三天，一共翻过了四重大山。在险要的山路上，所有骆驼的鼻子都挣出了血。

越往大山深处走，气候越寒冷。一重雨一重雪。大家都非常辛苦。依我看，最辛苦的要数保拉提媳妇了。其他人都是空身骑马，只有她的马鞍前还横置着沉重的木头摇篮。一路上她一直小心翼翼抱着摇篮前行。

搬家是重要的节日，她精心地装扮了一下。穿着很新的大红色长裙和紫红色人字纹呢大衣，披着新婚的白色蕾丝披巾，系了天鹅羽毛。倒也一身喜气。只是巴掌大的面孔上满是怯弱和忍耐。

第一天，天刚蒙蒙发亮驼队就出发了。有一阵子雨下得很大，当我经过这个小母亲的黑蹄红马时，摸了一把小婴儿身上蒙的毯子，早已湿透，又渐渐结满了冰霜。又把手伸到毯子底下摸，下面的小棉被也又冷又潮。凌晨的气温在零摄氏度以下，孩子冷得哭个不停，听得人揪心。小母亲也很可怜，冻得脸发青，一声不吭。

第一天夜里驼队停在托马得牧场一个光秃秃的小山顶上。我们两家的驻地离得很近。这天夜里只休息了两个小时，半夜十二点大家就开始打包装骆驼了。

非常冷。昨夜我的外套不知何时掉到地上，先被傍晚的露气打湿，深夜降温后又被结结实实冻在满是冰霜的草地上。使了好大劲儿才将它从地上扯脱。我好不容易钻进发硬的外套和湿冷的靴子里，这时，不远处的黑暗中传来了小婴儿的哭声。很快，保拉提家驻地那边燃起了火堆。一定是专门为母亲和宝宝生的火。我羡慕极了，我家为什么不生火？我已经冻得浑身咔嚓响了，真想从黑暗中摸到他家去烤火啊……但两家人都紧张沉默地忙碌着。我帮不上啥忙也就罢了，怎么好意思当着大家的面烤火。

远远地，看不清火堆边的人影。我知道母亲一定正抱着孩子，紧紧依偎着火堆，一边被烟火呛得咳嗽，一边沉默着享受出发前最后的奢侈。

这一天比头一天还要冷，大家凌晨两点就出发了。我因头天夜里丢了马儿，迟了两个钟头才出发。追上大部队时，已天光大亮。路边地势洼陷处积雪皑皑，河流两岸堆积着厚厚的冰层。小婴儿时不时哭一嗓子。她每哭一声，我心窝里就哆嗦一下。一直惦记着小家伙身上的那条毯子昨天晾干没有……

六点钟，我们进入了幽暗漫长的帕尔恰特峡谷。当再一次和保拉提媳妇的黑蹄红马一起并行时，她突然问我：

"肚子饿了吗?"我还没回答,她把手伸过来,递给我三枚杏干。

那可真是如获至宝!按理我不应该接受的,她一定比我更需要。但我实在又冷又饿,就午夜起床时喝了一碗暖瓶里剩下的温茶,一直滴水未进。实在没法谢绝。

我把杏瓤啃得干干净净后,又把杏核也咬碎,吃掉了杏仁。但有一枚杏核特硬,实在咬不动。又舍不得扔,便揣进口袋,思量着到地方后找块石头砸开。此后那一路上,总是不停挂念着这件事,不时摸出来咬啊咬啊。终于有一次,下狠劲儿一咬……牙崩了一块……

我深切体味着眼下这艰难的生活。但它并不属于我,我可以离开。这小小的母亲却不能。她盛装跋涉在祖先的道路上,无可选择。她是哈萨克人,就算成为农民,一生埋头土地耕作,命运仍离不开牧场和牛羊。况且,她已经是母亲了,母亲都是有根的。她在游牧之路上生下了孩子,根就扎进了游牧生活。她一定得习惯并依赖这种生活,无论身体多么地不适,内心多么地抗拒。无论家人怎么指责,怎么叹息……那些日子里,当她无视毡房之外广阔澎湃的山野世界,一个人缩在角落,孤独地忍受着疾病和失落时,可能就正在暗自决定,完全接受这一切。

她紧紧抱着摇篮骑在马背上,每到险要的路面,大家都停下来让她先走。一路上,驼队还停下来好几次,专门等待她哺乳孩子。每到那时,保拉提先下马,接住摇篮轻轻放在地上,再把小妻子扶下马。孤独而鲜艳的红漆摇篮置放在一大片碧绿的、结满冰霜的草地中央。盛装的小母亲跪在摇篮前，解开衣服，俯下身子，把胸脯倾向摇篮，长久地一动不动。我们也一动不动，勒住马，远远地环绕着，耐心地等待。清晨的雾气中，四面群山苍苍茫茫。

可惜的是，我居然一直忘了问她叫什么名字。

生病的黑牛

冬库尔人多牛也多。每到傍晚赶牛挤奶时，我总是站在南来北往的牛群中一片茫然。真丢人，连班班都能认得自家的牛。

虽然家里的牛羊都有自家独有的记号——左耳一道缺口，右耳尖削掉一块（这记号可真疼）……但随着牛羊渐渐长大，记号也会长变形。何况这些刀口又剪得极不整齐。有的只是剪掉了一点点耳朵尖，愈合后看上去还是个完整的耳朵。有的却差点儿剪掉了整只耳朵，只留一小截耳朵茬。斯马胡力的手艺真差劲儿。

好在时间久了，渐渐地，不用看记号也能分辨出自家牛和别人家的牛了。

区别在于：我家的牛好看，别人家的牛都难看死了。

具体哪里难看也说不清楚。总之别人家的牛一看就不顺眼：怎么眼睛那么斜呢？怎么角那么尖呢？

而且邻居家的牛特笨。他们的小牛和我家的小牛顶架，从来没赢过。于是就趁我家小牛被拴起来的时候才跑来顶，真没出息。

我家最漂亮的牛是那头白色黄斑的奶牛，相貌极温柔，眼睛大大的，额头正中央有浅褐色呈放射状的斑纹，头顶还有一撮长长的白毛。但可别被其外表蒙蔽了，它最可恶。它的宝宝和它长得一模一样，根本就是它的一个小号翻版。性格也同样大大地狡猾。这母子俩无恶不作，与我作对时配合得天衣无缝。

　　都说犯犟的人是"牛脾气"，牛的脾气真的很大。想硬牵着走根本不可能，只能耐心地诱赶。一般来说，人得站得稍后一些，一手持缰绳，一手拍打牛屁股，那样它才躲避着懵懂向前。然而这一招对小牛不奏效，越是赶它，它越是想方设法去往你不让去的地方。相比之下，羊真是太听话了。幸亏我家羊多牛少。

　　总之，这些牵着不走打着倒退的小家伙们，铁铸一般稳当当钉在草地上，梗着脖子与我相峙。我扯着绳子拼命地拽啊拽啊，双手抵着牛屁股推啊推啊。又打又骂，半天也没能挪几步。而小牛圈就在正前方十多米处，这十多米的距离让我百般无奈。

　　这时，站在高高的山顶上看着这一切的扎克拜妈妈大声喊道："先赶大牛！先赶大牛！"

　　我连忙松开绳子去赶它的妈妈。果然，小牛立刻两眼发光跟了上来。接下来很容易地就被逮着紧紧系在了牛圈里。嗯，策略很重要。

　　系小牛的时候，绳子还不能留得太长，只能刚够它左右摇头的。否则，牛妈妈一靠近，它头一低便啜到了奶水。

而且两头小牛决不能系得太近，之间的距离一定要远到它们没法顶架为止。真是的，角还没长硬就晓得打架了。

　　挤奶时，扎克拜妈妈总会先把小牛牵过去吮一会儿奶水然后再挤。装作还是小牛在喝奶。挤的时候大牛乖乖站着不动，有时候也会回头看一眼，然后疑惑地走开几步。于是妈妈只好拎着奶桶边追边挤。

　　妈妈一边挤一边说："这是阿勒玛罕的牛。"又指着旁边的小牛说："这是沙吾列的牛犊。"

　　阿勒玛罕大姐一家没有进山，家里为数不多的羊由婆婆家代牧，三头牛则由我家代养。主要是为了贴膘。下山时完好无损地将牛以及牛在夏牧场上生产的小牛交还，再给一些胡尔图之类的奶制品，算是这头牛产的奶。其他的奶嘛，我们自己冲奶茶喝掉，做干酪素卖掉，算是代牧费。

　　小牛不但调皮，还很能自作聪明，明明不是自己的妈妈，也想凑过去喝几口奶。它先讨好地舔人家的后腿，舔得大牛舒舒服服的，一动不动。它舔着舔着，头一低，冷不丁含住了奶头。但这哪能行呢！大牛又不是笨蛋，一脚就把它踢开了。

　　不过这头黑色小牛真的很可怜，它的妈妈腿摔瘸了，在山那边一直回不来。于是其他小牛傍晚都有奶喝，就它没有，已经饿了两三天了。

　　这天，天色暗下来的时候，扎克拜妈妈挤完奶，把黑色小牛牵到山谷底端的东面山脚下，拍打它的屁股，令它叫出声来。它一叫，山那边的大黑牛也忧伤急切地叫了起来。母子俩应和的哞叫声高一阵低一阵地回荡在森林里。妈妈也跟着"后！后"地大声呼唤。于是渐渐地，大牛的声音越来越清晰，离这边越来越近了。突然，它的头冒出了山顶。圆月下，两只弯弯的牛角剪影格外清晰。它冲这边遥遥相望，但似乎再也无力更加接近了，叫得越发凄惨。小牛也悲伤地喊个不停。

妈妈非常忧虑。她告诉我，这头牛前几天在两座山外的山路上不知遇到什么事，腿一直瘸着。斯马胡力找了两天才在森林里发现它。伤势严重，行动吃力。这几天斯马胡力一直诱引它慢慢靠近家，好不容易才赶到山那边，却再也无法继续前进了。

我说："都已经这么近了，把小牛赶过去让它吃奶啊。"

她说："豁切！"又嘟嘟囔囔说，要是这次回不来的话，它就再也回不来了。

我猜，意思大约是，外在的帮助远远赶不上自我力量的迸发。

于是她继续用小黑牛诱惑着大黑牛。

第二天清晨，牛真的自己回来了！像什么事也没发生过似的，静静地站在山脚下的草地中央。难以想象这漫长一夜的跋涉。

斯马胡力把牛的四蹄绑住，然后把它沉重地推翻在地（地皮都震动了一下！我觉得它一定摔得好痛）。他仔细地检查那条受伤的腿，一寸一寸地捏了又捏，似乎没有伤到骨头。他还掰开它的蹄缝看了又看，抠了又抠，然而什么也没有发现。既没有扎进木刺，也没嵌进小石头，一道小伤口都没有。但他还是慎重地给它抹了药。药居然就是妈妈用来治胃病的"石头油"（产自深山的土药，貌似红糖的酥脆固体）泡出的水！另外还添加了某种黑色药粉，我注意到泡出的水是极深的紫黑色，可能是高锰酸钾。

唉，眼看就要搬家了，却出了这种事。这一次搬去的地方在后山边境线一带，一路上得走三天呢。可那头黑牛的脚一直不见好转。日子一天天过去，情形甚至越发严重，最后站都站不稳了。

这么下去，大牛有可能活不了。而小牛还那么小，也不容易独自长大。要知道它是一只游牧的小牛，远不如定居圈养易于生存。

隔天的早茶前，家人再一次把大牛捆住摔倒，又检查了一遍。斯马胡力还掰开蹄缝用小刀剔了又剔。什么也没发现倒也罢了，反而多事地刨出来好几道伤口，沾得满刀子血。后来妈妈不知用什么粉末（烤焦的骨头渣？）调和了黄油，形成淡雪青色的膏状物，厚厚地抹进蹄缝里。又将抹涂羊肛门的"除螨灵"浇了上去……奇怪的治疗方法。接下来又见她把昨晚喝剩的蒲公英汤（妈妈用来治胃疼的土方子）浇上去，还把一把煮过的蒲公英草也统统塞进蹄缝。最后又浇了一遍盐水，又把剩下的一点儿泡"石头油"水也浇了上去……总之，只要是药全都用上。这才叫"病急乱投医"。

最后，斯马胡力用几块布把蹄子缠裹了起来，绑得结结实实。蹄缝本来非常狭窄，被塞进去那么多乱七八糟的东西，害得那只蹄子被撑得老大。加之新刮出的伤口，可能更疼了……可怜的黑牛，请原谅大家吧。大家是在尽一切可能来拯救你啊。

我总觉得蹄子本身没事。可能是腿骨撞伤了，或者是肌肉拉伤了。

到第三天下午，斯马胡力要再给黑牛敷一次"药"。就又一次把牛捆住，粗暴地推倒在地。我估计人家本来正在好转中，这么一次又一次地摔啊摔啊，硬是给摔得新伤不断，旧病难愈。

还是我外婆那个说法，牲畜最可怜之处是不会说话。有什么病什么疼的，永远无法让人知道，只能自己孤独地忍受。

在离开冬库尔前的最后的日子里，黑牛的病情一直牵扯着大家的心。所有人为之忧虑不已。扎克拜妈妈还把干馕用剩奶茶泡开，再拌上盐粒单独给它开小灶。可它却记挂着群山深处鲜美多汁的丰厚青草。它边啃草边用另外三条腿（幸好牛有四条腿）慢慢挪动，渐行渐远。不知不觉又一次离开了家。这一次两天都没回来。

想象圆月的夜晚，脚疼难忍的大黑牛慢慢挪到一处山脚下的岩石边，就再也不能前进了。它只好斜卧在岩石下，心里惦记着宝宝，乳房胀得难受。又想念着家里盛放着鲜美盐粒的盐槽，睁着眼睛熬到天亮……它不知道自己到底怎么了，它不知疾病意味着什么。它耐心地忍受着疼痛和思念，却并不害怕死亡。

大黑牛终于没能跟我们继续走下去，它越发虚弱了。出发前我们把它寄养在夏天长居冬库尔不再搬家的邻居家，小黑牛也随母亲留了下来。

扎克拜妈妈悲观地说："活不成了，两个都会死的。"

无论如何，它死前的时光仍宁静如故。只要还活着，它每天仍挣扎着出去寻觅最鲜美的嫩草。并在天黑之前努力跋涉回家，背对着自己的宝宝，让女主人把今天产生的奶汁干干净净挤去。

还有一只黑白花小羊羔的母亲也在那几天病倒了，很快死去。但小花羊还不知道这件事。每天傍晚，只要羊圈围栏一打开，它就跟着其他小羊激动地冲向大羊群，急切地穿梭其中，四处寻找母亲。直到很久很久以后，仍没能搞清到底发生了什么事。每天仍心怀巨大的希望，继续四处寻找。

若那时，它的母亲突然出现在眼前，该会带来多大的惊喜啊！简直是世间最大的欢乐了吧。那时小羊一定会冲上去大喊："你去哪里了？为什么这么久都不理我！"

小花羊还小，我们尝试着喂它喝牛奶，却喝得很少。扎克拜妈妈像喂黑牛那样，把馕捏碎了拌上盐粒，它才试着吃一点儿。吃得极慢，喂了好长好长时间才吃掉妈妈手心里的一小撮。它毕竟太小了。

而那些失去孩子的羊妈妈呢？不知道一只羊的记忆能维持几天，不知道几天后它才能忘记自己曾有过一个孩子。

小羊羔死了，身体倒在那里，眼睛仍然温柔地睁着。世界有多么广阔的光明，就会有多么广阔的阴影。小羊羔的灵魂沿着阳光下的阴影走走停停，头也不回，还不知道自己已经死去。

而乳汁也不知道小羊已经死了。羊妈妈乳房胀，心里慌，因此得帮它把奶水挤掉。羊妈妈不习惯由人类来挤走自己的奶水。它不安又听天由命地站在那里。卡西搂着它的脖子，扎克拜妈妈穿着鲜艳的蓝底红花的裙子坐在它身侧的草地上。挤了半天，才挤出来盖住桶底的浅浅一点儿。不远处等待出发的羊群多么宁静，四野的绿色多么激动。

好在，在夏牧场上，更多的是平安。妈妈把挤出来的那一点点腻白的羊奶倒入盛牛奶的大锅里，它们立刻消失进同样腻白的牛奶之中。

苏乎拉传奇

我第一次看到苏乎拉时，她正在北面峡谷口水流边一棵高大的落叶松下洗衣服。我和卡西走下山坡，遥遥走向她。走到近前，她抬起头来看我……当她抬起头来看我时，我真想立刻转身就走！

我真想立刻回家，把一身松垮垮脏兮兮的衣服脱掉扔得远远的，换上最最漂亮体面的那件衣服。再把脸洗得干干净净，辫子扎上最鲜艳的发带，并穿上做客时才穿的那双鞋子……把自己弄得浑身闪闪发光。

然后，才重新走到她面前，让她抬起头来看我。

苏乎拉真美。见惯了我家卡西这样类型的牧羊女：香肠似的肿胀的手指、黯淡的头发、红黑粗糙的面孔……再回头看苏乎拉的话，忍不住深感奇迹！她总是温和而迷人地微笑，话语低沉而清晰，声音里缓缓流动着某种奇妙的惊奇感——似乎对任何细微的动静都入迷不已。

真是不可思议，这莽厚的深山露野中，怎么会出现苏乎拉这样光滑精致的女孩呢？在漫长艰辛的转场路上，是什么在保护着她，是什么东西在她身上执拗地闪光……她脚步所到之处，有眼睛的都睁大了眼睛，没有眼睛的就睁大心灵。她手指触动的事物，纷纷次第舒展开来，能开花的就开花，不能开花的就深深叹息。

苏乎拉不仅漂亮，细节和举止也和山里姑娘大不一样。她留着均匀修长的指甲，而我们为了劳动方便都把指甲剪得光秃秃的。苏乎拉平时穿的鞋子都很漂亮，我们只有去别的毡房做客时，才会换下破破烂烂的布鞋……苏乎拉能清清楚楚地说好些汉语，而卡西只会对我说："李娟，这样！李娟，那样！啊，李娟！不要啊！！"

那天，卡西和苏乎拉蹲在溪流边长时间地聊天，谈论城里的事情。我在旁边一会儿玩玩水，一会儿揪揪草。心时远时近，不时暗暗打量眼前的美人，说不出的愉快。四周那么寂静，森林蔚然，天空高远。

突然，苏乎拉扭过脸来，用清晰的汉语对我说："我爱森林。"竟然令我不知所措。

回家后，我反复向卡西称赞苏乎拉的美，她却很不以为然。直到傍晚我们把牛从山谷上游赶回家，开始挤牛奶的时候，她才告诉我关于苏乎拉的事情。

原来苏乎拉之前好几年都没有进过夏牧场放羊。怪不得那么白，那么娇柔。

卡西说，去年的这个时候，她偷拿了家里的四万块钱和一个男孩私奔了。两人到乌鲁木齐待了大半年，直到今年春天才被她的哥哥强蓬（其实是叔叔）找回家。卡西还说，因为这件事，苏乎拉八十多岁的妈妈（其实是奶奶）给气病了，很快去世。

听到这些，吃惊之余，反而对卡西有些反感了。卡西的口吻听起来满是厌恶与妒忌。许多强硬的结论无非都是听来的或推测的。无论如何，苏乎拉看起来那么美好，流露出来的气息足以让人信赖，让人纯然愉悦。也许她真的做过错事，但决不会是有恶意的姑娘。一个有着如此平和温婉的神情的人，我相信她的心灵也是温柔耐心的。

我一声不吭。我无缘无故地相信着苏乎拉的纯洁。

苏乎拉和卡西是小学同学。于是我翻出卡西的小学毕业合影照，很快找到了苏乎拉。这才突然记起：原来这个小姑娘我是认识的。她小时候常来我家的杂货店买东西。那时她不过八九岁的光景，因为非常文静甜美，便印象深刻。

而十二岁的苏乎拉，稚气未脱，就已经艳媚入骨了。她在相片上轻轻笑着，在一群黑压压的小脑袋瓜中格外耀眼。

刚上初中她就被男孩子追逐。初二时，苏乎拉突然离家出走。传言中，她和村里的一个二十多岁的小伙子跑到乌鲁木齐，两个月后被家人找回。不到半年，她又被另一个男人带到县城一家饭馆打工。此后换了若干男朋友，频频偷拿家中的钱。最近的一次就是那可怕的四万块。她拿着钱去乌鲁木齐待了大半年，并在一家短期培训班学习电脑操作。

后来有一天，我和卡西到她家毡房做客。喝茶时，她不辞辛苦搬开沉重的马鞍和一大撂卧具，从最下面的一个蓝漆木箱里取出细心收藏的几张照片给我们看。全是和乌鲁木齐电脑班里的同学的合影。照片上的苏乎拉轻松愉快地坐在大家中间，完全是城里姑娘的形象。完全蜕脱了村野的土气，从一个傻乎乎的漂亮姑娘变成了轻盈精致的少女。

她说，刚开始听课的时候，老师说的话一句也不懂。幸好同学中有一个懂些汉语的哈萨克人，于是那个同学边听课边帮她翻译。半个月后，苏乎拉就能完全独立地明白老师的意思了。从那时起，她就一心学习汉语，一心想要改变生活。

可最终她还是回来了。回到原先的生活，看似心甘情愿步入原来的轨道。什么也不说，什么也不解释。

苏乎拉的确做了很多错事，可又能怨她什么呢？她还那么年轻，神情和举止里分明还有童年的痕迹。大家都说，苏乎拉不好，苏乎拉坏得很，天哪，苏乎拉太可怕了！——可是，大家又都愿意同她待在一起。都喜欢在旁边近距离看着她，问她城里的事情，并相信她说的每一句话。

几天后，南面牧场要举办一场分家拖依，冬库尔的年轻人都会参加。我问苏乎拉去不去，卡西挤着眼睛抢先替她回答："当然去！"

成人的宴席安排在白天，而年轻人的聚会则安排在深夜。从下午开始，卡西和加孜玉曼就不停地往苏乎拉家跑。把她的所有的漂亮衣服试了一遍又一遍，最后一人借了一套回家。傍晚时我们把头发梳了又梳，换上干净鞋子，一身鲜亮地出发了。出发时天色还很明亮，等穿过森林和两条河谷到达南面那片牧场时，黑夜就完全降临了。

舞会持续了整个通宵。但苏乎拉没来。

几乎每一个年轻人都向我们打听苏乎拉的事："为什么没来啊？"

没有苏乎拉的夜里，连欢乐都显得平庸沉闷起来。

烛火飘摇不定，录音机时坏时好。房间昏暗的空气中一片白茫茫的哈气。我冻得发抖，蜷在毡房角落等待天亮。

突然也期盼着苏乎拉的到来。

十天后又有一场更为隆重的婚礼拖依举行了，这回苏乎拉表示一定会去的。可是我却不能再去了。这次路程太远，非得骑马不可。而家里的马全在外面放养，斯马胡力花了半天时间只套回来三匹。其中一匹是赛马，不让骑的。另外两匹就算两人共骑一匹也不够。我若去了，卡西或加孜玉曼就去不成了。于是我只好和扎克拜妈妈参加了白天的成人宴席。傍晚回来，和光鲜而欢乐的年轻人换了马，目送他们热闹地远去。苏乎拉和斯马胡力共骑一匹马，使得这个臭小子得意扬扬。

那场拖依非常盛大，深夜的舞会更是将夏牧场上方圆百里的年轻人都聚到了一起。

有苏乎拉在的夜晚，该是多么新奇美好啊！她不像别的牧羊姑娘那样搞得大红大绿、浑身叮叮当当。只是穿着浅色小外套、白色的薄毛衣、牛仔裤和运动鞋。在浓重的夜色里，一定缥缈干净得像一个从天而降的少女。

又过了十多天，我们离开了美丽的冬库尔，迁往下一个牧场。

因为路线基本一致，我们这条山谷的五家人把羊群合到一起出发。每家出一个年轻人参与羊群的管理。我家和爷爷家自然是勇敢的卡西了，她的同学亨巴特也来帮忙。恰马罕家是哈德别克，加孜玉曼家就是加孜玉曼了。

当听说强蓬家让苏乎拉去时，我大吃一惊！

转场时，羊群和驼队是分开走的。羊的路远远比驼队的路恶劣，据说一路上全是悬崖峭壁。而且大大小小数千只羊，孩子们得在陡峭的山路上来来回回上上下下不停奔波。劳动艰辛，天气又严寒，娇柔的苏乎拉能受得了吗？

我一心认定苏乎拉是城里的姑娘，肯定做不了牧羊女的活儿。连她会骑马这件事都让人吃惊，连她帮我把淘气的小牛系到桩子上时，熟练地随手挽一个扣结——都感到吃惊。那种结儿，若非一个有着长期游牧生活经验的牧人，轻易是打不来的。

天蒙蒙亮时，羊群和驼队从两个方向出发了。我骑在马上频频回首。

下午时分，我们的驼队终于在群山间一个绿茸茸的小山坡上停了下来。等我们卸完骆驼，扎好简易毡房，喝完茶，又睡了一觉后，孩子们的羊群才慢慢出现在东南方向的群山间。

直到傍晚时分羊群才走到近处。马上的苏乎拉捂着厚厚的围巾，只露出刘海下窄窄的一溜儿眼睛。解下围巾后，神色疲惫冷漠。

当天夜里大家只休息了两个钟头。第二天凌晨两点钟，驼队装载完毕，继续出发。天色大亮时我们进入了寒冷阴森的帕尔恰特峡谷。走着走着，突然听到斯马胡力说："苏乎拉在前面。"

我立刻快马加鞭赶了上去，之前骑马从来都没跑过那么快。

果然，她牵着六峰骆驼在前面林中石路上慢慢地走着。我松了一口气，太好了，不让苏乎拉赶羊了。

积雪皑皑的帕尔恰特峡谷林木森然，曲折连绵，永远也走不到尽头似的。我对苏乎拉说："啊，真好，帕尔恰特真是太美了。"

苏乎拉微笑着说："是啊。"却并不对当下的劳碌辛苦做任何评价。

当驼队终于走出峡谷，走到高处，翻过最后一个达坂后开始下山时，突然出了点儿麻烦。赛力保和媳妇下马休息时没有系好缰绳，马不知怎么受了惊，跳起来跑了。另一匹也跟着一起跑，赛力保一路呼喊着追下山去。

当时我正策马走在下方的石路上，回头看到两匹马狂奔下来，立刻勒停自己的马横在狭窄的路面上，想进行拦截。但毕竟有些怯意，那马似乎也感觉到我的不安，就蔑视地避开了我，远远离开路面，从山坡树林里横穿了下去。

而下方"S"形山路的拐弯处正巧走着苏乎拉。我冲她大喊了一声，像是希望她能把脱缰的马拦下来，又好像在提醒她躲开。

我看到她调转马头慢慢迎上去，狂奔中的马儿渐渐狐疑地放慢速度。最后胆怯了，主动向她靠拢。她不慌不忙策马走到近前，俯下身子拾起拖在地上的缰绳。啊，她截住马了！

——苏乎拉怎么可能是城里的姑娘呢？她游刃有余地把握着眼下的生活，熟知并透悉着自己的传统。她天生是这山野林海中的精灵……

在我看来，真是矛盾的青春与命运。

作为亲生父母的长女，苏乎拉一出生就被赠送给了自己的爷爷奶奶。爷爷奶奶过世后便和叔叔婶婶（她称之为"哥哥嫂嫂"）一起生活。在她家的毡房里，悬挂着一张老妇人的照片。苏乎拉说是她刚过世的阿帕（对女性长辈的尊称，很多时候指母亲）。如果卡西说得没错，应该就是那位因她离家出走而活活气死的老人。

苏乎拉的亲生父母在县城工作生活。她给我看过一张她父母和她弟弟一家三口的全家福照片。照片上，她的亲生父母都是年轻漂亮的人，穿着体面。她的弟弟也相当漂亮。她强调说她的亲爸爸能说一口流利的汉语，还说他爸爸最好的朋友就是一个汉族人（最后说来说去，才知那个所谓的"最好的朋友"竟是我家老爷子……）。流露出的意思是：如果当初没有被赠送的话，自己现在也是城里的姑娘呢。

可能这就是为什么苏乎拉会那样向往城市的生活。

大约在这个女孩子很小很小的时候，她就发现了自己的美丽，感觉到了命运的宠溺，并得知了自己的身世及生活的另外可能性。于是，当她刚刚长大一点点，刚刚强大一点点的时候，就迫不及待地扑向另一种人生了。在她看来，那有什么不对呢？

她不愿寂寞，就接受别人的爱情；她想改变生活，就去学电脑；她渴望更丰富更美好的际遇，就去城市；她想明亮一些，再明亮一些，自信一些，再自信一些，就偷拿家里的钱……苏乎拉是一个多么小的小女孩啊！她过早地远离了少女时代的平凡懵懂，过早地领略了现实世界的匆忙繁华。但她无所适从，沉默不语。她不停地和不同的男子约会、拥抱、生活。她勇敢热情地接受他们，也许并非因为爱，而是因为她需要一种方式来介入截然不同的陌生。她努力地去爱他们也不是因为爱，而是在努力地尝试和适应那陌生。

想象一下吧：当这个孩子一次又一次离开牧场和羊群，怀揣巨款，孤身面对整个浩大世界……看在她的美貌和孤独的分上，大家就原谅她吧！

那次转场，一路上我们与苏乎拉同行了整整两天。后来驼队和羊群在沙依横布拉克牧场分开。我们去往美丽的吾塞牧场，她家则去往更为偏远寒冷的边境线处。从那以后，我们就再没有见过面了。

但是，关于苏乎拉的传说仍屡屡不绝地撩动着我们的生活。苏乎拉的痕迹仍布满这浩茫山野。

木材检查站的工作人员说："苏乎拉昨天刚刚经过这里。"

耶喀阿恰的杂货店老板说："这种款式的发夹苏乎拉也买过一个。"

牧业办的司机说："快点儿上车，苏乎拉要下山，正在前面十公里处等我。"

六月那场盛大的弹唱会上，大家都在猜测："苏乎拉会不会来呢？"

卖羊毛的季节到了。我们骑着骆驼，载着大捆大捆缠成团的羊毛，长长地跋涉过杰勒苏山谷，沿着越流越宽的河流往东走。走到一处开阔的三岔路口时，大家指着另一条渐渐消失进北面的崇山峻岭中的小路说："这条路，通往苏乎拉家……"

通往苏乎拉家的路！

我一次又一次路过那个三岔路口，勒马驻足，扭头往那边张望。是的，这是通往苏乎拉家的路，这条路指向多少年轻的心所渴望的地方啊！多少孤独的牧羊人同我一样，每每经过这里，都忍不住扭头遥望。从那个方向传来的消息经久不散地传播，越传越美丽。谁能真正得到苏乎拉的爱情呢？谁能永远把她留住呢？谁能把她的故事引向更为激动的结局呢？

这条路我永远也不能踏上了。苏乎拉与我短暂的交往如梦一样结束。苏乎拉真的是记忆中的某个人吗？她更像是这片夏牧场的传奇，是眼下这种古老生活最后显现的一个奇迹。

此刻的苏乎拉又在干什么？她系着奶渍斑斑的围裙，拎着小桶，正走向乳房饱胀的黑色奶牛吗？一束洁白的奶水正从她手心喷射进小桶吗？一切深深地停止吧，生活请继续黏稠香腻吧。牛奶在金色火苗上煮沸，同盐一起兑入黑色的酽茶。更多的牛奶静置在花毡边神秘地发酵，暗自翻涌变化……美丽的苏乎拉，一生再也不会陷入慌乱了吧？一生再也不会左右为难了吧？所有的离开啊，归来啊，都无所谓了吧？那么，请在城市里继续迷恋新衣和情人，在牧场上继续醉心于古老广阔的情感吧！——再也不要去计较了……

美丽的苏乎拉，要知道，她今年才十六岁啊。十六岁就已经艳名远播，十六岁就在游牧生活中被刻下深重划痕……十六岁而已，能寄托什么，能断定什么呢？当外面世界里更多的"90后"女孩仍在深沉斑斓的童年中整理花瓣，迟迟不能绽放，十六岁的苏乎拉，十六岁就已凌空而越，跨过了我们不能想象的漫长的成长过程。十六岁就已经铅华洗尽。十六岁已经有了一双从容不迫的眼睛和心灵了。是什么——是这山野里的什么——作用了她的最终抉择？然而十六岁的苏乎拉，人生刚刚开始，生命绵绵无期。我真心祝愿她美丽长驻、一生平安。

卡西的同学

早在春牧场吉尔阿特，我就见过一次卡西的同学。就是可可走的那一天，这小子上门领取自家走散的一只羊羔，还在我家吃了顿饭。

照我的想法，我们拾到别人的羊，帮人家养了一天，还不辞辛苦骑着马到处打听失主——对方不说带份大礼来，起码也得好好口头感谢一番吧。可是呢，我不但啥也没看到啥也没听到，反而只见这小子菩萨一般稳稳当当坐在上席，毫不客气地受用我们端出的最好的——自己平时都舍不得吃的食物和糖果。

除我之外，大家都不以为意。都把他当成真正的大人一样对待，一起谈论远远近近的事情。当这个小不点儿发言时，所有人全安静下来一起看着他。

总之，我当时对这个小得可怜的小家伙实在没注意太多。要不是马吾列姐夫老揪着那件事不放的话——每次他一见到卡西，就挤眉弄眼地提到她的同学如何如何。卡西为此非常愤怒。她越愤怒我越好奇。

后来忍不住拐弯抹角向妈妈打听。妈妈很厉害，一下就知道了我的用意，立刻哈哈大笑着否定了："哪里，他是卡西的同学。"如果仅仅是同学的话，至于笑得那么意味深长吗？妈妈比马吾列也好不到哪儿去。

后来和卡西拌嘴时，我也会搬出这个话题来取笑她。这会令她突然间慌乱不已，生气地大喊："豁切！他是我的同学！同学！"努力使"同学"这个词听起来堂堂皇皇，振振有理。

卡西的同学一副还没长开的模样，细眉淡眼，瘦弱单薄，小了吧唧的。他和卡西一样大，看起来比实际年龄小得多。他一句汉语也不会说。

当我得知他居然名叫"亨巴特"时，乐坏了。这个词对我来说真是再熟悉不过。因为每一个来我家杂货店买东西的顾客都会使用这个词来指责我。它的意思大约是"昂贵""太贵了"。

我便大笑着说："那能不能便宜点儿啊？便宜点儿的话多少钱？"但大家谁也不觉得有什么好笑的。原来这个笑话早就过时了。除我以外，大家都早已习惯把亨巴特叫作"亨巴特"。

第二次见到亨巴特是在冬库尔。当时只有我一人在家，听到狗叫跑出去看时，他正骑在马上，一见我就远远大喊："斯马胡力在不在？"因为怕狗，这小子死活不敢靠近。我回答说不在，他赶紧打马走了。

他的马缰绳上挂着黄色的流苏，马鞍也花里胡哨的，搞得跟姑娘的坐骑一般。

第二天中午，姑娘们凑在我家闲聊。加孜玉曼帮卡西整理好了影集（原先颠来倒去插得乱七八糟），大家一起慢慢翻看。其中有一张小学毕业照。卡西站在正中间，严肃地害羞着，居然和现在的样子一模一样，没一点儿变化。而旁边的苏乎拉还是个小孩子，甜美而乖巧。大家看了很久，评论个不停，回忆起许多事情。这时外面传来了班班愤怒的吠叫和隐隐约约的求救声。卡西出去看了一眼，立刻退回毡房慌手慌脚收拾起房间来。我问："来了小伙子吗？"她也顾不上说"豁切"了。

来的还是亨巴特。并且还是和头天一样，远远地勒住马停住不敢越雷池一步。直到再三确认我们把班班控制住了，才小心翼翼地打马靠近。

这次亨巴特独自赶来了三十多只羊和一匹白蹄红马。那马的蹄子白得很奇怪。别的白蹄马，蹄子的白色是渐渐向腿部的颜色过渡上去的。而这一匹，像穿了四只白靴子似的，白色和红色界线分明。并且两者之间还缠绕着一圈整齐鲜明的黑色。像靴腰上镶着襻边，时髦极了。

那一群羊就更引人注目了。不但每一只羊头上都戴着大红花，每一张羊脸还统统涂了浓重的红脸团，搞得跟业余秧歌队似的。

我们纷纷出去帮忙赶羊。好不容易才把这群不知所措的新朋友请进了自家羊圈。亨巴特又把自己的马和白蹄马上了脚绊子，让它们自己去附近吃草。

这小子进门的第一件事就是赶紧从餐布上拣一块馕，出门冲着班班讨好地晃了晃，然后远远扔了出去。班班接住，一口吞掉。但并不领情，继续不依不饶地往毡房门上扑。他吓得赶紧推上两扇门，跌坐在姑娘堆里。

大家哈哈大笑，七手八脚为他准备茶水和食物。然后大家边喝茶边继续看影集，并在集体照中找到了亨巴特的小脑袋，还认出了他鼻子下面的一摊鼻涕。亨巴特把照片一把抽走，掖在怀里。大家扑上去抢，他趴在花毡上压住照片，死活不放手。

亨巴特家和卡西家属于同一个牧业队，前几天刚搬到南面的山谷里。

驻扎在这一带的牧民，并不是每家都会继续迁向深山牧场。像阿依努儿家，没有羊，只有几十只牛，加之劳力有限，就没必要换牧场了。而像亨巴特家那样的，虽然有少量的羊，专门为此转场也挺麻烦，只好托人代牧。当然，可能也有其他的放牧规定。

扎克拜妈妈说，帮人代牧不需要操太多心。放一只羊是放，放一群也是放嘛。到时候还可以多赚一些羊毛。剪羊毛季节即将到来。

记得以前，我家也曾请人代牧过五十只羊。不但搭进去所有的羊毛，还额外给了些钱作为代牧费。当时我妈的账算得很美：五十只羊全是母羊，繁殖到第二年，就能增加一倍的数量。就算产下的羊羔只有一半是母羊，加上原先的五十只母羊，第三年又能增加七十五只。算下来，到第三年我们就有一百七十五只羊了。

结果到了第三年去要羊，竟只还给我们两只……说全死光了。

大约因为我们把羊往人家羊群里一扔了事，就再不过问了的原因吧。

而亨巴特家非常重视代牧的事。除了全部的羊毛，还额外提供了一匹马。这次转场，还特意出了一个劳力（自然就是亨巴特）帮我们将羊群赶过途中最艰难的一段路面。

从搬家的头三天起，这小子几乎就住在我家了。对此，除了班班，大家都没意见。于是他每隔一会儿就从餐布包里取一块馕扔出去讨好班班。但班班爱憎分明，吃的时候照吃不误，吃完了照咬不误。真是奇怪，这小子哪里有问题啊？虽然班班一向喜欢咬人，但还从没见它如此不依不饶地咬过谁……

更奇怪的是，一个人怎么能怕狗怕成这样？

家里多了一个人，被褥就不够了。卡西便去莎里帕罕妈妈家借了一床被子，雪白的，新新的，柔软极了。被套是主妇自己缝的。被面中央挖了菱形的开口用以装被芯，开口四周还用钩针精心钩织了宽宽的白色花边，花边旁边绣着精致的羊角图案。比店里卖的漂亮多了。不由很羡慕这个家伙，我和卡西的被子又沉又硬，已经用过很多年了。

这么好的被子让亨巴特那小子睡真是糟蹋了。他才不稀罕被套上的花边啊绣花啊之类，看也不看，拉开被子就爬进去。身上脏裤子也不脱，脸也不洗，脚也不洗。叹息。

半夜上厕所，他嫌冷，裹着被子进出毡房，被角在泥泞的草地上拖来拖去。叹息。

以后的几天里，卡西同学和亨巴特同学一起放羊，一起赶牛，出双入对。哈哈，劳动的时候还是有两个人搭伴儿比较好，不会寂寞，也不会太辛苦。

奇怪的是，之前大家总是揪着卡西和亨巴特的事乱开玩笑，但真正和这小子住在一顶毡房中了，再没人说三道四了。

相比之下，亨巴特和姑娘们待在一起时更怡然自得。和扎克拜妈妈啊，莎里帕罕妈妈啊，还有莎拉古丽这些大妈大姐也处得不错。可一旦掺和进斯马胡力和哈德别克他们的团体，站坐都不对劲儿了。

再混熟一点儿后，我发现亨巴特其实也是开朗有趣的孩子。他和卡西有着同样的优点：勤劳。但也和卡西有同样的坏毛病：喝生水、不爱惜东西。

这小子住进来的第二天，就完全把这里当自己家了。喝茶时对餐布上的食物挑挑拣拣，大声反驳妈妈的指责，还抢卡西的松胶。抢松胶时，两个小孩子从花毡上打到花毡下，直到打到毡房外面才分出胜负——外面有狗。

奇怪，班班到底和他有什么仇啊？

从住进我家的前一天一直到出发后为止，亨巴特始终没有放弃过修补与班班的关系。他口袋里随时准备着馕块。没有馕块的话，绝对不敢擅自出门，也不敢独自回家。哎，这段时间班班可真有口福。

　　和上次一样，最后的几天里大家都忙忙碌碌，为搬家做各种准备。妈妈为生病的黑牛忧心忡忡，不停想各种办法救助它。卡西和亨巴特到处找羊找马。斯马胡力一有空就坐在草地上检修各种马具，并且把牛皮制品的所有薄弱处都补贴了新的皮革片。旧皮实在太硬了，若皮绳过不去某个锥孔时，他就冲那一处准确地吐一口唾沫（叽的一声）再塞。

　　而这几天我能为大家做的事情除了照常做饭烧茶、收拾房间、摇牛奶分离机，以及打打杂、搭搭手之外，最重要的任务就是保重身体。千万不能感冒生病，免得搬家时拖后腿。

　　莎拉古丽、赛力保媳妇和阿依努儿这几个妇人拎着包前来做在冬库尔的最后一次拜访。这次搬家后，大家很长时间里都不能见面了。女人们一起喝了茶，交流了关于苏乎拉的最新传闻后才离开。刚送走一拨客人，哈德别克和莎里帕罕妈妈也陆续来了。茶碗顿时不够用了，我赶紧飞快地洗碗，再手忙脚乱地倒茶。而亨巴特这个臭小子也把自己当成了客人，坐在那里等茶，也不过来搭把手。

　　家里多了一个人，就像多了很多人似的，到处碍手碍脚的。真是的，亨巴特家再没有别人了吗？怎么派这样一个家伙来帮忙。

卡西说，这次搬家不但地方特别远，路也格外"厉害"。我便有些忧心。但卡西满不在乎地说："没事，有亨巴特在。"实在看不出那家伙哪点儿可靠……

这一次我们五家人光大羊就有两千多只。听说羊群走的那条路沿途全是悬崖峭壁。尤其第一天的路，是南来北往整个转场之路中最为艰险的一段。赶羊的队伍却全是孩子，平均年龄十六岁……

不过一定非常热闹吧？五个马背上的孩子盛装同行，并驾齐驱，欢声笑语……我神往地说："明天我也去吧？"

卡西说："豁切！马要掉到山底下！"我就那么没用吗？……

出发的头一天，一大早就阴沉沉的。大家凌晨三点就起床了。我如往常一样生起炉子、置上茶壶，再转身叠被子整理卧具。忙到天亮一些的时候，出去看了看，发现我们毡房所在的这座小山完全笼罩在黏稠的云气中，雨水有一滴没一滴地洒落着。只有南面大山那边稍晴一些。下吧下吧，但愿今天把全部的雨下得干干净净，好让明天是个大晴天。

我穿得厚厚的站在山坡上，看到不远处，亨巴特小心翼翼地靠近山顶，再一次喂班班馕，并再一次挨咬。

更远些的地方，红衣的卡西站在森林对面的岩壁上"啊！啊"地呼唤着羊群。羊群缓慢地向着她所在的山头聚拢，比我们更明白马上要上路了。

路上生活

有一个统计数据，在新疆北部阿勒泰地区的哈萨克牧民中，迁徙距离最长、搬迁次数最多的人家，一年之中平均每四天就得搬一次家。这真是一个永远走在路上的民族，一支密切依循季节和环境的变化调整生活状态的人群。生活中，似乎一切为了离开，一切都在路上。青春、健康、友谊、财产……都跟着羊群前行。

轻便易携的毡房是动荡生活的选择。据说，毡房和蒙古包的区别仅仅在于屋顶放射状的檩杆——蒙古包的檩杆是直的，毡房的檩杆根部稍弯。

到了驻地，拉开几排红色房架（网格状木栅栏，可以拉伸折叠），围在空地上支稳、绑牢。房子的四面墙就出现了。墙上支起几十根细长的红色檩杆，撑起一个圆天窗，房顶也有了。再把这具红色的骨架外裹以大块的毡盖，缠上美丽的手工编织的宽带子。不到一个小时，一顶房子便稳稳当当地立在了大地上。简单又结实，漂亮又保暖。

可是，在匆忙紧张的转场途中，搭这样的房子也是费事的，便凑合着住两排房架子支成的"人"字形的"依特罕"。

当我第一次听到"依特罕"这个词时，琢磨了很久。为什么会叫这个名字？"依特"的意思是狗，"罕"是房子。难道是"狗窝"，意其简陋？

我向卡西请教，她认真地否定了。她说："是狗的腰。"

但是狗腰怎么会和临时帐篷联系到一起呢？二者毫无相似之处，狗可是有四条腿的。

为了确认自己是否听错了，我指着班班说："班班塔罕（班班的腰）吗？"

——从此之后，大家一提到依特罕，都笑称为"班班塔罕"。

作为临时的挡风避雨处，低矮狭窄的"班班塔罕"并不舒适。大家蜷身其中，头都抬不起来，餐布也铺不开。但它毕竟是风雨世界中唯一平静的一道缝隙。在艰辛的搬迁途中，只要"班班塔罕"一支开，意味着一路以来所有的痛苦开始退却。那时，我赶紧脱了湿透的裤子钻进去，裹着仅剩的一床没给雨浇湿的被子一动不动。可痛苦总是一程一程逐渐退却的，不会突然消失。那时卡西若在外面用汉语大喊"李娟！羊的来了！羊的赶！"我只得又爬出去穿上湿裤子跑进雨中……

来我家杂货铺买鞋子的牧人，大多会买大两个码。以前不能理解。以为人家未免太贪心了，又不是买面包，同样的价钱，越大的越划算。后来才知道买大鞋子是为了能多穿几双袜子。

于是，为抵御迁徙路上的寒冷，我也准备了一双大靴子。但是哪怕大了好几个码，整只脚陷没在一堆厚棉袜中，寒冷到来时，还是轻易穿过重重袜子攥住我的双脚。

几乎所有启程前的时刻都一样。午夜黑暗的驻地上，大家沉默着打包、装骆驼。寒气和夜色一样浓重，草地冻得硬邦邦。我一边干活，一边不停跺脚，下巴紧缩在竖起的外套领子里。太阳能灯泡发出的光像无力的手，只能推开几米宽的黑暗。大包小包的物事堆在拆完毡房后的空地上，成年骆驼一峰挨一峰跪卧旁边，深深地忍耐着。捆扎好炊具，叠好毡盖之后，我就再帮不上什么忙了，便站在不碍事的空地上等待启程。停止活动后，没一会儿便冷得牙齿咯咯打战。那时心想：现在就冻成这个熊样，接下来还有将近二十个小时的跋涉呢！不由深感绝望。能挨过去吗？这铁一样坚硬的寒冷……转念又想，咳，总不至于一直这么糟糕。天亮后温度肯定会升高。如果是个晴天，太阳出来了还会暖和。况且出发时上了马，骑在马背上，马肚子热乎乎的，起码两条腿就不会冷了。况且又穿着这么大的鞋……于是，强烈盼望天亮。

盼到天亮启程后，又盼望到达。到达之后，又盼望天黑，赶紧休息。总算躺进被窝后，盼着赶紧睡着。第二天凌晨起床后再次盼望天亮……幸好，总是有希望的。幸好时间在流逝，地球在转动。

总是那样：每次启程前一连好几天都风和日丽，一到出发的时候不是过寒流就是下大雨。有一次还有冰雹。莫名其妙，春天怎么会有冰雹呢？……

　　而每当我们的驼队跋涉在无止境的牧道上，路过那些已然安定下来的毡房，看着那些人悠然平和地炊息劳作……那时多么嫉妒他们！而我们还在受苦，还在忍耐，淋着雨，顶着寒风……多少次简直想不顾一切地勒停马儿，走进他们的家中暖和一下……但队伍不可能停止，骆驼还在负重，所有人都在坚持。

　　行进途中，只有在经过最艰难的一段路面后，队伍才会稍稍休息一会儿。那时负重的骆驼被喝令卧下。它们跪倒在地，浑身松懈，脖子贴着草地拉得又直又长，下巴颏也舒舒服服地平搁在大地上，似乎比我们更享受这片刻的放松。

　　路过熟识的人家时，手捧酸奶早早等在路边的主妇身影也是莫大的安慰。

　　到达驻地后，若附近已有先到的人家，很快就会收到他们送来的茶水和食物。尽管人烟稀薄，也少有孤军奋战。传统的互助礼俗是游牧生活的重要保障。

　　路上的生活，离不开的还有骆驼。一个中等生活水平的牧民搬一次家最少得装五峰骆驼的家什。但我家只有四峰。我们家人少，房子也小。并且这个家庭里没有年轻夫妻，用不着体面地铺示生活。

而像加孜玉曼家那样有新婚夫妻的家庭，估计最少也得装六峰骆驼。

　　我还见过装了八峰骆驼的家庭，不知平时都阔气成啥样了。

　　但是也见过只有三峰骆驼的，不知那个家又是如何简单、贫穷。

　　虽然现在很多人家都雇汽车转场，但大多数牧人还是离不开骆驼，因为能走汽车的牧道毕竟是少数。尤其深山牧场的一些驻地，异常高陡，连骆驼也上不去。于是，那些家庭行至此站，便会放弃相对沉重的毡房，将其寄放在山下的牧民家，只把炊具、卧具、粮食及其他简单的生产工具运上去。在那样的高处，他们就地采木，搭建圆木房屋。一座木屋能使用很多年。扎克拜妈妈说，我们下一处驻地也有一座木屋。

　　为了配合路上的生活，这些动荡的家庭里只能备置有限的一些家什和器具，仅能满足日常基本需求而已。它们大都轻便耐用，如锡制品和羊毛制品。其中很多器具可谓功能丰富。比如我家吧，铁皮盆可以盛盐喂牛羊，还可以搁在火坑边装牛粪。当然，最主要的功能是洗衣服。

　　我家的铝锅盖砸平了就是烤馕的托盘。烤完馕再把它砸回锅盖的形状，还能歪歪斜斜扣回锅子上。

　　在牛奶格外丰盛以至容器不够用的日子里，洗手的小铝壶也会暂时用来盛装牛奶。于是总会把回家洗手的人吓一大跳。

我家的铁皮桶很多，大大小小四五个，却没有两只桶是一样大的。挑起水来总是一高一低，很麻烦。渐渐发现，虽然这些桶用来挑水不方便，搬家时却很方便，能像俄罗斯套娃一样一只套一只收纳，最后拴根绳子，往骆驼的大肚皮上一挂了事。而诸桶中最小的那只仅两三升的容积，内径不大不小，把我们的暖瓶插进去刚刚合适。

　　暖瓶是个好东西，有了它随时都可以喝茶，免得喝的时候才临时劈柴烧水。但它毕竟是脆弱的，之于动荡的生活很是不便。每次搬家，扎克拜妈妈便格外小心地对待它，脱下身上的羊毛坎肩把它团团裹住。当驼队行进到陡峭路面时，她不时叮嘱斯马胡力注意第三峰骆驼的右侧，可别撞上路边的大石头。斯马胡力便格外留意那边，却忽略了另一边。于是另一边的铁皮炉被挤成了一根麻花。

　　由于保护措施非常到位，搬了好几次家这个暖瓶仍安然无恙。但到最后，最先坏掉的却不是易碎的瓶胆，而是塑料瓶罩——烧茶时我将暖瓶放在铁皮炉旁边，没提防火烧得太旺……

　　为了将功补过，我出了个好主意："上次恰马罕家的两个孩子不是摔坏了一个暖瓶吗？瓶胆没了，瓶罩还是好的。去找他们要来嘛。"妈妈一听，觉得有理，第二天干完活儿，就包了礼物前去拜访。谁知恰马罕家也想到一起去了，一听说我家暖瓶壳子坏了，没等扎克拜妈妈开口，就先开口讨要我们的瓶胆。

至于那只铁皮炉，哪怕已经扭成了麻花，毕竟还是炉子啊。我找块石头砰砰砰一顿砸，使之又挺直了四条腿，空着大肚子站在草地上了。虽然从此再也关不上炉门，放在上面的锅也总是朝一边歪。

在春牧场时，家里还有三个完美无缺的五公升塑料方壶，进了夏牧场就只剩一个还能凑合着用了。不过坏掉的也没扔，斯马胡力把它们的侧边挖开，就成了两个方盆，装上水喂初生的小羊。

斯马胡力有一件牛仔外套，一个月前还常常穿着出门做客喝茶，一个月后就破得补都没法补。扎克拜妈妈便把它剪开，拼成一个装铝屉锅的大圆包。用了两三次后，大圆包又被剪成长条，缝了几根用来拴小牛的结实的布带子。普通羊毛绳对付不了那帮家伙，几下就给磨穿了，挣断了。

还在额尔齐斯河南岸时，家里新买了一个闪亮的方形挂钟，端正地挂在壁毯上。和摆在蓝木箱上的影集一样，是家庭里最重要的装饰物。可才迁到北岸，钟就停了。换了电池还是不走，彻底成了装饰物。碰巧当时斯马胡力的表也坏了，我们便过了很久没有时间的日子。

这个钟虽然坏了，但看上去仍堂皇端庄——玻璃罩完整明亮，边框四面有波浪形的金色花纹。于是没人想到扔掉它，一直摆设了一个多月。直到有天妈妈灵机一动。她卸开挂钟后面的面板，拆掉指针和机芯，插进去一张沙阿爸爸的相片、可可夭折的男孩的相片以及阿娜尔罕的照片——做成一个相框！最后用袖子把玻璃擦得一尘不染。哎，一点儿不比买来的相框差!

总之，这个家里所消失的物事全都是在被磨损后，一点儿一点儿倒退着消失的，绝没有突然的失去。至于那些突然丢失的事物，无论丢失多久，仍不能算是"失去"。比如我的镜子（被卡西这家伙三个月弄丢了三面），如卡西童年时代的一枚塑料戒指——它们此时仍面孔朝天躺在寂静的山野一角，像一根针躺在深邃黑暗的海底。那不是"消失"，只是"分离"而已。

我们这个红色细木栏杆支撑起来的家，褐色粗毡包裹着的家，不时收拢在驼背上、颠簸在牧道上的家，任由生活的重负如链轨车一样呼啦啦碾过，毫不留情地碾碎一切脆弱的与单薄的。剩下来的，全是坚固耐用的物事，全是一颗颗忍耐、踏实的心。谁都知道，牧人打的绳结儿最难解开，牧人编的牛皮绳最最结实耐用。连卡西捎给阿娜尔罕的一页信纸，都会扭来扭去地叠成外人根本没法拆开的花样儿。阿娜尔罕捎进牧场里的一个包裹，更是包得里三层外三层，缝了千针万线。此包裹在递送过程中，哪怕历经一切自然灾害，在世上流转五十年也绝对毫无破损。

在冬库尔，扎克拜妈妈对我说，下一次转场的牧道更艰险，更漫长。她建议我往下再别跟着走了，就留在冬库尔算了。还建议我和阿依努儿一起生活。阿依努儿独自带两个男孩，家里人口简单。她又是最手巧的女人，编织出的花带在这一带无人可及。

另外妈妈还认为阿依努儿家下游的塔布斯家也不错。他家人口也不多，家境富裕，毡房特别大。而且他家还有双弦琴，可以天天弹给我听。

塔布斯和阿依努儿家虽然也有牛羊，每年也进山消夏，生产奶制品，但严格说来还算不得真正的牧民。他们夏天只换一个牧场，冬天也不去沙漠中的冬牧场。家里只养牛，羊全托人代牧。

对此我不是没有犹豫过。

逐水草而居的生活的确是艰辛的，可这世上真的会有更好一些的生活吗？真的会有轻易就能获得的幸福吗？连加依娜那样的小孩都知道，面对辛苦、疼痛、饥饿、寒冷、疲惫……种种生存的痛苦，不能简单绕过，只能"忍受"，只能"坚持"。像阿娜尔罕那样，脱离游牧之路，将来与在城里工作的男孩结婚，过上安定的生活。可从此后，她还是得付出另外的努力与忍受，面对另外一种陌生而拮据的人生。说起来，都是公平的。只有忍受限度之内的生活，没有完全不用忍受的生活。"忍受生活"——听起来有些消极，其实是勇敢的行为。在牧人的坚持面前，无论什么样的痛苦都会被消融。所以，哈萨克葬礼上的挽歌总是奉劝生者节制悲伤，弹唱歌手们也总是调侃懦弱，视其为愚蠢。

我非常喜欢阿依努儿家所在的那条又窄又陡的幽静山谷，喜欢她家门前草地上那架长长的花绷子。也喜欢塔布斯家门前的小溪，喜欢他温和而隐有渴望的眼睛。但是，我更想继续走下去。长久以来，自己一直向往着真正的夏牧场——真正的寂静与广阔，充沛与富饶。况且，已经熟悉眼下这个家庭的生活了，已经开始依赖这种熟悉，已经舍不得停止了。

即将离开冬库尔

在离开冬库尔的前一个礼拜，大家就把门前的塑料小棚拆了，把里面的全部杂物拖出来整理。该洗的洗，该修的修，然后聚拢起来码在附近干燥的大石头上。

依我看，拆得也太早了点儿。天气阴晴不定的，迟两三天再拆的话，棚里的东西也少淋两天雨嘛。

果然，刚拆了棚子，当晚就下起雨来。

天快黑的时候我下山提水，提回的第一桶水还是清的。等转身去提第二桶，就很浑了。只这么一来一回间的短暂工夫，上游下起了大雨。

很快，雨水漫延过来，把冬库尔浇透之后，又马不停蹄地转移向东南方向。

其实上午扎克拜妈妈就预言过会下雨。她一边预言一边坚定地拆棚子……

天黑之前，她把那堆杂物最后归置了一番，仔细地盖上旧毡片。

旧毡片其实是骆驼的衣服，前段时间烤馕时用来堵馕坑，已经烧煳了好几处，破破烂烂的。

骆驼真可怜，衣服本来就烂，现在又湿了。而自己天生的衣服呢，早就给剪得干干净净卖掉了。妈妈说一公斤骆驼毛十五元，一公斤羊毛才一元钱。差别真大。

前两天最暖和的日子里，大家就把骆驼肚皮上的最后一圈毛也给剪掉了。它们好像很舍不得最后这件毛背心，喊得鬼哭狼嚎，满山谷回荡。

总之，又变天了。据说我们将要搬去的地方比这边冷多了。往下骆驼们就只能靠这些破毡片御寒。它们一定很不服气，毡片毕竟是羊毛做的。它们嚷嚷："为什么拿这种便宜货糊弄我们？还我驼毛衣服！我十五块钱一公斤的驼毛衣服！"

前段时间空闲时，斯马胡力还给好几只羊脱了衣服。不晓得此举何意，因为离卖羊毛还有一些时候。天气也不稳定，大降温后，没衣服穿的羊就惨了。而且搬家时还会给骆驼增加负担，替它们扛衣服。

很快，妈妈把那些羊毛片洗了出来，弹松了搓绳子。原来搬家时用得上。羊毛绳磨损的速度太快了，是家里的常耗品。

第二天一大早，天气还算晴好。妈妈把湿透的毡片揭开，白茫茫的水汽很快从物品间向上方挥散。她站在那里向南面看了一会儿，说："那边有雨。"

我看了又看，实在看不出那边的天空和这边有啥区别。但没一会儿，那边的山头果然云雾弥漫，阴云沉重地堆积在山顶上，很快下起了雨。那边的三四座山头笼罩在雨中，阴沉沉的。虽然只隔着几公里远，这边却是晴天。只有一层淡淡的薄云蒙在头顶上空，天色粉蓝粉蓝的。

不一会儿，雾气过来了，一团一团迅速游走在附近山林间，弥漫在毡房周围，并且越来越浓重。很快，四面八方的山野全都消失了，世界急剧缩小。最后，全世界只剩下我们毡房所在的这座山头。从世界这头到世界另一头，只有几十步距离。我们的毡房是全世界的中心。

来到冬库尔后，还是头一次遇到如此浓重的雾气。直到太阳完全出来后，雾才渐渐散去。天上的云层也浓厚了许多，仿佛是刚才的雾气向高处蒸腾后形成的。

即将出发前，斯马胡力照例开始检查羊群。有一只羊的前蹄一瘸一瘸的，斯马胡力把它逮住，将它的小腿捏了又捏，还掰开蹄缝仔细查看。还有一只羊耳朵发炎，长了蛆虫，整个腐烂了。情形非常严重。抹上药后，可能为保持患处的干燥，斯马胡力在哈德别克的帮助下把那只耳朵整个儿剪掉了。

每天傍晚入栏前，斯马胡力都会拣走状态不好的羊羔，翻过身子仔细查看。有的肛门烂了一大片，他就把烧剩的木炭捏碎撒在患处。还有的羊屁股脏兮兮的，肯定是拉肚子，便喂它止泻药。

以前每次丢羊丢牛的时候，大家都不慌不忙地寻找，显得并不着急。直到临出发的最后几天，这件事才得到前所未有的重视。斯马胡力兄妹俩整天在外面奔波，寻找。回家时，两人总是又冷又饿，疲惫不堪。

放养在外的骆驼和马也该归队了。这些整天东游西荡的家伙们，只在想吃盐的时候才想到回家看看。

偏偏这两天又丢了一头牛。今天一大早，扎克拜妈妈挤完奶，茶也没喝就出去找牛了。从早上五点钟一直找到八点还没回来。于是刚刚赶完羊回来的斯马胡力也没顾上喝茶，片刻不歇骑马出去了。他刚走没一会儿就下起了一阵急雨。想到这小子没穿厚外套，不由担忧。这时，一个骑青灰色马的人出现在我家驻地的山坡上。看到我走出毡房，他坐在马上大声问斯马胡力在不在，然后告诉我，强蓬家的羊群里混入了我家的一只羊。

我想大约是强蓬托他捎话，连忙答应了。但他欲言又止，骑着马在原地转一圈，四下看看，又想了想，打马走了。

之前从没见过这个人，我猜一定是刚搬到附近的牧民。

这个时间才进夏牧场的话，这里可能是他家的最后一站。他家将在这里停驻一整个夏天。而我们，往下仍有漫长的道路。

亨巴特家托牧的新羊还没熟悉新集体，搞不清状况，显得茫然又惊慌。磨合了两天，总算融入了我家羊群。但这种"融入"极为生硬。当羊群挟着这几十只红脸羊移动时，它们始终紧紧走作一团，决不离开熟悉的伙伴。傍晚归圈时，怎么也不肯配合，光对付它们就得折腾很长时间。斯马胡力气坏了，在羊群里上蹿下跳，简直想把它们就地正法。

308

羊圈那边正乱得一团糟的时候，白天那个骑青灰马的人又来了。他驾马径直进入了纷乱的羊群之中。才开始我以为他在帮忙赶羊，但他赶得好笨，老是把羊群打散。后来才知他企图将混进我家羊群的自家羊赶出来。这么看来，他非但不笨，还很厉害呢——能从一大群羊（在我看来都长得一模一样）里飞快地找到自家羊，并单独剔出来。

结束后，他赶着那只羊孤独地进入森林中的小道。这时，又有一群羊缓缓漫过森林南面的山冈，满山遍野大喊："不！不！！"

羊的"咩咩"声，听起来正是哈语"不"的意思。

是该离开了。驻扎在冬库尔的人家越来越多，到处都是羊群。老是"撞车"。

听说，驻扎在冬库尔一带的人家里有一部分是额尔齐斯河沿岸村庄的哈萨克农民，家里养有牛。夏天，男人留在家里种地，妇女、老人和放暑假的小孩进山消夏，同时放牛蓄膘，生产奶制品。虽然他们作为农民已经定居多年，但传统生活一时半会儿难以割裂。我想，这不只是生活习惯和生产方式的要求，更有感情上的依赖吧。

等完全结束分羊和小羊入栏的工作，绑好羊圈的木门后，天色已经黑透。我连忙招呼斯马胡力回家吃饭。之前，我们三人已先吃过了。但斯马胡力却说还要去强蓬家领羊，重新套上马消失在夜色里。

早在羊群回来之前，我就把斯马胡力的那份拉面放到炉子上热着。原以为他会先吃了再出去干活儿，没想到这一热就热了两个多小时，面条全糊了。等大家都钻进被窝时他才回来，端起面大口大口地吃，并大声埋怨难吃。一直埋怨到吃得干干净净为止。我说："咦？还不是吃完了！"他委屈地说："没办法嘛。"又用汉语说："肚子饿嘛。"吃完后匆匆洗了洗脸和脚，倒头就睡。

搬家的日子一天天临近，但具体是哪一天，却没人说得清。我整天紧张兮兮的，很快却发现就我一个人在紧张。大家虽然忙碌了许多，但日常生活还是有条不紊。扎克拜妈妈照样每天去莎里帕罕妈妈家喝茶，女孩子们照样每天过来串门，耐心地寒暄闲话。

这天苏乎拉来时，我忍不住问她到底什么时候搬。这个问题可能只有她才能说得清楚，毕竟她是附近牧人里汉语最好的。可她却说不知道，说得看天气情况。

我大吃一惊！还一直以为时间是固定死的，一到时间就非搬不可呢！既然如此，当初离开吉尔阿特时，我们为什么不缓上两天，非要顶着寒流搬家？在塔门尔图，为什么又非得冒着大雨搬？那时候为什么不考虑天气？

无论如何，出发的日子终于确定下来了。

头两天，扎克拜妈妈开始准备我们迁徙途中的食物。她炸了一大堆包尔沙克，烤了七八只新馕。

天阴沉沉的，下着雨。她冒雨趴在半坡上的馕坑前，吹了很久才引燃松木。

等候馕出炉的时间里，她又把餐桌拎到山下溪水边大洗

310

一通，用小刀仔细刮去了桌面上的一层油垢。

离开之前还有最重要的一项工作就是清理驻地附近的垃圾。虽说游牧生活中少有多余的物事，但还是会产生一些生活废弃物，如卡西的破鞋子，一些塑料袋和碎布条，破碗……能烧掉的聚拢了烧掉，不能烧的就挖坑埋了。

然而正是这两天，气温突然再一次沉重地下降，整天刮着又猛又冷的风。真倒霉，果然每次都这样……

这两天我坚持不睡午觉。这么冷的天里睡觉，无论身上穿得再厚（白天睡觉又不能拉开被子踏踏实实地睡）都会越睡越冷，越睡越难受，睡得浑身酸疼、僵硬，一直睡到鼻塞为止。马上要搬家了，可千万不能睡感冒了。

出发前头一天正午，家里来了许多客人。妈妈伺候茶水。人太多，我收拾完房间就出去了，做在此地的最后一次散步。这次同样走了很远很远。如今已经非常熟悉冬库尔这一带的地形情况及毡房分布了，说不出的留恋。

我好喜欢冬库尔。我们常去背柴火的西面的那座向阳的山坡上有一大片黑加仑的灌木丛。才到冬库尔时它们还是光秃秃的，如今已经新叶烁烁。估计等我们两个月后从深山迁出时，刚好能赶上结果子的季节。但即将成熟的草莓和覆盆子却只能错过了。真可惜啊。

听说我们要去的下一个牧场地势极高，不会生长这些灌木和野果子，也不会再有白桦林和杨树林了。

这时，远远地，从北面过来了一个赶着一小支羊群的骑马人。我在坡顶上站住，一直等到他走到近前。打过招呼后，一时无言。我忍不住向他感慨："冬库尔真漂亮！"

他微笑着用汉语说："明天，羊的路还要漂亮的。"当他说这话时，语气里简直都有"深情"的意味了。

我听了却非常沮丧。此行我还是跟着驼队走，真想和年轻人一起走羊道啊……

这时，他突然往东北方向一指，说："二队的。"然后手臂抬高了二十公分，指着同一方向又说："一队的。房子多得很！"

我不知说什么才好，同他一起静静地看向那个方向。层峦叠嶂，一顶毡房也看不到，但已经感觉到了人居的喧嚣。

他又说："没有羊的不走，放羊的全都走。"

我知道，羊群需要更寒冷的空气和更丰美的牧草。

道别后才突然想起，这人不是强蓬吗？真是的，骑着马，坐得高我居然一时认不出来了……

令人长舒一口气的是，出发头一天居然放晴了！云散成巨大的碎片，再也合不拢了。碎云在天空飞快地流逝，山野大地光影斑驳，明灭闪烁。

我以为出发前的最后一天会更加紧张，谁知大家突然松弛下来。这天夜里就要出发了，上午却还没有拆毡房。而且马上开始拆毡房时，妈妈却端起盆子下山洗衣服！往后这一路上，湿衣服在哪儿晾干啊？

洗完了衣服，照旧晾在草地的石头上。妈妈又去捶酸奶……

一大早她照旧挤了牛奶，并添入前几天剩下的一些牛奶混在一起煮。我非常疑惑，即将出发了，难道还要生产酸奶或干酪素吗？路上一走就是三天，等到了地方，酸奶也发酵过头了。干酪素不能及时晾晒，肯定也得捂坏。何必呢？就让牛奶放在牛肚子里，让牛自己背着走不是更好？或让即将赶远路的小牛喝个饱，也算是壮行嘛。

一问之下，原来要做克孜热木切克。原来如此。搬家得三天时间，携带的牛奶肯定会变质，而克孜热木切克正是以变质的牛奶做的。

大约即将离开的原因，这一天出奇地热闹，来了一大堆客人。有即将同行的哈德别克等几个小伙子，还有阿依努儿这样长驻不走的邻居。前者来帮忙，后者来告别。下午，大家七手八脚帮着拆起毡房来。摘壁毯，揭毡盖，挪箱子……没几分钟，房间猛然空了。等去掉墙根的长围布，昔日坚固的家顿时显得无着无落。四周蔓生的青草攀着墙架汹涌地生长，枝枝叶叶与木栅紧密纠结，仿佛它们对这个家的感情比我们更深沉。

我收拾炊具的角落，把面粉和一些不怕撞的零碎物事整齐地码进大木箱。这只箱子是所有家私中最沉的一个，不晓得轮到哪个倒霉骆驼来驮。

卡西把为了保鲜而埋在阴凉处地下的最后一点儿蔬菜挖了回来。又把茶壶擦得锃亮，似乎搬向新驻地也是生活的全新开始，什么都得是新的才好。

扎克拜妈妈指挥大家拆毡房。但拆到一半，露出红色的房架子时，大家却停了下来。只见妈妈取出这段时间搓出来的一大卷羊毛绳，散开，一根根长长地穿过墙架子上的格子，共穿了三股。三个男孩子各持绳子一端，朝相同方向拧动起来……原来是绞羊毛绳！

双手的劲儿能有多大呢？妈妈手搓的绳子只能搓到半指粗，而且不结实。得寻一处支撑点，把这些半指粗的绳子绷直了。大家合力绞动，将每根绳子都紧紧地上满"劲儿"。然后一个人从打结儿的绳头处慢慢往反方向拖拽，三根绳子便自然合股了。这样绞出的绳子又粗又结实柔韧，有两指粗呢。

在荒野生活中，除了毡房的房架子，似乎再也找不出更适合绞羊毛绳的支撑点了。树倒是稳固不动，可树干太粗。小树又太柔弱，经不起拉扯。所以，跟制作克孜热木切克一样，在搬家这天绞羊毛绳真是最合理不过（绞完还会立刻派上用场）。平时绞的话，还得专门拆去房子上的一块毡盖。

这时，斯马胡力把全部骆驼老早赶回来了。全部的马匹也上了绊，在附近慢慢啃草，随时待命。

整整一下午都在刮风。天空很蓝。每当游云挡住太阳，阴影投向这座山坡，空气立刻大降温，顿时冷极了。但那块云一旦离开，阳光普照，又顷刻感到敞亮的炎热。

今天大家会忙碌一整夜，明天就更不用说了。但再忙也得做顿像样的饭吃。于是卡西在满室零乱中,在人来人往的腿缝间,冷静地揉面、切菜、扯拉面,有条不紊。可惜客人实在太多。最后除了斯马胡力,其他每人只分到了几根面条尝了尝。哪能吃饱。

晚餐则由我来准备。妈妈让我包包子,给大家打牙祭。太阳刚偏西我就开始揉面。但是没有肉也没什么菜,只翻出一小包以前炼羊尾巴油时剩下的肥肉油渣,便剁一剁做成包子馅。蒸出来的包子咬一口就满嘴流油……然而还是很香。

不只包子,妈妈还盛了一大碗新鲜奶油放在餐布中央。大家用馕块蘸着大口大口地吃,痛快极了。很快就吃完一碗。妈妈叹口气,又盛了一碗。我估计今晚我们足足喝了小半锅奶油。以往,奶油统统得用来制作黄油,很少拿上餐桌,顶多盛小半碗让大家尝尝。

傍晚,整个家消失在散落一地的箱笼行李中。今夜得露天睡觉,明天凌晨三点就得出发,午夜一点就得起身准备。一想到这个,我的睡意比平时提前到来。天色刚刚发黑时就瞌睡得眼睛都快变成两块石头了……但四下混乱,连一处可以躺倒的地方都没有。再说大家都忙碌的时候,一个人躺着也太难看。只好硬撑。

夜风越刮越大,大家在大风中耐心地做最后的准备工作,默默无语。仿佛明天遥遥无期。

去吾塞

离开冬库尔的最后一晚，一时无事的我紧偎露天的火炉，被烟熏得直流眼泪也舍不得离开半步。风很大很大，炉膛中的火焰破碎而凌厉。它激动地狠狠吮吸木柴的能量，又马不停蹄把这能量散向大风。烤手时，手心热了，手背却冰冷依旧。翻过去烤手背，手心又立刻冷得受不了。不知是真的冷，还是神经质的冷。只不过四周少了一圈薄薄的毡房而已，顿感无可庇护，心意惶惶。

这一晚没搭依特罕，大家露天睡在行李堆中。斯马胡力把行李卷撂得高高的，在迎风处堵成一排"墙"。"墙"上斜靠三根长木头，上面搭一块塑料布。我们就并排躺在塑料布下，头抵着行李，和衣而眠。没一会儿风就把塑料吹开了，顿时满目星光。

露天睡觉的最大好处就是不用闻斯马胡力兄妹俩的臭脚丫子味，坏处是脑门被风吹得生疼。干脆又爬起来戴上帽子，系上围巾，再用被子囫囵裹住脑袋。风仍然满世界呼呼啦啦地吹，无所不至，无坚不摧，唯独对我的被窝无可奈何。

午夜一点被叫醒时，发现被子另一头被露水湿透了，又微微结了一层冰壳。爬出被窝，空气凛冽，遍地冰霜，伸手不见五指。但是上空繁星密布，看来是个大晴天，心里很高兴。

斯马胡力在暗处折腾了好一会儿，才打开太阳能灯，黑暗重重压迫这一小团光明。很快，茫茫夜色中，加孜玉曼家那边的山头上也晃晃悠悠亮开了一小团。此刻他们也起身了，也正在辽阔的夜色中打点着行李。

我叠完大家的被褥，在花毡上铺开餐布沏茶。大家围着餐布，泡开干馕，默默无语地进食。我也努力吃了许多，下顿饭至少得在十个小时之后了。

结束早餐、整理完餐具，顿觉已无事可做。扎克拜妈妈和兄妹俩装骆驼，捆行李，井井有条。我插不上手，只能在旁边呆呆地看，并感到越来越冷，钻心地冷。虽说穿了好几双袜子，脚还是冻得僵疼不已，牙齿不停打战。

实在冻得受不了，又无处躲藏，只好转身冲着附近的高地跑去……爬山。

夜色浓厚，星空高远，世界漆黑无底，山路隐约发白。我深一脚浅一脚，不顾一切向上攀登，累得大口喘气。因为穿得又厚又沉，膝盖每打一次弯儿都得使出三分劲儿，于是没一会儿就累得浑身发热。但呼吸急促，身上暖和了，咽喉又火辣辣疼了起来。

寒意暂且退后，感到轻松一些了。站在高处喘息，此时星空已趋寥落，全世界仍处于黑暗的严密统治中。静静地待上片刻，会发现世界并非静止不动，至少头顶的星星正在一粒粒淡去，银河也正在淡去。而在黑暗的视野下方，我们营地的微弱灯光简直像一整座城市的灯光那么热闹。隐约可见我们的家灰暗地散开、堆放一地。一切远未曾结束。最后的几十粒星星锐利地发光。怪不得人们总把星星称为"寒星"，果然很寒。像摔碎的玻璃碴，碰一下都会割破手，看一眼眼睛也发疼。

上山容易下山难。可能不远处有灯光的原因，盯着灯光走的话，脚下几乎什么也看不到，连连摔跤。

当我再次出现在太阳能灯的光芒中时，大家还在有条不紊地收拾，没人知道我离开过。

没一会儿，寒意又四面席卷。于是继续做爬山运动……僵硬的脚掌每触一次地面，就生硬地疼一下。等我第二次爬到山顶时，满天的星星就只剩下北斗星中的一颗，以及牛郎织女星。

等第三次爬到山顶，东方蒙蒙发白。

三点，天色已亮。五家人的驼队在山谷南面的开阔地带汇合后，沿着山路向东方缓缓出发。

上次搬家我们装了四峰骆驼，这次居然装了五峰！真奇怪，这一路向北迁徙，沿途全是无人之地，也没见购置什么大件东西，只见生活用具不停地被折损、抛弃，东西怎么会越来越多？

从昨天傍晚开始，一峰没穿鼻孔的小骆驼也给逮着往背上绑了几袋杂物。这是它第一次负重，背上突然多了几坨甩不掉的东西，便很受惊吓。当时为了防止它乱跑，斯马胡力和赛力保把它两条前腿的大腿和小腿折叠起来绑住，强迫它卧倒。可哪怕站不起来，它还是想法子翘起屁股、用前腿膝盖撑起身子东张西望。出发时，它已经完全适应了身上的负荷，甩着屁股，叉着腿蹦跶着到处乱跑（可能因为太闹腾，兼之也没驮什么东西，就没有系进负重的驼队）。好狗班班不时冲向它，把它赶回正道。

几家人的驼队走在一起的情景堪称"壮观"。各家的驼队被各家女主人修饰得体面又富裕。年轻妇人们额外打扮了一番，披了庄重美丽的头巾。男人们也都穿着做客才穿的外套。

今天我的任务是牵着两匹空马前行。马儿们倒是很乖，一直不紧不慢跟在我的坐骑后面。但要放屁时一定会想法子超过我，走到我前面再放。

太阳远未从群山间升起的时候可真凄凉。世界虽历历清晰，但少了阳光这一项重大内容，如铁石心肠一般。突然想到几天前在毡房里炸包尔沙克时，温暖的火炉和满室的油香……恍如大梦。我们居然有过那样的好日子！而此时却得万般忍耐。

生活总是在到来与离开之间，只是经过而已。但是，什么样的生活不是"经过"呢？经过大地，经过四季，经过一生，经过亲人和朋友，经过诸多痛苦与欢乐……突然间非常难受。真想知道,在遥古的年代里,这里究竟发生过什么事?使得这支人群甘心沉寂在世界上最遥远的角落,披风沐雨,顺天应地,逐水草而居。从南面的荒野沙漠到北方的森林草原,绵延千里地跋涉。一年三百六十五天,差不多平均一个礼拜搬一次家,几乎得不到片刻停歇……据说这是全世界最后一支真正意义上的游牧民族。真想知道,到底为着什么,全世界只剩他们坚持到了如今……但又怎么能说这样的生活动荡,这样的生活没有根呢?它明明比世上任何一种生存方式都更为深入大地。又怎么能说它脆弱?它依从自然的呼吸韵律而起伏自己的胸膛,它所凭恃的是地球上最强大的力量……

难以言说。我不知该站出来不顾一切地高声赞美,还是失声痛哭、满心悲凉。

夜里明明还有晴朗的星空。但天亮后,天空重新布满阴云。我们领着驼队在这阴冷世界中,在永无止境的山路上盘旋行进。渐渐地,西面天空出现一小抹蓝天。以那一小抹蓝天为中心,一个小时后,三分之一的天空里的云层都散开了,太阳也出来了。

但阳光始终只照射在我们身后高处的山巅,我们始终行进在大山的阴影处。走了一程又一程。到了半上午,好不容易盼到太阳渐渐升高,光明渐渐扩散。眼看着光线角度偏向我们行走的位置,眼看就能晒着太阳了。这时,在阳光照射下,群山水汽蒸腾,新的云层渐渐郁结……于是往下我们还是得继续走在云的阴影下，四面依然冷风嗖嗖。

翻一座小山时，我在最高处勒马回望，看到遥远的地方有一大片群山沐浴在阳光中。那一处上空全是晴天，那里还有蓝色的湖泊静静显露一角。站在寒冷之处遥望温暖的远方，那感觉仍然是大梦一场。

不过，云块在风中移动得很快。蓝天斑驳，似乎又有放晴的兆头。之前很长的一段路都是漫长的台阶般的坡路，又窄又陡。好不容易才走到山路最高处的山脊口。刚从山的阴面拐向阳面，阳光猛然打到脸上，暖意清晰深刻！突然明白了什么叫"分水岭"！两边果然截然不同。然而，正高兴时，低头一看，眼下又是下坡路，一百米后就通向阴深的密林……

阳光普照又有什么用呢……于是往下仍然冷风嗖嗖。这条路在森林树荫中蔓延了很久很久。

走出森林后，才总算全面进入阳光之中。人人脸上都露出了宽心的笑容。往下又翻过一面圆润的斜坡，地形突然变化。眼下是没有森林的丘陵地带，四面全是空旷巨大的斜坡，草地一碧万顷铺展开去。我们沿"之"字形的山路无边无尽地向上、向上……满眼绿意袭人，阳光慷慨。马儿扭着屁股，有节奏地左右摇晃。道路一尺多宽，深陷草地，沿舒缓的坡势一圈一圈延伸，永无止境。这样的路竟给人以强烈的催眠感，不由在马背上渐渐打起了瞌睡。但又睡得不深。每当在睡意中微微睁开眼，抬起脸，总会惊讶眼前世界怎会如此深暗，如此阴沉，像暴雨将至。但实际上却是晴空万里，阳光灿烂。似乎浓重的睡意令世界有了夜的幻象。

天气变得极快，天空说阴就唰地阴了。翻第三座大山时，突然下起了雪，并且越下越大。但没一会儿，又转为雨。虽说雨势和上次在哈拉苏相比，根本算不得什么，况且这一次还穿了雨衣，但还是令人沮丧。好在雨下了不到一小时就停了。云层破碎后阳光迅速重新占据大地。走在阳光中，朝阳的右腿暖洋洋的，另一侧的左腿仍然冷冰冰。刚才的雨打湿了半截裤腿。

总的来说，今天的行程还算平顺。只在穿过森林后的一处隘口出了点儿意外。那里又陡又滑，一峰骆驼差点儿倒下去。还有一峰负重的小骆驼根本就是挣扎着被男人们拖上去的。男人们拽紧了缰绳，不敢令骆驼们松懈。所有骆驼的鼻孔都被扯破了，流着血。等翻过那道隘口，所有骆驼都累得双股湿透，腿间全是汗气，一个个大喘粗气。

十一点，我们开始进入地势开阔的托马得夏牧场。渐渐地，路边开始出现毡房，并且越来越多。其中两家友好地拦下我们的驼队，为我们端来酸奶。

正午时分，驼队终于在一块开阔干燥的坡地上停了下来。卸完骆驼，支起依特罕后，斯马胡力把骆驼赶往西面的狭小山谷。阳光充沛，扎克拜妈妈赶紧抖开一路上被雨水打湿的衣物被褥，摊在附近的石头上晾晒。我则准备茶水，大家都饿坏了。我向妈妈打听此处的水源，她向西面指了一指。我朝那个方向走了老半天才看到山脚下林子边有一小片沼泽。拎回水后,又从山下树林里抱回一捆柴枝,支起铁皮炉生起了火。等斯马胡力回来时,水刚好烧开。

加孜玉曼家的毡房在山顶另一端。远远看去,他家已经围坐在草地上开始喝茶了。在身侧的山谷下面,卸载的骆驼和上了脚绊的马儿三三两两地细细啃草,不曾走远。我们三人坐在依特罕前,一边喝茶一边发呆。回想一番这一天,觉得无比漫长。明明才至正午,却像足足过了两天似的。

羊群遥遥未到。茶水刚结束,母子俩推开碗向后一倒,睡了。

扎克拜妈妈和斯马胡力睡在狭小的依特罕里,我露天铺了块毡子,直接睡在阳光下。这会儿的阳光棒极了!哎,恶劣的天气之后总会来一场极好的天气,就像打一棒子再给个红枣似的。之前巨大的痛苦,漫长的黑暗与寒冷,这会儿似乎也全都轻易被抵消……若是每天都有如此晴朗温暖的下午,就算每天搬家我也不怕。

倒在天空下睡了又睡。无论醒来多少次,太阳永远挂在天上,永远同样的角度,永远不会落下似的。苦苦忍耐着的跋涉延伸在上半天,睡眠延伸在下半天,这一天漫长得无边无际……迷迷糊糊中,想起之前路过的小河边的积雪皑皑,想起雨气漫天的世界,阴沉沉的天空——那时仿佛天空从来都是如此。而此刻明亮温暖的天空也仿佛从来如此,从不曾变过。

我要赞美阳光!我能证明,阳光的最小单位的确是颗粒状的。我能感觉到它们一粒一粒持续进入身体,无孔不入。

然后累积起来，坚实地顶在身体中。尤其是头发，头发被晒得发烫。头发的黑是最大的光的容器。在每一根头发深处最微小的空间里，每一粒光子都是一枚完整的太阳。另外我黑色的棉靴也热乎乎的，十根脚趾头舒服得统统舒展开来，之前它们紧紧抠作一团。为此，真恨自己的脸为什么是浅色的，装不下更多的光子。但是很快，脸被晒得发疼。

不只是我，整面大地都敞开了。世界上充满了门，光子排着队有序进入。整座山坡因鼓胀着阳光而蠢蠢欲动。青草加快速度生长。全世界唯一的阴冷只在我的身下，我挡住了阳光，我是最无情的遮蔽物。睡在这块阴冷之上，像悬身在黑暗的深渊上空，梦境中都不能忽略这深渊的存在。似乎全世界的寒气在阳光的进攻下无处躲藏，全跑来躲到我的身下。越睡，背部越冷，便迷迷糊糊地翻个身。背部立刻触到新鲜的热气。身侧的花毡热烘烘、喜洋洋的。当然，再过一会儿，还得再翻个身，因为我是最有力的遮蔽物。

这一觉简直跟睡了好几天似的，舒畅极了。实际上却只睡了不到两个钟头。直到一大块云挡住了太阳，阴影罩住整个山坡，才打着冷战冻醒。斯马胡力还在睡，扎克拜妈妈早就起来了。她把大锡锅收拾出来置放在铁皮炉上，开始熬煮一路上一直装在查巴袋里的变质牛奶。煮开后，她把分离出颗粒物的奶汁一勺一勺浇在一块芨芨草帘上，沥去水分，滗出一小摊柔软的乳浆。再像卷寿司一样用草帘紧紧裹住这团乳浆，压在两块石头中间。等明天上路时，便把这支草帘卷系在骆驼背上，一路让风吹。到达新的驻地时，差不多就吹干了。

三点过后，孩子们和羊群才出现在遥远的视野中。等走到附近山头已经过了四点。男人们赶上前接羊，孩子们驾马小跑，回到各家的驻地。我赶紧准备茶水。看来这一路上并不好玩，亨巴特一声不吭地喝茶，神色疲惫。卡西更是烦躁不堪，不时和妈妈顶嘴。喝完茶，两人没顾上休息，又迎着羊群遥遥走去。

安顿好羊群后，天色已经很暗了。此处地势很高，七点多太阳才落山，夜里十一点天色才渐渐黑透。晚餐是小半锅焖了肉块的米饭，端上餐布时，大家才轻松起来。在渐渐清晰的星空下，我们靠着火炉，围着餐布，边吃边说笑，谈论一路上的见闻。当妈妈说起李娟在马背上睡觉的事，大家笑了很久。然后都叮嘱我下次再不可那样，很危险的。

这一天睡得早了一些，但仍旧凌晨一点起来。一起来就满是绝望感，这么黑，这么冷，又回到解放前了……然后又是漫长的煎熬和期待：什么时候天亮啊，什么时候有阳光啊……

我入睡前搭在空铁皮桶上的裤子被结结实实地冻在了桶上。轻轻扯吧，根本扯不动。使劲扯，又怕撕坏。而挂在依特罕上的外套不知何时掉落，也给硬邦邦地冻在了地上，一扯就揭起一片草。这么冷的天，没想到露水还这么大。连鞋子里都是湿的，尽管如此，还是得穿。

穿上这样的外套、裤子和鞋子后，被窝滋养出的暖意立刻被寒冷的衣物吸吮得一干二净。等喝完暖瓶里温吞吞的茶水，再解个手，很快又冻得上下牙打起架来。只好转过身，老办法——爬山！

这回先往山下跑，跑到林子边再转身往上爬。没两圈就大喘气，喘得嗓子都有些破了。

凌晨两点多，骆驼们打包完毕，斯马胡力用缰绳抽打它们的屁股，喝令它们站起身来。加孜玉曼家那边也做好了出发的准备。但这时，大家才发现，昨夜我的马跑丢了！为此，卡西和斯马胡力驾马消失进黑夜深处，寻找了很久以后仍不见回来。加孜玉曼家的驼队等了好一会儿，先启程了。扎克拜妈妈也等了一会儿。后来她叹口气，吩咐我在原地等待，也上了马一个人牵着驼队离开了。空荡荡的坡顶只剩下我，以及扔在草地上的我的马鞍。忍不住心慌意乱，假想：这会儿大家都走了，找马的兄妹俩也绕着圈子赶上了驼队，从此只剩我一个人和一个马鞍被抛弃在荒野之中……越来越不安。渐渐地，空气亮了一些，能隐约看到四面情形了。草地露重霜寒，凄凉极了。这会儿冷得连爬山都没有用了……突然想起加孜玉曼家出发前生起过一个火堆，虽然已熄灭了很久，说不定还能重新吹燃。便向那边走去。找到灰烬后扒开柴灰，果然还有星点余烬，便折了根柴枝扔进去，不停吹啊吹啊。吹了半天，只见浓烟滚滚，就是烧不起来，倒弄得满脸黑灰，呛得直流眼泪。擦擦眼泪，突然看到火堆边有一块被熏得乌黑的石头。摸一摸，还有点儿热气，大喜！顾不了太多，一屁股坐了上去。

天色越来越亮。快四点时，卡西才牵着我的马出现在山坡上。那时的我如得救一般大喜过望。然后我俩快马加鞭向驼队追去。后来她嫌我跑得慢，扯过我的缰绳，拉着我的马狂奔，好几次差点儿把我颠下去……她以为我跟她一样勇猛吗？但我什么也没说，脚掌踩死了镫子，咬牙稳住身子。这次大大地耽误了大家的行程。虽然马走丢了又不是我的错，但还是有些理亏，像是一个不吉利的人……

快五点时才追上队伍，总算松了口气。这时我们到达了一个前所未有的繁华地界！眼下这条山谷里有好多毡房和四方的绿色军用帐篷，还有几座木屋。几乎每一座房子旁边都立着高高的无线电话天线。这里的石头路又宽又平，有的商店或小馆子门前还停有汽车。其中一辆破烂不堪的"老东风"蓝色老爷卡车的车门上还喷着"中国移动"的标识。此地还有一个水泥砌的羊浴池。秋天下山时，羊群会在这里洗药浴，杀寄生虫。走着走着，居然还看到一个厕所！木结构的，上面还标着汉字！而且还分男女……天啦，觉得似乎很多年都没见过厕所了……想必这个地方常有领导下基层调研。

在一处岔路口的木屋商店前，我们喝停驼队，下了马用力拍门。好半天才把睡眼惺忪的老板喊出来。以前我家在山里开杂货铺时，最恨的就是这种一大早就把人从被窝里掏出来的顾客。可到了这会儿，又恨老板开门太慢。

进了店，老板先生炉子，再和我们做生意。说是做生意，其实大家看了半天也没买啥东西，都嫌贵了。倒是老板出于礼貌给女人们抓了把杏干。大家围着炉子烤了一会儿火就继续上路。

今天的路主要是沿着帕尔恰特山谷，去往沙依横布拉克牧场。昨天的托马得牧场是一条漫长、光明的绿色走廊，今天的帕尔恰特山谷则狭窄、阴寒而美艳。整条山谷怪石嶙峋，遍布着白桦林，树干洁白，枝条淡红。一条过分清澈的河水一直伴在路边，河两岸冰雪皑皑。这里比冬库尔冷多了。冬库尔已经进入了初夏，这里看上去还是晚春。

整整一上午都走在河谷最深处，非常冷。而上方天空晴朗明净，眼看阳光浓烈地打在高高的山巅上，就是下不到谷底，真让人着急。同行的婴儿不停地哭，摇篮上蒙着的毯子结满白色冰霜。

再长的山谷也总有尽头。快十一点时，道路越来越窄，我们开始走上坡路。同头一天的情景一样，一翻上达坂，突然进入了高处的阳光之中！斯马胡力忍不住唱起歌来。沉默了一路的扎克拜妈妈也突然轻松了。她兴致陡涨，不时为我指出路过的一些石头，说哪个像牛，哪个又像羊。

接下去又走了两圈巨大的盘山路，到达冬鼓尔今牧场。渐渐地，景色越来越熟悉。我激动起来，快到沙依横布拉克牧场了！这时，孩子们和羊群在前方路口出现了。

此处地势坦阔，是一面恢宏壮观的大斜坡。低处的牧草非常深厚，分布着一坨一坨蒲团似的草疙瘩。快到山谷口时，路边出现了许多金字塔形的木结构的坟墓。此处正是自己十年前每天散步时无数遍经过的地方啊！

墓地总是意味着悠久富饶的栖居地。越往下走，毡房越多。山谷两侧纵裂着条条小沟谷，每条沟里都扎有毡房。

中午，在开阔的山谷口，队伍暂停。男人们开始分羊，五家人就此告别。接下来的整个七月和八月，我们的牧场远远相隔，再也不能串门了。

我们往下的路程还有一天，苏乎拉他们还有两天。和更多行程为一个多礼拜的牧人相比，我们的迁徙距离其实算短的了。

今天我们的驻扎地是沙依横布拉克商业聚集点南边的一片草地。到了地方，卡西去附近放羊，我们三人卸骆驼、搭依特罕。这块驻地是一处大斜坡，紧靠着一条不时有汽车开过的石头路。水源是山谷最底端的河流，河水有些混浊，水面又宽又缓。河边草地中的小路非常清晰，看来人来人往，使用频繁。我打水时，突然听到野鸭叫声。扭头一看，两只野鸭领着一串小野鸭从岸边一扭一扭走了过来，然后沿着岸边平缓处一一下水，嬉戏游耍。那情景跟寻常的家鸭一模一样。不由担忧，附近住着这么多人家……但是，岸边小路上来往的骑马人统统目不斜视，没人想到去打来吃。

河对岸毡房真多啊，一个比一个白。河这边也扎着一顶毡房，一个三四岁的小孩在门口自个儿洗头发。别看人家年龄小，很会拧毛巾的。反复地拧啊拧啊，再用这毛巾细细地擦掉头发上的泡沫。再拧半天，再接着擦。再拧啊拧啊，这回该抹小脸了。抹完脸还要抹脖子抹胳膊，有条不紊。最后再拧一遍毛巾，并细心叠作三折，搭在旁边的木头栏杆上。这才端起面前那盆泡沫水泼掉——足足半盆水呢！小家伙可真有劲儿。可她为什么只洗不清呢？我觉得非常稀奇，忍不住放下水桶看了好久。没一会儿，毡房里又走出一个六七岁的小女孩，头发卷卷的，也是湿的，看来也刚洗过。接着又走出一个十三四岁的苗条少女，长长的头发也刚洗过。这三个头发亮晶晶的姑娘一声不吭站在阳光中。

提水沿路返回家中。脚下的路只不过是第二遍踏上，就如同已经走过无数遍似的熟悉。今天是行程的第二天。才走到第二天，就觉得已如此这般走过了很长岁月……这就已经完全习惯了吗？

总之，在第三天我们来到了深山夏牧场吾塞——羊群北上的最后一站。第三天和前两天没什么不同。早起，长时间的忙碌和受苦，之后再次被晴朗的天气所安慰，最后是明亮的抵达。我们点滴耗尽缠绵的山路，缓缓抵达视野尽头一块洁白的巨大石壁。绕过它，向上，持续向上，走进最后一段陡峭的林中山路。一路的地面上全是树根，没有泥土。等穿过这片林子，眼前露出一大片空旷的倾斜的草地。我一眼看到最高处尽头上的小木屋，突然想象到自己未来某一天也站在木屋前，慢悠悠地洗头发、晒太阳的情景。